未读 ADR | 文艺家

A Memoir
of

复调

巴赫与生命之恸

*Bach
and
Mourning*

[美] 菲利普·肯尼科特———著

Philip
Kennicott

王知夏———译

Counterpoint

北京联合出版公司
Beijing United Publishing Co.,Ltd.

献给马吕斯

因为美无非是

我们恰巧仍然能够忍受的恐怖之开端，

我们之所以惊羡它，

则因为它宁静得不屑于

摧毁我们。

莱内·马利亚·里尔克

《杜伊诺哀歌：第一首》[i]

i 《里尔克诗选》，人民文学出版社，1996 年，第 277 页，绿原译。（本书脚注除有特殊说明外，均为译者注。）

1

那年夏天，母亲的状况一目了然，化疗会在癌症之前要了她的命。她频繁进出急救室，身体虚弱不堪，可新药试验还有几个月才结束，那是她战胜病魔的最后一线希望，再无更好的办法。她又愤恨又疲惫，濒临绝望，最后终于跟医生及家人达成一致，决定放弃治疗，静候死亡。不过在死之前，她先获得了一次重生：残留的药物在几周时间内从她体内排清，她的精神又好了起来。于是在卧床不起好几个月以后，她又开始用助行器走路了，随后她的感觉越来越好，连临终关怀i护士都给打发走了。她每天清晨起床，坐在大窗边眺望家门外的几座山丘，等待鸟儿停驻在她放置的几个喂食器上。到了初秋，她和父亲动身踏上了最后一趟前往亚利桑那州的旅途——每年他们都会去那儿过冬，与朋友聚会，沐浴阳光，享受退休生活。

---

i 新兴的一门交叉医学领域，指专为绝症病患提供的医疗服务，其目标不是治愈疾病，而在于减轻疾病的症状、延缓疾病的发展，排解病人的心理问题和精神压力，以使病人平静地面对死亡。

就在感恩节的前一个星期，电话来了。病灶重新出现，是时候让她回家，走完生命的最后一程了。母亲恳求我不要回去，不要为见她最后一面而白白浪费假期。"我不想让你看见我这副样子。"她怀有一种否定自我的责任意识，不过这次的请求更像是演戏，而非发自真心，我没有理会这些，一如我不曾理会她自三年前生病以来的所有请求。我在网上搞到了一张票，又为变更回程日期支付了额外费用。在线旅游网站的侧栏滚动着加勒比海度假和游轮套餐的广告，图片里有青绿色的海水，俊男美女身着泳装，无忧无虑。

收拾着行李，我忽然意识到，等我把手上的衬衫放回衣柜的时候，母亲就不在人世了。这个怪念头一冒出来，我所做的几乎每件琐事都染上了一层悲凉的终结色彩。这件毛衣她有一次说她很喜欢，我是不是该带上？往后她就再也看不到了。我不知道这一次会去多久，几天，也可能几个星期，总之等我回来的时候，一个无法改变的陌生事实将会在我的生活中尘埃落定，一段和我存在的时间一样长的关系将永远断开。我的思绪没有在我折叠的衣服上停留太久，不过我明白有两样至关重要的东西必须得带上：一双登山鞋，以及一些音乐，以在她正在死去的那座空荡荡的大房子里陪伴我并让我保持理智。

我没有想太多，随手就把一张巴赫的《无伴奏小提琴奏鸣曲与组曲》（*Sonatas and Partitas for Solo Violin*）扔进了旅行包。选择它并没有什么特别的理由，尽管我对录制这张唱片的年轻小提琴手不乏兴趣，有点好奇他为何敢于在职业生涯如此青涩的阶段录制如此高要求、高浓度且如此复杂的作品。也许是这张唱片的封面吸引了我：一张黑白照片上，深情款款的男子像做祈祷般紧握双手，放在小提琴那熟悉、柔美的曲线上。我也很久没有仔细听过这组作品了，我想我愿意带上它是因为它给我留下了美好但模糊的印象，换句话说，它是我还不大熟悉的伟大作品。陪伴你太久的音乐会跟记忆千丝万缕地纠缠在一起，会让人产生太多联想。而眼下这趟旅程，我想轻装上阵。

相对而言，巴赫的音乐也是不错的旅行伴侣。一两张 CD 的内容足以填满思绪，分量抵得上好几个小时的次要作品，而且在感情上也比其他任何音乐都要凝练，没有一个无谓或多余的音符。不知为何，巴赫可以契合我的一切心境，无论我身在何地，处于何种生活模式，无论是在工作还是玩乐，人生得意还是艰难，抑或是意志消沉不思进取。他的音乐在沙滩上给我快乐，一如在 11 月末的灰色沙漠里给我力量。我可以找到一百种原因来解释为什么我不愿意在那儿放贝多芬、勃拉姆斯或瓦格纳，可我想象不出哪怕一个拒绝巴赫的理由。

到达父母家的时候，房子里静悄悄的，每个人都踮着脚尖走路，压低声音讲话。唯一的噪声来自母亲房间里一直开着的电视机，当她彻夜于意识之门内外徘徊时，闪烁的荧幕光无疑是一种慰藉。

她醒了的话，我会陪她坐着，但大部分时间她都因为吗啡的药效而昏迷不醒。在母亲身边时，我从不听音乐，生怕错过某个痛苦的记号，或是她通往死亡途中的路标。我试过把电视机调成静音，在满屋流淌的嗡嗡声中倾听母亲的呼吸。"打鼾呢。"有位临终关怀护士说道，语气轻快得就好像在森林里散步时指点一朵罕见的花。空洞的晚间新闻，活泼的天气预报员，美女主播在关于谋杀案、路况和游行的表述中抠字眼，疯疯癫癫地插科打诨，一切都浓缩成了蓝色图形与抽象图案的舞蹈，倒映在母亲头顶上方的墙壁上。当我直视相隔只有几英尺的宽大平板显示屏时，那个入口通向的世界看上去无比遥远，毫无意义，我恍然有种脱离现实的感觉。

最后那几天，母亲的状况急转直下，先是如惊弓之鸟般警醒，很快变得神志不清，开始讲胡话，最终安静下来。整个过程中，巴赫是我唯一听得进去的音乐，也是在生命面前唯一不显得渺小、苍白或是无足轻重的音乐。它不可思议地作用于空间，在充斥着闲言碎语的嘈杂世界里圈出了一个私密的小世界，创造了一个容身之所，把我们不知为何称为"现实"的世界隔绝在外，让我从对母亲的激烈情感中抽离，看着她的死亡一步步展开。它把世俗的事物挡在远方，将深刻的事物带到近旁，让人能够感受到它们的存在，又不至于被其可怖的黑暗吞噬。

不陪在母亲身边，也不在屋子里帮忙的时候，我会听《D小调组曲》。这套组曲分为五个部分，最后一个乐章便是伟大的《恰空》，它的时长是前四部分的总和，长达 15 分钟的乐曲形成了一座迷宫，让我陷了进去，彻底迷失了自我。我无法自拔，一次又一次重返其中，有时候我会一直按重放键，连听四五遍才依依不舍地停下。我会戴着耳机在父母家附近的山里散步，或是躺在床上酝酿睡意。开车出门我也带着它，让它陪我去镇上取新的处方药，或补给一些汽水，回去后倒在碗里用搅拌器打到气泡散光，让母亲更容易吞咽。不知为何，在车里听《恰空》会更容易进入这支复调。眼睛全神贯注地盯着公路，大脑的其他部分也跟着忙碌起来，意识因此得到了解放，得以更深入音乐之中，从整个织体的层次里分解出单独的线条。音乐亦变成了现实世界的滤镜，就像有人用修图软件抹去了加油站、墨西哥卷饼铺和礼品商店，只留下不断流逝的自然风景，染成暗淡灰褐色的干涸大地，棉白杨光秃秃的树影在 11 月的青灰色天空映衬下形如幽灵。

　　有一次，我行驶在通往阿尔伯克基[i]的高速公路上，碰到了交通堵塞，我顿时从音乐的唯我世界跌回现实。我狠狠推了推手刹，然后伸手戳向车载音响的按钮，本想关掉巴赫，不料却打开了一个电台，里面正在播放玛里亚奇[ii]音乐。肾上腺素消退后，我不禁莞尔。阿尔伯克基于 1706 年建城，比巴赫写《D 小调组曲》的大概时间要早十多年，两者之间存在着一种遥远的亲缘关系。《恰空》

---

i　Albuquerque，美国新墨西哥州最大的城市，1706 年由西班牙人建立，由西班牙占据墨西哥时期的总督弗兰西斯科·费尔南德斯命名，是当时西班牙殖民者的前哨站。
ii　Mariachi，一种墨西哥传统的街头音乐形式。

是基于"恰空"（chacona）这种古老的舞曲形式[1]创作，而恰空舞很有可能起源于拉丁美洲，有人猜测它是因为伴奏的响板得名，也有人说它的名字取自它第一次被殖民者发现的地区。正如三个世纪以后的探戈，恰空是与下层阶级有关的舞蹈，粗野、奔放，肢体动作无拘无束。

当巴赫写《恰空》时，这种舞蹈形式已完全被驯化，它的名字可以代表一种音乐形式，也可以表示一种节奏型或舞蹈风格。在巴赫生活的年代，一支恰空指的是一条不断重复的低音线，作曲家在此基础上编写变奏，将高音声部变化多端的精巧旋律与低音声部呆板沉闷的固定主题融为一体。不过，即便是巴赫庞大、复杂又抽象的《恰空》，里面似乎依然回响着古老恰空舞曲的余音——三拍子的节奏型、长短音符的独特脆响，都在开头几小节里清晰可闻。巴赫没有让它从头到尾一直浮于乐曲的表面，但在公布构筑整座大厦根基的低音线音型的时候，他清清楚楚地把它点了出来。并不是每位小提琴演奏者都会着重表现《恰空》残留的舞曲特征，尤其是20世纪初期到中期那些惯用歌剧式的浮夸风格来演绎它的人。然而最优秀的演出，甚至是史诗级的，无一不被舞曲节奏的记忆赋予了生气——那节奏埋得根深蒂固，甚至深藏于意识之下，却如同心跳一般呼之欲出。

我们对巴赫的解读总是过了头，又总是远远不够。好像我们常常陷入误区，不合时宜地去膜拜他的18世纪听众不会在意的东西，又轻忽了巴赫本人应会视为至关重要的要素。就像大部分批评家一样，我所受的训练让我对艺术和艺术家的感情生活之间的关系持理性的怀疑态度，尤其是巴赫这样的作曲家，他将自身的喜怒哀乐抛在一边，在异常高产的一生中，日复一日、周复一周地创作着感情各异、变化无穷的音乐，而且巴赫服务于崇高的宗教职责，其中几乎没有给我们现代人所说的自我表达留下任何空间。不过，随着巴赫的《恰空》占领我的情感生活，它也开始积聚起让人无法抗拒的隐喻力量。

这段音乐暗示了生活的两个方面：一是本质的、不变的、不断循环往复的层面；二是高于这种实在真理的层面，即对多样性、复杂性、转瞬即逝的关系以及变化的需求。表面看来，它是关于生命的音乐，却又立足于死亡这一根本事实，突然间，它让我感觉深不可测，远远不止是巴赫记在纸上的音符，或某小提琴家在我听到其唱片的几个月或几年以前在录音室里的演奏。它带着至少几个世纪的普遍经验，同时展现了人类感情的基本二元性，演绎着悲与喜，沉与浮，它直面死亡，又回望生命，从中找寻快乐、消遣和目的。

♫

在我年纪还小，刚接触音乐的时候，我很迷恋有关大作曲家生平的那些脍炙人口的传奇故事：莫扎特将自己临终时的极度痛苦编成音符，为世界谱写了《安魂曲》；罗西尼是个懒得出奇的绝世天才，宁可再写一首新序曲也不愿从床上翻个身把写好的乐谱从地上捡起来；海顿为了唤醒观众席里打瞌睡的凡夫俗子，创作了《惊愕》交响曲中那段振聋发聩的强音。诸如此类的名人逸事让音乐更富戏剧性，并将我个人的音乐体验与更宏大的历史感相联。在我幼年学习钢琴的日子里，它们调剂了练琴的枯燥乏味。到了青春期，为了躲避母亲的无名之火——当时我还不能理解她活得那么郁郁寡欢的原因——我把音乐当成了避难所，而那些寓言则让音乐显得更深刻。我会把它们讲给我的朋友们听，喋喋不休地分享我热爱的音乐，结果只是白费口舌，他们听了只觉得又过时又无聊。成年以后，我变得很抵触那类故事，不仅因为其中很多都是凭空捏造，即便是真的，顶多也只能让我重温已经体验过的情感，无法为我打开更广阔的音乐空间。巴赫的音乐是忧郁的，因为巴赫本人很忧郁，类似的说法感觉不过是一种赘述。

然而对于自己钟爱的音乐，我们几乎不可能怀着谨慎之心与其保持一种理性严谨的关系，尤其是在我们的情感易受它感染的时候。我们希望音乐能讲故事，能超越纯粹的听觉领域向生命传达信息。如果音乐仅仅带给我们愉悦，我们或许还能置身事外，但如果它不可抵挡地深入我们的灵魂，我们就很难用学术性的审慎态度对待它。音乐必须拥有普世的意义，必须从封闭和抽象的声音符号中升华。于我而言，在穿越新墨西哥州的一趟趟旅途中，巴赫的音乐无疑是关乎生与死的一场对话，两种始终支配着我们生命的基本冲动缠绕其中。虽然巴赫根本就没有从这样的角度构思《恰空》，但他所属的创作传统给了我们这样解读的空间。我也选择用这种方式去聆听它，并以青春期之后再也不曾有过的状态无条件地服从音乐的掌控。在我无比需要信条的时刻，《恰空》恰好帮我阐明了信条。

我当时的想法现在看来大都是陈词滥调，我记得自己从中得到了一些慰藉，领悟到获得生命的代价即接受死亡。没有人能永生不死，生命的契约不存在任何浮士德式ⁱ的附加条款。进入生命的通行券只容一人使用，禁止转让，恕不退换。有一次，我站在一块岩石上鸟瞰荒芜辽阔的新墨西哥平原，试着想象若是没有得到那张通行券，若不曾出生，不曾存在，我将何去何从。无法想象。生命的通行券不仅以终点的死亡为起点，我们还必须接受它，使用它，服从它的一切限制，除此之外别无选择。

这种想法抚慰过我。它暗示我们对于死亡的体验具有普遍性，仿佛生命的意义即意识到四海皆兄弟，而死亡是我们之间唯一的纽带，所以我们理应更善待彼此。当然，在此之前的几个月里，我发现自己对其他遭遇过死亡，尤其是双亲死亡的人有了一种新

---

i 《浮士德》是德国作家歌德创作的一部诗剧，其中魔鬼引诱浮士德与他签署了一份协议：魔鬼将满足浮士德生前的所有要求，但是将在浮士德死后拿走他的灵魂作为交换。

的感情：同病相怜掺杂着好奇心。无论是聚会还是闲聊，抑或是在飞机上与陌生人相邻而坐，一旦有人提到父母过世的话题，就会引起我浓厚的兴趣。我会寻根问底，不知不觉与对方展开了真正富有意义的交谈，哪怕对方是我不太喜欢的人也无所谓。同样的丧亲经历将我们一起抛回悬而未决的童年遗迹，让我们返璞归真再次成为孩子。人生之路上你曾一度以为自己尝尽了一切滋味，然后一个巨大的混乱之物突然降临，它陌生得让人不知所措。难怪亲历者们几乎都想一吐为快，而所有关于丧亲之痛的对话无不围绕一个基本主题："我不明白。"

《恰空》大概进行到一半的时候，巴赫从小调转入大调，并以一种更轻盈的方式呼应了乐章的开头。听者刚刚经历了一长段眼花缭乱的炫技表演，一连串飞快的装饰音，跨度很大的和弦在呜咽的低音与尖锐的高音之间游走，横跨小提琴的整个音域；现在转入了大调插部，一切归于平静，前八小节简洁得让人心旷神怡。可还没等作曲家给我们时间缓一缓，让温柔和简约的想法进入脑海，充满生机与变奏的音乐语言就再一次响起。值得庆幸的是，巴赫开始得很缓慢，沿着音阶层层级进，起初像散步一般从容徘徊，渐渐上升然后降落，仿佛旋律线是在审视自身，确保所有的要素皆已就位。我不禁联想到某些责任感很强的人在查看他们熟悉的事物，确保住宅安全，家人平安，保证一切井然有序，万无一失。旋律线的简约让听者安下心来，复习了一遍音乐的基本要素，然后再次加速，由简入繁，继续转入更高层次的繁复细微之境。

　　如果你像那时候的我一样，相信这一乐段本质是母性的，充满了慈爱与关怀，那么随之你将迎来的便是蓦然心碎。在接下来的几段变奏中，巴赫开始重复 A 和 D 两个音符，即《恰空》第一个和弦的上下两个顶点，也是构建整部乐曲的音调中两大至关重要的音符。这两个音的重复一开始给人感觉像是偶然为之，似乎只是在填补巴赫的一个音乐模块中的漏洞。但随着重复的不断进行，它们开始积聚力量，直到着重加强的力道排除了任何偶然性的存在。在《恰空》的基本拱形结构展开的全过程中，音乐从小调转入大调再回到小调，被称为属音的 A 创造了最具张力的和声区域，最后又总是回归 D 音，即乐曲开始和结束的地方。不断重现的 A 音积蓄着张力和能量，磨砺着耐性，使耳朵渴望 D 音的解决。这种感觉有点像口渴，得不到满足的渴望会越发强烈，迫切等待主音的解决[i]。

　　在这一整段中，巴赫把和声的戏剧性转移到小提琴音域的上游区域，而在全曲的大部分时间它都包含在低音线不断重现的音型里。如果说这部作品给了我们一种多声部的错觉，那么现在就是它充满了丰富变化、旋律细腻繁复的最高声部在坚持强调实实

---

[i]　解决是指由不稳定的音级进行到稳定的音级，即当一个性质不稳定的和音或有不稳定倾向的音程出现时，它必须接到一个较为稳定的音来解决，所以一个调式从主音开始，最后总会回到主音，以获得稳定感和完整性。

在在的基本和声。音乐扎根于死亡的下层与阐述生命的上层之间的界限——诚然是我个人非常主观的看法——崩坏了。崩坏于大调之中，那最初看上去充满母性、抚慰人心的部分。

我倾向于认为巴赫是在复杂地表现母爱的一般特质：关怀与慈爱。现在，母亲的声音正诉说着死亡，呼应了音乐不断通过低音线传达出来的基本主张——主张生命一步不停地向终点行进。女性的声音牢牢抓住了死亡的事实，迎着新的光芒高高举起，让它稍稍脱去了在低音线里循环往复时积聚的焦虑。刚才还像是在高谈阔论的声音现在沉淀下来，开始用一种令人不安的深邃智慧发言。对于孩子而言，死亡是一个冲击性的发现，其形式可能是学校里某位同学的事故，或祖父母在某个节日没有如约到场。然而父母的离世却让我们重新认识了死亡，让我们意识到它原来无处不在，不可避免。理想的情况下，这样的事件有助于我们学习如何去死，有时候还会直观地带给我们启示，让我们从他人的死亡中平复，等有朝一日轮到我们自己的时候，死亡会来得更轻松一点。

可我母亲的情况并非如此。死亡没有赋予她智慧，生命不曾给她多少乐趣，到头来受尽折磨，极度痛苦地离去，没有释然，亦没有获得任何意义上的平静。而像她这般高龄，儿孙满堂，又在全家人的陪伴下过世，理应是老话所说的"善终"。母亲生病后获得了医学所能提供的最好治疗，医学治不了的时候，又有擅长缓解疼痛、照料病体的护士给予最体贴、最专业的护理。母亲在家中过世时，她所有的孩子都已事业有成，生活安定，可能还都算得上成功人士。她的子孙没有一个走在她前面，没有一个偏离中产阶级生活的常轨。没有一个家庭破裂，孩子被扔下不管，更没有出过什么赌徒或瘾君子。不管怎么看，我们都是个美满的家庭，随便找个普通人来评估一下母亲这一生的圆满程度，他都会发现她的资产平衡表里充满了一般会给人带来幸福的事物，常见的不幸之源几乎不曾出现。

可她活着的时候并不快乐，死时亦不幸福，怀着自认为虚度一生的愤恨，抱憾而终。她曾立志成为一名小提琴家，在我小时候，她常常跟着我的钢琴合奏。但是随着年岁的增长，她渐渐放弃了这门乐器，一如她放弃了其他许多东西。到了晚年，她甚至一听到它的名字就会厌恶地皱起眉头。她还有过舞蹈家的梦想，最后也不了了之，因为据她所言，在 20 世纪 40 年代，女孩展示自己的腿不是件体面的事。后来她希望成为一名医生，但她的父亲不给她去西海岸的大巴车费，她说她本来拿到了那儿一所好大学的奖学金。母亲去世几年后，一贯沉默寡言的父亲忽然出乎儿女们的意料，坦然自若地谈起了我们原以为已经封存的往事，我趁机问了他奖学金的事——我一直怀疑是假的。他回答说没错，是真的，我的外祖父的确打碎了他女儿的梦想。我从未见过外祖父，虽然他对我而言基本就是母亲虚构出来的人物，但我心里依然闪过了一丝对他的恨意，仿佛他是一个突然闯进家门的不速之客。从那以后，母亲便步入婚姻生活，相夫教子，而20世纪五六十年代对于一个女人来说也不是什么好时代。过了四十岁之后，母亲终于获得自由，可以随心所欲地去做自己真正想做的事了，可她已变得怨天尤人，将大部分时间都用于怒气冲冲地打扫一座从来没有脏过的房子。她爱自己的孩子，但对他们缺乏耐性，而且他们似乎没有给她带来什么乐趣。她七十四岁去世的时候，还在等待世界自动把问题解决，移走她通往幸福之路上的绊脚石。

在她临终前的最后几天，徒然的等待彻底展露出那骇人的虚无力量，击垮了她。她一直是无神论者，有时候还很尖刻。而在那一刻，当房间里只剩下我们两个人的时候，她忽然问我是否相信上帝，是否觉得人死了以后会有裁决？这些问题吓坏了我，不只因为它们击中了我思想里最茫然的部分，更因为我不知道是该撒谎，说些安慰的话，还是直言即便是离死亡还遥不可及的健康人听了都会不寒而栗的真相。所以我回答说我不知道，没有人知道，人永远也不可能知道，哪怕宗教和无神论言之凿凿。我说我唯一确信的就是死亡会结束痛苦，遗憾也好，忧虑也好，恐惧也好，一切都将不复存在。就在这次谈话的第二天，母亲撒手人寰。

♪

我对音乐能抚慰或治愈人心的说法嗤之以鼻。它们都是不经过大脑的陈词滥调，是那些为了让自己的名字刻上歌剧院墙壁而赞助交响乐的人会挂在嘴边的话。听上去就像糟糕的贝多芬或莫扎特纪录片里的空洞声音在絮絮叨叨。我在音乐里找不到慰藉。我甚至都不确定我是否真的热爱音乐。有时候我怀疑自己根本就恨音乐，如同憎恨毒品，或是憎恶某个弱点。音乐带来的不安多于满足，非但填补不了我们以为它能填满的欲望，反而让人渴望更多。它顶多是转移了人们的注意力，以防他们沉湎于生活中更痛苦的事。如果我们把音乐的效力跟慰藉混为一谈，那就太轻率了。真正的慰藉需要对世界或对生命作出令人安心的陈述，而音乐无法以任何明确的形式发出那种哲学性的宣言。真正的慰藉会帮助我们厘清思绪，以减轻人生的痛苦。它们常常只是些老掉牙的言辞，就像母亲弥留之际我反反复复对自己说的那些话；对有的人来说，它们是印在日历或励志海报上的滥俗口号；而对于其他不少人而言，它们则是基于宗教信仰的一厢情愿的想法。我们之所以觉得音乐治愈，可能是因为它常常充当了宗教的使女，放大了我们对宗教思想的情绪反应。至于音乐本身，如果非要说它起了什么作用的话，那就是让我们回到赤裸的状态，更易受伤痛、乡愁和记忆的侵袭。

许多年前，我常去看望一位年长的朋友，当时他已是癌症晚期。有一天晚上，他让我用音响放点音乐，随便放点我喜欢的就行。在他浩瀚的唱片收藏里，有几十张我都乐意一听，包括一些晦涩难懂的巴洛克歌剧，以及只有狂热的声乐爱好者才知道的歌手录制的稀有独唱专辑。可我担心他的情绪比较脆弱，脑子可能也比较乱，所以我挑了几张简单、感性且顺耳的唱片。巴赫不行，瓦格纳过于沉重，贝多芬又太戏剧化，于是我选择了伟大的小提琴家弗里茨·克莱斯勒（Fritz Kreisler）的一首沙龙小品《爱之悲》（*Liebesleid*）。这首曲子风格比较俗套，属于奥地利的兰德勒舞曲 [i]，如华尔兹一般流畅，旋律线先是在充满希望与企盼的氛围中一跃而起，然后沿着音级逐渐下降——这原本是一种通用的旋律型，却似乎正好勾勒了歌名"爱之悲"所隐含的欲望与失望。它也是我母亲喜欢的音乐类型，我以为它够无害，应该能给一位博学多识、老于世故、见解犀利的教授带来"慰藉"，暂时抚慰他正在被将死的恐惧与遗憾折磨着的内心。我把黑胶唱片放在转盘上，小心翼翼地将唱臂放到了这首曲子的位置。等我再回到餐厅的时候，只见他坐在轮椅上，面对挑着吃了几口的冰凉晚餐，泪流满面。不是好莱坞电影里那种眼药水制造的精致泪痕，而是脸涨得通红，嘴唇颤抖，双眼浮肿，眼泪混着鼻涕。"别关掉音乐。"他哽咽道，我照办了。但那个夜晚已经毁了。

---

i Ländler，奥地利乡间的一种民间舞曲。

在《恰空》中，巴赫不以任何形式的安慰为目的。拱形必须圆满，音乐转回了 D 小调，和声变得更加凝滞，织体越发复杂。至此已没有退路，唯有将音乐的意图强化到底。最后乐曲结束于单独一个 D 音，没有和声的阐述。此时任何修饰都是多余，音乐的多个线条，或隐或显，全都殊途同归，收束于唯一一个音符，在木头拉扯的 13 英寸羊肠线或金属丝上震颤。

母亲的呼吸越来越弱，渐渐无法察觉，最后完全停了下来，就在那一刻，我们如释重负，一切都结束了。那天的早些时候，一位护士告诉父亲说她可能还能坚持几个小时，也有可能再坚持几天，在听到后一种可能性的那一瞬间，我能看到一丝惊恐和疲惫的神色在父亲脸上一闪而过。他一直尽心尽力地照顾她，待她温柔体贴，也不失他身为科学家一贯的严谨细致。现在一切都结束了，他退到另一个房间，背靠着房门坐了下来，主动找话题跟我闲聊起来，聊公路，聊汽车，聊电脑，一边等着城里来的人把她的遗体带走。门铃响起后，他的兴致更高了。他们把她的遗体装进黑色塑料袋，推出病房，出了大门；而在这一边，父亲兴致勃勃地发问："老本田车的耐力怎么样？"第二天早上，临终关怀医院撤走了病床，我们把一箱箱没用过的纸尿布、未开罐的汽水和营养补充剂搬到车库，然后拉起了百叶窗，给房间通风，一位护士在临走前好心地用吸尘器吸净了地毯。我们决定把追悼会推后几个月，因为眼下谁也没有办法去思考这个，没法去想该怎么安排，该说些什么，谁也没有心情去念那些套话连篇的悼词。有一阵子，我冥冥中感觉到她的灵魂依然在她逝去的房间徘徊，不过就连这种感觉也很快烟消云散。

母亲走后的第二天早上，我去了阿尔伯克基的高地散步，在一片白杨树林中站了一会儿，初冬凛冽的寒风穿过林间，吹得树枝乱颤。有一首诗我在很多年前背过，如今看来有些老掉牙，此刻它又回到我脑海里，来来回回穿梭不停："玛格丽特，你是否在悲惜 / 秋林金叶的凋零？" 1880 年，英国诗人杰拉德·曼利·霍普金斯（Gerard Manley Hopkins）在一首名为《春去秋来》（*Spring and Fall*）的诗中写下了以下词句，致"一位青春少年"：

玛格丽特，你是否在悲惜

秋林金叶的凋零？

落叶似人生诸事，你

竟让年轻的心牵挂于此？

哎！此心愈是老去

愈难触景伤情

尽管枯木遍地落叶归尘土

渐渐你将不再叹息；

但你会潸然泪下并知天命。

你可知悲伤，孩子，无所谓名字：

万千种悲伤皆发于同一源泉。

言不能传，意不能达，

心之所闻，魂之猜度：人自出生就进入这衰枯，

玛格丽特，你哀悼的正是汝。

随着秋天的流逝，树上的叶子片片枯落，我母亲最后的生命力也渐渐凋零。但这首诗让我念念不忘之处在于，它着重表现了包括他人的死亡在内的丧失在我们主体意识深处激起的恐惧："人自出生就进入这衰枯，玛格丽特，你哀悼的正是汝。"

玛格丽特，你哀悼的正是**玛格丽特**。

母亲的离去让我陷入了对自身死亡的巨大恐惧，先是从细节开始，想象自己死的时候会是怎样的情形，是孑然一身，还是有所爱之人的陪伴；是贫困潦倒，还是养尊处优；是心灰意冷，还是拥有许多美好的回忆，度过了充实的一生。但与此同时，这件事也放大了一种更广义的恐惧，它无时无刻不跟随着我们，却又总是无声无息地潜伏着，让我们暗暗害怕将生命蹉跎，害怕人生白白地流失殆尽，直到意识消逝前的最后几小时、几分钟甚至几秒钟，我们也许会忽然陷入惶恐，觉得受到了命运的欺骗，竟如此不顾一切、如此盲目地奔向虚无。紧随这种恐慌感而来的是要有所**行动**的决心，至少要弄懂一些事物，一些以前一直未能参透的东西，比如巴赫的《恰空》。

♪

　　究竟怎样才算**认识**一首乐曲？每次遇到一部新作品，听完第一遍我们只能抓住一点皮毛。多听几遍以后，我们才能在脑海里大致画出一张路线图，对整个旅程产生一系列的期盼和渴望，意欲重回其中格外扣人心弦的乐段，并期待从越来越熟悉的旋律或和声进行中的零星小节获得满足。重复聆听一首乐曲可能会将我们的愉悦感消耗殆尽，相对而言，有些音乐的损耗来得更快。流行音乐就是作为消耗品而被设计出来，所以内含一种用过即弃的特性，能在一瞬间风靡世界，然后又常常像它出现时那般迅速地消失。更深刻的音乐也许会让*我们*厌倦一阵子，但其本身依然是取之不尽的源泉。我们可能不会想在余生的每一天都听《恰空》，但无论何时与它重逢，无论时隔几年，还是几十年，它的魔力也不会有丝毫减损。至于段首的那个基本问题，即怎样才算**认识**一首乐曲，在我看来近似于生活中一切真正重大的问题。试图解答它的努力——如果它真的**有解**——会把人引上特定的思维轨道，它平行于（或等同于）对生命最本质问题的求索：活着意味着什么？

　　仅仅作为一个局外人，被动地接受音乐，这样的音乐认知方式总让人觉得缺了点什么。多年来，我对自己无力驾驭的伟大钢琴作品一直都有这种感觉，巴赫的《哥德堡变奏曲》正是其中之一。正如巴赫的无伴奏小提琴奏鸣曲与组曲以及无伴奏大提琴组曲，

《哥德堡变奏曲》将巴赫不吐不快的一切都纳入一台乐器的维度里。它们构建了一个包罗万象、虽难进入但回报无限的世界,可我从未鼓起勇气去接近它。正如为小提琴独奏而作的《恰空》,《哥德堡变奏曲》也是由一套变奏曲组成,但不同于《恰空》的是,它们以大调为主,并以更宽广的音域展现了更欢快的情绪。作品的根基和《恰空》一样,也是一种三拍子舞曲——具有隽永之美的萨拉班德[i],但不同的是,它与舞曲的关联是直接而非间接的,没有任何遮掩,也不拐弯抹角。

不搞音乐创作、不会乐器也不懂声乐的人常会感觉处于一种困境,明知道对音乐的理解可以进入更深的层次,却不得其门而入,就好像演奏一首乐曲的能力可以成为进入创作者精神世界的钥匙,解锁其中的实质。然而遗憾的是,即便学会了完整地弹奏一曲莫扎特的奏鸣曲,或演唱一首舒伯特的歌,依然无法让人摆脱那种难以捉摸的感觉,总觉得看不透纸面上的音符之下潜藏的深意。于是音乐家扪心自问:当我学会演奏它的那一刻,是否就算理解了它?还是说我得把它弹得毫无破绽?把它记得滚瓜烂熟?或者必须弄懂它的结构?无论深入到音乐的哪个层次,所谓的"自在之物"[ii],音乐的未知部分都不会消失,永远都和无法抵达的启蒙

---

i Sarabande,一种西班牙舞曲,源于波斯,16世纪初传入西班牙,由于过于热情奔放而被教会禁止。16世纪末传入法国后,逐渐演变为节奏缓慢庄重的风格。
ii 康德哲学中的一个概念,意思是属于自然界而非现象界的要素,感官对其没有认识,但从经验可以推断出其赤裸的存在。

时刻一道在前方嘲笑我们。那种求而不得的感觉永远都在骚动。《哥德堡变奏曲》从很久以前就一直给我这样的感觉,其他钢琴家灌录的唱片让我爱上了它,即便明确知道这份爱得不到回报。而在此时此刻,当更深入地理解世界、理解人生的需要似乎变得迫在眉睫,我想到了《哥德堡变奏曲》:有没有可能通过它找到音乐的真意?我开始寻思我是不是应该学习弹奏它。

　　某些作品被许多伟大的音乐家演奏,不仅仅因为它们的内容极其丰富,更因为它们就像一枚勋章,或者是音乐实力的一种证明,这对业余人士构成了巨大的挑战,哪怕是个中高手也会望而却步。贝多芬的奏鸣曲《槌子键琴》(*Hammerklavier*)和拉威尔的钢琴组曲《夜之幽灵》(*Gaspard de la Nuit*)都是令人眼花缭乱的音乐,但也是职业前进道路上的里程碑,对敢于挑战它们的演奏者来说无异于一项丰功伟绩。《哥德堡变奏曲》已经被各路钢琴手和羽管键琴师录制过几十甚至上百个版本,并被所有能演奏快速经过段和多声部音乐的乐器,甚至少数做不到这两点的乐器改编。如果你对自己的演奏水平抱有任何怀疑,就不该不自量力地去学它。而我抱有很大的怀疑。

　　我从小就开始弹钢琴。幸好我一开始选择的是钢琴,而不是小提琴。当初我的姐姐们可怜兮兮地抱着 1/4 和 2/4[i] 小提琴刮来

---

i　指小提琴的尺寸,1/4 和 2/4 型号都是儿童用的小提琴,是以成人用的小提琴为标准按比例缩小的迷你小提琴。

刮去时，母亲对她们步步紧逼，直到女儿们不顾她的盛怒，一个接一个放弃了乐器，再也没有碰过。钢琴从来都不是母亲所长，所以我才有喘息的空间去学着爱上它。进入青春期以后，我弹钢琴的水平超过了母亲的小提琴水平，音乐在我生活里占据的分量也远远超过了在她生活中的分量。她鼓励我继续练下去，但从某一刻起，她再也不跟我合奏了，对此我时常感到遗憾。终于有一天，她也和女儿们一样，彻底放弃了小提琴。此后每次我让她拉琴，她都会面露愠色，沉默地看向自己的左手，仿佛是这只手故意沾染了某种神秘的痛苦，让她再也碰不了音乐。

虽然母亲去世前后的那段时间我练得很少，但我的生活从来都离不开钢琴。多年来我一直都不愿在亲朋好友之外的人面前弹钢琴，主要是因为我虽然对舒伯特、肖邦或李斯特的曲子如数家珍，却几乎没有拿得出手的作品，要么弹得半生不熟，要么把指法忘得差不多了。另一方面，成年以后我大部分的时间都靠写关于音乐的文字谋生，有时候作为乐评人，我要评论他人的表现。如果不谨慎一点，这个职业就会很遭人厌，把人变得吹毛求疵，把听音乐变成了苛刻的挑刺，榨干其中的乐趣。自然而然地，我也将审视的目光投向了自己乏善可陈的演奏，这让我更不愿意碰钢琴。

虽然《恰空》在我脑海中挥之不去，但我知道自己这辈子都无法演奏它，我最大的指望可能也就是学会它的一个钢琴改编版（勃拉姆斯编过一个左手弹奏的版本），或者研究一下它的音乐形式。母亲去世前后的那几个星期，《恰空》发挥了无法估量的作用，但对于作为乐手的我来说，它永远都如天外之物一样陌生。我无法通过它去追寻自己近乎狂热的渴望，进入音乐的神秘核心。然而随着母亲的去世，有一种强烈的冲动涌上了我的心头：是时候认真学习一首乐曲了，我要穷尽我有限的技艺去探索它的真谛。

从新墨西哥州回来以后，我把自己的行李拆包，登山鞋放进壁橱，衬衫送去洗衣店，《恰空》的唱片则塞进角落一个书架的深处——当我再需要它的时候很容易就能找到，但我不想平时猝不及防地看到它。我也绝不希望某位好心肠但没记性的朋友随手拿起它放进唱机，突然给我一个"惊喜"。可是房间太安静了，让人感到压抑，我必须得听点什么。于是我把格伦·古尔德（Glenn Gould）1955 年录制的《哥德堡变奏曲》放进了唱机，这是有史以来最受赞誉也最难把握的录音室唱片之一。它凭借前数字时代略微单薄的音色，捕捉到了一位钢琴家展现奇迹的时刻：巴赫的三十首变奏纵横交错的旋律线如彩光般在不断重现的低音节奏型之上晶莹流转。即使有些评论家觉得古尔德对原作近乎凶猛的剥皮抽筋有时候太缺乏感情，甚至太偏激，也依然会对这张唱片肃然起敬。如果它录制于当下，经过各种能让声音扭曲变形的音乐制作工具处理，恐怕那位钢琴家及其录音师就会脱不了弄虚作假的嫌疑。古尔德的演奏让我感觉到《哥德堡变奏曲》蕴含着无穷无尽的情感和意义，一如《恰空》在母亲过世的那段日子里给我的感受。而古尔德炉火纯青的技术，他内心的强韧，都让我为之战栗。

清晰、准确、细腻，这些都不是我的长处。问题是，做不到这些就无法接近巴赫，更别说用他的音乐愉悦他人。每个受过正规训练的钢琴学生都要在入门的时候学习巴赫，然后以巴赫的作品为基础进行后续的训练。在我的老师无可指摘的教导下，我稀里糊涂地通过了那个打基础的阶段，然后过早地转攻下一阶段的曲目，却从未真正掌握巴赫的一鳞半爪；我十分清楚，一旦重新捡起巴赫，我音乐功底里的本质缺陷将会刺眼地暴露在外。所以后来我基本上对巴赫绕道而行，但随之而来的是与日俱增的耻辱与悲哀。是的，巴赫的音乐里蕴藏着一个美不胜收的宇宙，而我却感觉被拒之门外。

巴赫总是给我带来特别棘手的挑战，直接攻击我天赋的命门。年轻的时候，我演奏的都是宏大的作品，19世纪的音乐，响亮、飞快，高潮迭起：贝多芬啦，舒曼啦，勃拉姆斯啦，还有像李斯特这样把键盘技艺拔升到奥林匹斯山巅的作曲家，演奏这样的音乐就像体育运动，考验人的体能，让听众头晕目眩，但一般听众可能并不知道：听起来难度高的音乐其实往往没有那么难，而听起来简单的曲子只是因为在大师手里才显得简单。要想伪造这样的音乐轻而易举，那种华丽奔放、充满藻饰的基本风格和浪漫迷人的戏剧感很容易呈现，偶尔漏掉几个音没有关系，手指弹不过来的地方随便糊弄一下或干脆略过也没问题。但巴赫的音乐却容不得任何形式的虚张声势，它会毫不留情地曝光你的缺陷。中年开始学习巴赫等于要跟前半生积累的所有坏习惯交战。如果要练他的音乐，那我势必得直面一个丑陋的真相：我生疏的技术建立在一个甚至更加薄弱的基础上。

我们生活的社会喜欢大谈梦想和抱负，处处充斥着关于自我实现的漂亮辞藻。电视上，九十一岁的举重运动员做着仰卧推举，举起了几乎是自己两倍重量的哑铃；盲人登山家登顶珠峰；老兵带伤跑完了波士顿马拉松比赛全程。毋庸置疑，这些都是值得挑战、能鼓舞人心的冒险，但如果我们能理性一些，成熟地看待长大这件事，我们便会学着舍弃梦想。上了三十岁以后，我就能确定自己当不上优秀的芭蕾舞者了，因为我不但从未想过去上一节舞蹈课，而且肉体也不可避免地老去，早已过了练芭蕾的年龄，做不到芭蕾舞者必须做到的事了。到了四十岁，我理所当然地认定我成不了一位伟大的古典学者，永远不可能每晚倚在炉火边研读古希腊文，主要原因在于我从来没有花过心思去学古希腊语，另外我还得向前看，理性地估计余下的人生目标，显然我绝不可能每天抽出足够时间去掌握一门已死的复杂外语。而活到今天这个岁数，我差不多已知天命，我得不了奥斯卡奖，赢不了奥运金牌，也永远无法驾驭一队哈士奇奔向艾迪塔罗德[i]的终点。

我们舍弃的每一个梦想都是一次小小的预兆，暗示着终将到来的死亡，一次次地刺痛我们。可若是抱着梦想不放，人生又会在失望与不必要的自我埋怨中变得脆弱不堪。做不可能实现的梦这种愚蠢的社会风气让人活在没有尽头的悔恨里，甚至找不到动力和意愿去量力而行，挑战合乎现实的梦想。

学习《哥德堡变奏曲》似乎是一件尤其**合理**的事，是一项目标，无关梦想。我从未妄想征服它，更不奢望把它练成我的拿手之作。虽然我曾幻想成为一名伟大的钢琴家，但这一决定并不是为了重拾什么舍弃已久的梦想。事实上，它更像是重新检验生活的一种途径，给生活施加一些压力，看看还剩下哪些事物依然重要。我想知道自己内心深处蛰伏的东西是否还能卷土重来，荒废已久的早年思维习惯是否还能重新建立，还有，我是否还能长时间集中注意力，练习音符，记忆旋律。我想更深入地认识巴赫，看看我的意识有没有足够的可塑性，能在他的音乐里听出许多个相互关联的声部织成的网，而非一整块声音的墙。人到中年，"我还能做到吗？"这个问题开始强有力地冲击我们的自我意识，一如我们年轻时对一切皆有可能的信仰那般强烈。有必要搞清楚这样的疑问将给我们带来怎样的影响：是否会让我们远离曾给我们带来快

---

i 艾迪塔罗德（Iditarod）狗拉雪橇比赛是在美国阿拉斯加举行的一年一度的狗拉雪橇比赛。比赛中，数支由车夫和16条狗组成的队伍从安克雷奇附近的威洛出发，用8到15天穿行1161英里到达诺姆，艾迪塔罗德是这条路线的名称。

乐或意义的事物，正如我母亲一贯的做法，因为害怕在它们的影响下我们会变得越来越脆弱。或者我们必须奋斗下去，坚持学习，不放弃对一些根本问题的求索，比方说，怎样才算*认识*一首乐曲？

在面对死神的必败之战中，我们必须学会优雅地放手。然而对于音乐，无论处在什么年龄，我们都只能通过愚蠢可笑的坚持去征服它，在生活中，坚持也是一种至关重要的品质。我母亲几乎完全不具备这种品质，这让我不禁担心她的弱点也遗传给了我。一开始，我无法从悲痛中平复过来，但随着悲伤渐渐淡去，成了融进生活背景里的模糊噪声，我觉得可以去《哥德堡变奏曲》里寻找之前在《恰空》中显得无比高深莫测的"机械原理"了。我准备把音乐拆解开，研究里面的各种机关零部件，看看自己会被带往何方，很有可能我会在这条路上更加痛苦地认清自己的局限，但亦有望在途中获得其他的教益。

2

　　我回到家，回归日常的工作与生活，并满怀激动地再次坐在钢琴面前，可好景不长，很快我就发现自己欠了一屁股债。离开了一个月，我抛下了自己的职责，留下一堆工作承诺没有兑现，欠朋友和同事的人情债堆积成山。随之而来的是一套例行仪式：日常世界通过一百种合理的要求，把我牢牢钉回平常所在的位置，而我则一一予以满足，因为达成这些期望的行动似乎有希望加快哀悼的过程。悲伤逐渐内化，没有留下任何外在的印记。与此同时，我习惯性地拿出了美国人典型的果决作风投入生活，向外界呈现一副积极乐观的形象，以期假象能够成真，一扫叫人难堪的哀伤情绪。我重新进入俗世，不是因为我已经走出了悲伤，而是指望这个世界和其中忙忙碌碌的兄弟姐妹带我走出悲伤。

　　假日季 [i] 来了又去，越来越多让人分心的杂事随之而至。到了

---

i　在西方国家，每年从 11 月到 1 月初集中了好几个重要节日，俗称假日季（the holidays）。

春天，我终于下定决心送我的狗去做安乐死了。我惊异地发现，在延长寿命这方面，人类给宠物提供的服务远远好过对待自己。过去的几个月里，我眼看着它一天天虚弱下去，于是对兽医说，一旦它活着所受的苦超过了死亡本身的痛苦，我就愿意让它一了百了。有一天，我感觉那一刻到来了，当天下午，医生那边也确认，叫我们做好准备，第二天她来到我家里，结束了这一切。在爱与科学的佑护下，一个小小的生物就这样没有恐惧、没有留恋、没有遗憾地离开了尘世。母亲临终前曾一度恳求我对她做同样的事，但我不知道她这个请求是不是认真的。即便到了生命的最后时刻，她依然沉迷于表演式的发言。"快杀了我。"她是这么说的。所以经过几小时的深思熟虑，我把一瓶安眠药放在她的床头柜上，对她说："你懂的，它会让你好好睡一觉。"但就在刚刚过去的那几个小时里，她的思路已经断了线，帮她解脱的请求也早就被抛在脑后。

　　母亲去世半年后，我们举办了一次追悼会，所以我又一次返回父母家。下飞机的那一刻，我记起在母亲生前我曾仔细设想过她走了以后生活会变成什么样，当时我想象到的一件事就是回家探亲时再也看不到她出现在机场——我想这会成为我最怀念的事之一。在跟母亲偶尔的团聚中，头几个小时她总是向我抛来各种问题，询问我过得怎样，这也总是我们最开心的时刻，开心到我甚至会对自己说：*有妈的感觉就是这样*。然后我又想到如果她不在了，以后回去就再也没有人在安检口外面迎接我了。但事实上，我已经很多年没有期待过别人来机场接我这种事了，想到这里，我忽然觉得自己有毛病，竟然在母亲尚未过世的时候就早早决定了要去怀念那种仪式。或许普鲁斯特会同意以下观点：当我们预见到某种即将到来的创伤时，总以为自己能先发制人，通过想象它的种种细节来战胜自己的惊惶与痛苦；然而当创伤真正来临的那一刻，它出场的方式永远都跟我们预想的不一样。

我们家族远远近近的亲戚在追悼会上齐聚一堂，与几十年未曾谋面的叔叔婶婶和表亲们重逢的喜悦冲淡了追悼会的阴沉氛围，增添了一分喜庆。从不习惯在公众场合演讲的父亲以幻灯片的形式回顾了母亲的一生，我吃惊地发现居然有那么多画面我从来都没见过，而对于他们携手走过的人生轨迹我也几乎一无所知。那天下午，父亲看上去比过去几年里的任何时候都要年轻，我也为卸下一块心头大石而高兴——自从母亲病倒以后，我和姐姐们就一直为他担心：我们的父亲一直默默地活在母亲的阴影里，几十年来，他为我们创造了幸福家庭所需的一切条件，唯独无力让这个家庭幸福起来，我们真怕他会在妻子走后油尽灯枯，用不了多久就会随她而去。但现在他却站在这里，用我们没怎么见过的方式，用他自己的声音，而非她的回声，讲述着我们家庭的往事。他选取的都是母亲开心时的模样，或者努力表现得很开心，这似乎为我们对她的集体记忆打上了封印：红头发的妙龄美女嫁给了自己的初恋，一位来自爱达荷州的青年海军军官，之后和他生育了四个孩子，过上了自由富足的日子。没有人提起她的后半生，她的忧伤、她的愤怒和无理取闹，也没人提那些争执和口角，如果有谁能回看一下我们从未留存过的文字记录，就会发现每一次的争吵都始于她的牢骚、疲惫或暴躁。不提也罢。死亡斩断了我们与她的联系，也让我们再也没有办法理解她的愤怒；如果不弄懂她的愤怒，我们势必理解不了她人生的其他部分。既然如此，何不用更快乐、更易懂的记忆来替代一个注定永远都解不开的谜呢？

就这样，母亲过世后我第二次从阿尔伯克基返家，这一次的心情是悲伤中夹杂着一丝徒劳无力。我不仅失去了母亲，就连理解她的动力也丧失了。我将母亲抛弃在我们生命中那些无可奈何的事物之列，诸如我们再也感受不到的情感、永远得不到的东西，以及一辈子都无法去生活的地方。和上次一样，我重新振作起来，把精力放在其他的事情上，专注于生活中那些索然无味的内容。学《哥德堡变奏曲》的意愿开始加入我人生待办清单的大合唱，在"修补屋顶"和"减掉十磅"之类的事情旁边喃喃细语，久而久之，它的声音便消融于背景，一天天离我远去。然后又过了将近一年，在很偶然的情况下，我又一次邂逅了在母亲去世时感受到的来自音乐的强烈羁绊。那阵子我在芝加哥做演讲，一个周末的上午，我发现自己有了几小时的空闲时间。于是我在城里闲逛，在大街上浏览橱窗，观察行人，走着走着，我不经意地想到自己曾经很享受这样的时光。然而现在我却提不起任何兴致，无论是对物还是对人。待价而沽的商品不再具有哪怕一丁点的吸引力。即使是再迷人的肉体，看上去也与我毫不相干。我们对物的欲望，以及很多时候对人的欲望，都通过一系列的连锁置换反应触发我们对一条新领带或一双新鞋的物欲，因为这些身外之物代表的是更深层、更本质的渴望——渴望关系、权力，甚至永垂不朽。但现在这个链条断掉了，我不禁奇怪究竟是什么在驱动我穿过大街小巷，又是什么赋予了这具奇怪的躯壳以生命，让它站在密歇根大道的一个拐角，在这个世界上连一件想要的东西都想不出。

阴差阳错间，我走进了一家如今已很少见的专营古典乐谱的书店，然后回想起自己曾经有多么喜欢在那些落满灰尘的箱子里翻一摞摞的旧乐谱。店里全是年轻人，其中很多都带着乐器箱。他们在我四周寻寻觅觅，搜索莫扎特的小提琴协奏曲、博凯里尼的弦乐四重奏，还有被人遗忘已久、只剩少数悦耳小品通过流行选集留存下来的古老意大利咏叹调。每一次这样的探索都证明在我体内沉寂的东西正在别人身上蓬勃生长，我不禁为自己如此缺乏成长、学习和生活的冲劲而感到惭愧。进了书店，我首先感到的是一阵茫然，就像是找对了办公室却忘掉了来访原因，或是到了杂货店却没带购物清单。我本来觉得自己混在这么多货真价实、胸怀抱负的音乐家里面，有点滥竽充数的嫌疑，但随后停下脚步想了一想，觉得这家店里确实有我需要的东西，于是我站在它宽阔明亮、熙熙攘攘的空间门口，开始有条不紊地搜索我的大脑，差一点就把我心里的想法大声喊了出来：*你在寻找什么？*这个问题愚顽不化地在我脑海中不断重复，仿佛在炙烤我的意识，直到融化了过去积累下来的抗拒与冷漠。这时候我想起了我最爱的一首诗，乔治·赫伯特（George Herbert）1633 年的《花》（*The Flower*），其中有一句话描写了一位垂暮老人枯萎的心。受尽了悲伤与时间的侵蚀，这颗心"已远去"，诗人写道："深埋地底，就像落花启程 / 去寻觅，它们绽放时母亲的根系。"

母亲去世后的头一年间，我基本上放弃了制造乐音。我会听音乐，去看音乐会，也对新出的唱片了如指掌，但就是一连好几个月都没有碰过钢琴。原因不仅仅是忙这么简单。说真的，我不能把什么事都归咎于"生活所迫"，就好像生活容不下我们，与我们为敌，就好像生活是某种不受我们控制的机械运动，对它我们无能为力，只能像弹子球机里的小球一样被弹来弹去。事实上，我比以往任何时候都更需要钢琴，然而就像以前太多次下过的决心，对失败的恐惧很快聚拢过来，裹住了它，让它动弹不得。在这种情况下，再买新乐谱就显得有些滑稽了，只会给屋子里徒增灰尘与混乱，并提醒我生活有多么容易被束之高阁。因为只要我远离钢琴，学习《哥德堡变奏曲》的渴望就会在心中一直骚动，一直拖延下去；可是一旦重新开始练琴，它就会变成一个积极的抱负，一个实实在在的计划，我担心它会像其他计划一样半途而废，比如粉刷了一半的前门廊，又比如堆在书桌上未读的书。

这种抗拒感类似于给一个久失音讯的老朋友打电话时可能会有的感受。打个电话或写封信本不是什么难事。你也明白再续前缘一定会让人感到开心。但即使是从未红过脸的朋友，即使轻而易举就能接上多年前断掉的话头，沉默还是会自然而然地滋长。它会变成一种几乎可以触碰到的物体，一种心照不宣的缄默，在太客气或太疑神疑鬼生怕打破平衡的人们中间降临。过去的一年里，我随时都可以在钢琴前坐下。我有成百上千次从那台灵柩般的冰冷乐器旁边走过，一次也没有停留。我把它擦得干干净净，甚至调准了音，留心控制房间里的温湿度——这些因素对钢琴影响很大，如同水之于植物——比打理自己的衣橱还勤快。可一旦坐下来触摸琴键，那就等于开启了一场对话，我觉得会耗费自己太多的能量。钢琴与我已经达成了一种互相戒备的状态，靠我们自发维系。

这不是一般意义上的拖延症，不是像我们平常总是抗拒去做某件非做不可的事，直到迫在眉睫、顶不住压力才去做。它是一种来自更本质层面的反抗，自从人类享有了选择先做什么、后做什么的余地之后，它便开始与我们共存。每一天，我都选择了不去做真正想做的事，我明白必须要做的事。让事情止步于计划与空想似乎是一种投机取巧的捷径，让人感觉好像战胜了时间的流逝，永远投身于未来，却也蹉跎了当下。"记住汝已将诸多事情延误太久，记住神灵曾赐予汝诸多机会，汝却从不抓住。"[i]如马可·奥勒留所言，这位风烛残年的古罗马军人试图道尽人生，从对事物略知皮毛开始，直至实际践行他终其一生获得的真理。

在芝加哥的那天上午，我知道自己最终要买的正是过去一年在我脑海里挥之不去的音乐，它有一个令人望而生畏的扉页："约翰·塞巴斯蒂安·巴赫为两个键盘的羽管键琴所作的含一首咏叹调和三十段变奏的键盘练习曲，以飨音乐爱好者。"

书店里有一本经典的施尔默（Schirmer）版乐谱，它一成不变的呆板黄色封面从我出生前一直沿用至今。即便是现在，从我四岁跟着一位和蔼可亲的威尔士女士上了人生第一堂钢琴课已时过多年，施尔默系列的过时装帧依然在我心中激起了某种憧憬与兴奋之情。在过去那个年代，聚居于市郊的中产阶级家庭出身的孩子每个人都要学门乐器，他们花花绿绿的音乐启蒙教材里面充满了《印第安舞曲》（*Indian Dance*）和《爱尔兰吉格舞曲》（*Irish Gigue*）这样的简单曲目，其间穿插着各种图画和示意图，展示手指应该怎么摆放。如果能坚持练下去，总有一天你会从这些图画书毕业，进入"严肃"音乐的学习，比如克莱门蒂、库劳或莫扎特等作曲家为年轻乐手编写的短小的奏鸣曲或小奏鸣曲，容易上手且不乏内涵和感染力，它们的载体都是施尔默之类的公司出版

i 出自《沉思录》，公元 2 世纪后期古罗马皇帝马可·奥勒留创作的一部个人哲学思考录，记录了作者关于人生伦理和自然哲学问题的各种思考，内容大部分是他在鞍马劳顿中所写，是斯多葛派哲学的一座里程碑。

的那种老式册子。看到《哥德堡变奏曲》也像我儿时学过的乐谱一样素净又庄重，我感到了一丝宽慰。

巴赫从未将它命名为《哥德堡变奏曲》，所以封面上的"哥德堡"几个字加了引号，等于认同了附在这部伟大作品上犹如藤壶般胡乱生长的身世谜团。约翰·戈特利·哥德堡是巴赫的学生之一，但很难算得上是他最有名望或最有影响力的弟子。他的名字之所以与该作品联系在一起，完全是由于巴赫最早的传记中记载的一则逸事。在巴赫去世半个世纪后出版的那本书中，作者约翰·尼古拉斯·福克尔（Johann Nikolaus Forkel）讲述了如下故事：

关于这部（作品）……我们必须要感谢前俄国驻萨克森选帝侯宫廷大使凯瑟林伯爵的促成[2]，这位大使经常在莱比锡停留，并将前述的哥德堡带到了那里，让他接受巴赫的音乐指导。伯爵体弱多病，夜晚常常失眠。每到这种时候，住在他家的哥德堡就不得不在前厅过夜，以便在他失眠时为他演奏音乐。有一次，伯爵在巴赫面前提到希望能为哥德堡创作一些键盘作品，风格不仅要比较流畅，还得明快一点，这样一来他在不眠的夜里或许能得到些许慰藉。巴赫觉得自己可以通过变奏曲的形式最大限度地满足这一愿望，尽管在此之前他一直认为写变奏曲是个吃力不讨好的差事，因为它们听起来只是在不停地重复同一段基础和声。但在当时，他所有的作品都已被奉为艺术的典范，这组变奏曲自然也成了他的标杆之作。而纵观巴赫的一生，这种类型的作品也是空前绝后的。从那以后，伯爵便一直称之为他的变奏曲。他百听不厌，有很长一段时间，每逢夜里睡不着觉，他定会说："亲爱的哥德堡，请为我弹一段我的变奏曲。"[3]

据说，巴赫为此得到了"装满 100 枚金路易的金杯"作为奖励，这在当时是一笔叫人咋舌的大钱，几乎是他为王室听众写一首康塔塔所得报酬的十倍。但这个故事只是音乐史上无数捕风捉影的传说之一，因其中存在许多与史实不符之处而饱受学者质疑。1741 年，巴赫将这套变奏曲编入一系列键盘作品中结集出版，这套权威的多卷本以《键盘练习曲》（*Clavier-Übung*）之名为世人所知，可以说是囊括了键盘乐器一切可能性与演奏手法的大百科全书。在对人类智慧的整理和编纂上，《键盘练习曲》与德尼·狄德罗（Denis Diderot）1751 年的《百科全书》（*Encyclopédie*）以及塞缪尔·约翰逊（Samuel Johnson）1755 年的《英语大词典》（*A Dictionary of the English Language*）等巨著并列，堪称 18 世纪中叶几大"不可能完成"的壮举。巴赫为此耗费了大量心血，而如此重要的出版物中一般都会有一篇致谢文，里面会详细列出委托人的姓名并恭维他们一番。然而在《键盘练习曲》的变奏曲卷里压根儿就找不到凯瑟林伯爵的名字，也没有任何线索暗示凯瑟林和哥德堡的故事。

其他细节也显得不合情理。这套变奏曲真的适用于催眠吗？虽然其中有很多首都可以演奏得很流畅，但其余的是那么"明快"，我们难以想象它们能抚慰失眠者躁动不安的心。毋论更黑暗的那几首变奏，巴赫不仅用小调来呈现他的构想，还将它们定在了远不止是忧郁或悲伤的音调上，似乎更适合嗜睡症患者聆听。小调变奏曲只有三首，变奏15、21和25，但它们对整体的戏剧性影响巨大，居于痛苦与绝望的领域，而那块区域又与巴赫最有力的宗教音乐的激情紧密相关。要知道，没人想要钉在十字架上睡觉。

这些变奏曲听起来也不大像是在回应一位赞助人的需求——他想要的只不过是让一些靡靡之音从前厅飘到他的卧室。它们从许多方面来说都可谓激进，不仅进一步拓宽了前人为变奏曲这种音乐形式开创的疆界，还将其多样性和结构上的戏剧性推至新的极限。坦白讲，如果巴赫确实是在完成一个权贵高高在上的委托，写音乐帮他入睡，那么《哥德堡变奏曲》就更像是一个精心设计的笑话。福克尔绘声绘色讲述的这段逸事至今依然是困扰着巴赫研究者的一个谜，它最初出版于1802年，当时巴赫的大部分子女都已不在人世，包括所有在祖传的音乐事业上有所建树的儿子。不过学界依然会把它当作证据，原因之一在于福克尔与巴赫家族有直接的联络，他的来往对象还包括卡尔·菲利普·伊曼纽尔·巴赫（Carl Philipp Emanuel Bach）和威廉·弗里德曼·巴赫（Wilhelm Friedemann Bach）——两人的名声在 19 世纪初曾一度超过了他们的父亲。

研究巴赫有点像研究莎士比亚：一方面，他们都留下了博大精深的艺术遗产，而与之形成极大反差的是，关于他们生平的可靠资料都是少之又少。正如莎士比亚在遗嘱中将自己"第二好的床"留给妻子这个怪异的小细节，巴赫的某些生活琐事也被人翻来覆去地揣摩和研究了好几个世纪。我们对他生活和性格的了解全是基于已被用滥了的少量事迹，其中好多故事的真实性都存疑，却反反复复地出现在传记文学中：巴赫曾在一气之下大骂了另一个管风琴师，还拿自己的假发扔他；巴赫在父母双亡后投靠了一位兄长，并从他那儿偷了乐谱；巴赫曾在别人丢掉的鱼头里找到了钱，这笔意外之财不仅让他免于饿肚子，还给了他旅行的自由；巴赫曾把一个法国管风琴师吓得屁滚尿流——他向后者发起了一次音乐决斗，而那个倒霉的家伙宁可从镇上逃出去，也不愿被巴赫高超的琴技羞辱。

可是，虽然莎士比亚的私生活也一样鲜为人知，但至少他的戏剧赋予了几百个虚构的灵魂以生命，他们每一个都构建在令人信服的细节之上，每一个都有可能包含了我们寻找的那个莎士比亚的一部分。至少，透过作品我们犹如看到了莎士比亚眼中的世界，只有莎翁本人不在画面中。至于巴赫，他的音乐仅仅印证了我们对他这个人极其有限的了解——他虔诚、勤奋、一丝不苟，才华远胜同龄乃至其他年龄段的任何音乐家。然而他其余的面孔却叫人捉摸不透，比如他适度的自尊心，偶尔的吹毛求疵，他的脾气，他朴实的幽默感，他对家庭和家人的爱。资料是有一些，但还不足以作出定论，亦未丰满到能够拼出一幅令人满意的画像。如果将所有材料全摆在桌面上，不带私人感情地梳理一遍，然后让你在莎士比亚和巴赫中间选择一个人共进晚餐，那么几乎没有什么悬念，任谁都会选择莎士比亚。

就像有关巴赫的其他许多信息来源一样，福克尔薄薄的传记也是一篮子碎片信息，单看每一片都很珍贵，但许多片放在一起就经不起推敲了。福克尔不仅是历史学家、传记作家，更像是一位传教士，致力于推广一位被 1802 年的大众视为古板沉闷、过分理性、过分追求完美的作曲家。尽管福克尔认识巴赫的子女，但他从他们那儿收集的证词不一定比关系淡薄的普通朋友或同僚的说法更可靠。强势的父母会塑造甚至扭曲孩子的记忆，而从巴赫的信件中可以看出他至少有一个儿子不堪忍受让人窒息的期望或者压力，干脆一走了之。责任与孝顺，崇拜与怨恨，爱与悲伤，都是扰乱真相在代际传播的不安定因素，哪怕相隔只有一代人：对于我母亲的人生，我无疑不是完全可靠的见证者，甚至连我自己的人生我都不敢保证我的所见百分之百真实。

然而福克尔的故事却异常详细、具体，富有吸引力。有学者认为福克尔只是犯了几个名字和细节上的小错误，说不定巴赫是在*那组*变奏曲出版以后才遇到了凯瑟林，然后给他显赫的赞助人送上了一卷签名本。也许凯瑟林被这一举动取悦，开始将这音乐视作"我的变奏曲"。可是如何看待那些精确到不可思议的私人生活细节呢……年轻的哥德堡在凯瑟林的家里侍奉；他的主人身体不好，患有失眠症；少年乐手待在伯爵府前厅，朝着卧室弹奏羽管键琴……福克尔的故事或许将这些细节全弄错了，或许只是编造了从未发生过的事，却引出了一些发人深省的问题，比方说 18 世纪中叶的音乐表演方式。那个时代的演出是不是跟我们今天的普遍做法一样，将整组变奏曲从头到尾弹一遍，完整地展现其叙事弧线？还是像按照菜单点菜似的，由乐手看情况或听众视心情挑几段演奏即可？兴许凯瑟林吩咐他的乐手弹奏的并不是那组变奏曲，而是"我的一支变奏曲"。经过几个世纪的变迁，恐怕人们对助眠音乐的理解都已不同于往昔。我们觉得费劲的音乐难题——严格遵循复杂的对位乐谱演奏——在 18 世纪的人看来完全有可能是小菜一碟。

　　其次是关于哥德堡其人的问题。哥德堡出生的城市是现在的格但斯克，父亲是一位杰出的乐器工匠，他从小就生活在多元文化的城市，在浓厚的音乐氛围中长大。这位青年乐手算是个神童，年仅十岁就引起了凯瑟林的注意。在俄国伯爵的资助下，少年哥德堡师从巴赫的长子威廉·弗里德曼（Wilhelm Friedemann）——

一位出类拔萃的键盘乐器演奏家，《哥德堡变奏曲》很有可能是为他而作——并跟随巴赫本人学习。这位少年凭借精湛的演奏、熟练的视奏以及炉火纯青的技术声名远播，继而当上了作曲家，最后在二十九岁那年死于肺痨。尽管哥德堡的演奏实力有据可考，对福克尔的故事持怀疑态度的学者依然会把他稚嫩的年龄当作更有力的证据，证明他的故事不可能是真的。全世界最权威的巴赫学者之一克里斯托夫·沃尔夫（Christoph Wolff）曾写道："毋庸置疑的天赋之才 [4] 约翰·戈特利·哥德堡（1727—1756）在 1737 年被凯瑟林伯爵带到莱比锡，接受巴赫的指导，随后被聘为伯爵府的羽管键琴师，那年他才不过十三岁，巴赫构思这部作品的时候似乎没什么理由会把他放在心上。"这种说法也奇怪，因为纵观历史，近几百年来出过的神童比比皆是。在所有质疑福克尔准确性的观点中，这是最站不住脚的一个，却也最能说明问题：看来，人们宁肯巴赫最伟大的一部作品继续保持来源不明，也不愿相信它是为了一个像可怜的约翰·戈特利·哥德堡这般年轻的无名小卒而作。

在福克尔的笔下，巴赫好像从头到尾都在抱怨这项委托，因为他不喜欢变奏曲形式的重复性（"一个吃力不讨好的任务"，因为"来来回回都是同一段基本和声"）。另外，他还令人迷惑地加了一句：巴赫只写过一组这种类型的作品"范例"。这是很容易犯的一个错误。事实上，在《哥德堡变奏曲》之前，巴赫还写了他唯一一部标题带"变奏曲"的作品，而且流传了下来。那是一小组"意大利风格"变奏曲，基于非常简单的曲调谱写，如今差不多没什么人弹了。但这些远远不能代表巴赫在变奏曲式上所做的全部努力。

巴赫有很大一部分作品都以变奏曲为基础。伟大的小提琴独奏《恰空》和管风琴曲《C 小调的帕萨卡利亚》（*Passacaglia in C minor*）不仅都是运用变奏曲式写出的不朽之作，而且都建立在"重复的相似和声基础"之上。巴赫做到登峰造极的多声部赋格同样是运用高度结构化的动机变奏所做的实践，由多个独立的声部根据和声或戏剧效果的需要改变原始的旋律线，压缩或拉长节奏，将核心主题拆成碎片并重新组合。许多器乐组曲都遵照大体上重复的和声设计，因此每一个乐章都如同《哥德堡变奏曲》里的一首变奏，实际上都是建立在一个既有框架上的变奏。既然《哥德堡变奏曲》中用到的音乐技巧对于巴赫更大范围的艺术创作至关重要，福克尔为何偏偏要说巴赫觉得这个任务"吃力不讨好"呢？

当然，变奏重要的是变什么，以及怎么变。后来的作曲家比如莫扎特和贝多芬等等，都倾向于以旋律线为基础创作变奏曲——有时候用一首流行歌曲，有时候用的是风靡一时的咏叹调，以莫扎特为例，我们今天熟知的《小星星》（*Twinkle, twinkle, little star*）便是由此得来[i]——巴赫时代的作曲家则不同，他们经常围绕低音

---

i　英国经典儿歌，源于 18 世纪的一首法国童谣（*Ah! vous dirai-je, maman*），经莫扎特改编成钢琴变奏曲、由后人填词后，才形成现在广为人知的经典儿歌。

线编写变奏，有时候把它作为"题材"加以阐述，有时候将它当作锚，用来稳定居于上层的变奏。《哥德堡变奏曲》和小提琴曲《恰空》这样的作品虽然都是构建于一段重复的低音线，但它们的长度，以及巴赫用作起点的材料形式却各不相同。

《恰空》里的低音线只有四小节，不断重复便形成了全曲的和声基础，在此之上，巴赫编写了一连串行云流水的全新乐思。与巴赫在《哥德堡变奏曲》中使用的变奏曲式相比，这种短小单位的重复给人造成的心理效果迥然不同。《恰空》常常让人感觉紧凑、执拗、咄咄逼人。《哥德堡变奏曲》的低音线正好相反，弯弯曲曲蔓延了32小节，比巴赫的很多颂歌的设定还要长一倍，也就像他的颂歌一样，这拉长的低音线要经过几处休止才能抵达终点。

它的开头是一条下行的旋律线，当今的听众应该会感觉似曾相识，甚至有些老套，就像现在的三和弦流行歌似的，然后音乐开始前进，变得更加繁复、散漫、不可预测。咏叹调虽然以庄重肃穆的行进节奏开场，但过了一会儿就变得流畅起来，短音符开始自由自在地流动，消解了乐曲最初的拘谨克制。音乐在一片静谧中轻轻起锚，随波逐流，这样的风格似乎与我们想象中的"巴洛克"音乐截然不同，完全没有后者的形式感和规律性，甚至也不再具有可预见性。当一板一眼的规则流动起来的那一刻，历史隔空发生了共鸣，暗示了巴赫创作其变奏曲的同时音乐风潮正在发生一场巨变，一种崭新的*华丽风格* [i] 正在破土而出，相比巴赫赖以成名的音乐，它给人的印象更简单、直入人心，更具旋律性，也更平易近人。对于不少听众来说，这也是整套乐曲里最让人动容的乐段，尤其是结尾当咏叹调重现的时候，这条旋律线的流动性便升华成了一个听觉符号，象征着时间本身的流逝。

于我而言，当我眼睁睁地看着母亲的生命在短短几天之内流逝，不断循环叠加的短曲《恰空》模仿了悲伤，那感觉就像是被某种亘古不变的支配力量牢牢掌控。现在，《哥德堡变奏曲》隐隐预示了死别之后某种山雨欲来的事物，一种可收可放的混沌感——你知道自己身处何方，却不知该去往何处。死亡最初带来的冲击过后，生者徘徊在尘世之中探索失去：失去如何发生作用，如何让隐秘的事物显现，如何完成我们对逝者通常有限的认知，并在我们的记忆里启动修复他们的过程。而当悲痛终于松开了手，把你放回原来那个熟悉的世界，你却发现它已被缺失之物改变了模样；《哥德堡变奏曲》进行到最后，巴赫重新回到了开头的咏叹调，然而它已面目全非。一个人永远都不可能踏进同一条河流两次，同理，巴赫似乎也在告诉我们："你从未听过这首自以为很熟悉的曲子。"

在芝加哥的那天上午，我其实没有必要新买一本《哥德堡变

---

i Galant，18世纪前古典主义时期的一种主调音乐风格，特点包括明晰的织体、带常用终止式的周期性乐句、随意装饰的旋律、简单的和声、不协和音的自由处理，其代表中产阶级审美取向的大众化艺术诉求体现了音乐风尚转型期的时代特征。

奏曲》。巴赫写下的每一个音符差不多都能在互联网上找到，一分钱都不用花，我只用找一份旧版本打印出来就行。巴赫如果在世，一定会被这个时代的变化惊得目瞪口呆，让他惊讶的不仅是后人对他的追捧，更因为他谱写的音乐大部分都没有公开发行过，只是为教堂、赞助人的客厅，或者学生和同僚的小圈子创作。巴赫为人所知的作品只有寥寥几册公开出版的乐谱（包括《哥德堡变奏曲》），而当他离开人世的时候，应该不曾想到自己的名字能比他儿孙辈的生命更长久。事实上，在巴赫辞世近一个世纪以后，他的遗产几乎已完全湮没，以至于费利克斯·门德尔松（Felix Mendelssohn）筹集资金在莱比锡为他立了一座纪念碑，立碑仪式上，巴赫最后一位尚在人世的孙子来到了现场，当时他已是耄耋之年，所有人见到他都吃了一惊，谁也没想到世界上还存在这么一号人。

不知为何，那个上午我认为值得花钱买本新的《哥德堡变奏曲》，购买它的行为不可思议地帮我清除了内心对重拾音乐的抵触。这是一个具体的行为，给长年懈怠的身心带来了一记小小的物理刺激。从芝加哥回来的短途飞行中，我把它掏了出来，翻到咏叹调的第一页。每次翻开一本新书，我总会有种迷信的感觉，仿佛自己将会被书里未知的内容改变。这种幻觉会随着时间的推移逐渐淡去，因为随着年岁增长，我们的身份会固定下来，对新事物的怀疑也会越来越深。然而，就在翻到巴赫最伟大键盘作品扉页的那一瞬间，昔日的美好憧憬忽然在我的记忆里一闪而过，我又燃起了似曾相识的希望，开始期待跳进这个神秘的世界，期待从它的另一端滑出去的时候会脱胎换骨，洗心革面，或者涤清罪恶。

在引擎声的映衬下，我听着耳中流淌的音乐，一半来自记忆，一半是我内心无声的哼唱，轻柔的旋律线先上升三个音，再下降六个音，宛如吸一口气，再吐出一声长长的叹息。它似乎比我印象中的要简单，听起来纯净无瑕，有些孩子气。小时候，我每次在自家起居室里的一台小立式钢琴边练琴，都会特别在意一旁聆听的母亲。碰上她情绪不好的时候，她就会故意挑我的错，找各种证据指责我偷懒或不把老师教过的东西记在心里。火气一上来，她就会扑向我和钢琴，为我的任性大发雷霆。我会试着安抚她，或找理由为自己辩解，有时候我也会按捺不住地和她吵起来。我们对峙的结果全取决于她，而且总是不外乎以下两种：要么她会用力打我的脖子和胳膊，扯我的头发，然后把我赶回卧室；要么她会哭起来，埋怨我糟蹋她为我的钢琴课花掉的血汗钱，为我的不知感恩而绝望。有一次，她扯我头发扯得太猛，一把将我从钢琴凳上拽了下来，我仰面朝天躺在地板上，正对上方她气得扭曲变形的脸。她跑回了自己的卧室，我也从钢琴边逃开，去书籍里寻求平静。

然而她侧耳倾听的模样更让我难以忘怀，也比她的愤怒更有意义，哪怕时至今日我独自坐在空荡荡的房间，在钢琴前奏起音乐，那身影依然在我的脑海里徘徊。她是我的另一只耳朵，永远都在追寻简单悦耳的音符，抗拒一切快速、复杂或不协和的音乐，甚至就在此时此刻，我一边弹琴，一边还能感觉到她在我肩膀后面偷听的身影。她时而责备我，时而给我鼓励，尽管已有数十年都没有定期为她弹奏钢琴，我还是会想象她是否在另一个房间点头或微笑，以此来评判自己演奏的好坏。她钟爱肖邦和莫扎特的慢板乐章，喜欢在感恩节的早上听到熟悉的圣诞颂歌或《我们欢聚一堂》(*We Gather Together*)；我小时候曾模仿电台里播放的音乐编过一些旋律重复的欢快小曲，虽然那些乐谱深埋在阁楼上的一个盒子里，但我知道里面有一些曲子她听了会开心。

随着我的钢琴水平逐步提高，我练习的音乐逐渐失去了对她的吸引力。她从未欣赏过李斯特和拉赫玛尼诺夫，只有几首前奏曲或比较抒情的特性曲[i]除外。一听到勃拉姆斯她就会说："哎哟哟哟，太重了。"上大学的时候，我迷上了变化莫测的俄罗斯浪漫主义兼神秘主义者亚历山大·斯克里亚宾（Alexander Scriabin），然后是波兰作曲家卡罗尔·希曼诺夫斯基（Karol Szymanowski），但他们创造的声音只会让她心烦。再后来歌剧超越了其他的音乐类型，成了我的最爱，可除了帕瓦罗蒂唱红的几首咏叹调之外，歌剧让她提不起任何兴趣。只要我用音响放威尔第，她的喊声就会在楼上响起："那是什么鬼？跟猫叫春似的。"我只得关掉音响，心说那个词从何谈起？

---

i character piece，19 世纪浪漫派音乐的重要体裁，由作曲家自由发挥想象力，表现形式不拘一格；但采用三段式者居多。

随着年岁的增长，她对音乐的感知力逐渐降到了最基础的水平，只能接受耳熟能详的经典作品和柔和动听的简单乐曲。我努力征服高难度乐段或拼命炫技的时候，她的情绪就会变得不稳定。可是一旦音乐抒情起来，一旦贝多芬的奏鸣曲如风暴平息，进入一段田园牧歌似的插部，或者莫扎特瞬息万变的装饰音过渡到更绵长、更富激情的旋律线，我便知道她能跟得上了，并会为我的成就感到欣慰。在我小的时候，她时不时会在别的房间用我的小名唤我："弗利普（Flip），那段很棒。"虽然我已经不大记得她的语调了，但我的意识早已训练有素，如同一条忠诚的狗，所以每每弹到优美动人处——我知道她特别渴望听到的地方，我的指尖就会越发地轻，仿佛仍然期待得到我的奖赏："弗利普，那段很棒。"

到了生命的尽头，她真正欣赏的音乐寥寥无几，我能想到的只有拉尔夫·沃恩·威廉姆斯（Ralph Vaughan Williams）的小提琴幻想曲《云雀高飞》（The Lark Ascending）。在她青春年少的时候，音乐曾占据了她很大一部分生活，到头来只剩下一首乐曲：象征一只鸟儿飞上云霄，将凡尘俗世抛在身后，直到它"翱翔着逼近静默"——出自乔治·梅瑞狄斯（George Meredith）的一首诗，英国作曲家正是受了此诗的启发。这首简单的小提琴幻想曲充满了妙手偶得的旋律，与遵循复杂对位法的《哥德堡变奏曲》有天壤之别，可是当我听到巴赫的杰作末尾再度响起的咏叹调时，却无法不联想到其中亦有某种事物正在"翱翔着逼近静默"。

我乘着离开芝加哥的飞机，挤在中间座位上，膝上放着《哥德堡变奏曲》，在此时此刻与我的童年之间，我创造了一个完全属于自己的音乐世界，学了很多我从来没有为母亲弹过的曲子，爱上了对她而言永远陌生且高深莫测的音乐。因此，当我听着脑海中萦绕的哥德堡咏叹调，然后意识到我永远无法将这音乐弹给她听的时候，突如其来的巨大无力感令我吃了一惊。这种说法可以套用于我在过去几十年学过的许多作品，但我总归**有过可能**给她弹奏它们，总归有过希望听到她在隔壁房间的喊声："弗利普，那段很棒。"至此为止，那个声音一直都和另一条生命保持着虽然微弱但似乎成立的联系。而现在它却只能活在我的记忆里。它是成年人孤独世界里的一道护身符，靠我独自一人维系，没有人叫得出它的名字，没有人注意到它的存在，更没有人帮我把它记在心里，一旦我放开手，它就会悄无声息地从这个世界上消失，再也无可挽回。最悲哀的是，这首咏叹调恰恰是母亲会喜欢的音乐类型。

♫

我唯愿福克尔讲述的巴赫和青年哥德堡的故事是真的，即巴赫为一个年轻的羽管键琴师写了这部音乐，供他弹给一位睡不着觉的伯爵听，然后羽管键琴师待在伯爵卧室外的黑暗客厅为他演奏此曲，诱他入梦。这个迷人的故事将作曲家、演奏者和聆听者紧紧联系在一起，形成了一个完美无缺的圆，集齐了老练艺术家的才华、青年音乐家的活力，以及理想听众的教养三个元素。作曲家渴望演奏者，演奏者渴望倾听者，而倾听者宁愿相信音乐只为自己而作。我喜欢故事里那笔天文数字的报酬——据说伯爵为此音乐支付的一百枚金路易，贵族血统向天才活力的致敬，暗示了赞助人和艺术家双方都清楚交换之物的价值。我也愿意相信凯瑟林的慷慨解释了他在扉页上的缺席，也许在巴赫的某封信里提出了一段百般恭维的题献词献给伯爵，而伯爵的回复是："不必，音乐足矣。"

我想象青年哥德堡将这一切看在眼里，并颇感敬畏，他明白自己是这些前辈、要人的中间人和信使，当他坐下来弹奏羽管键琴时，定会有一份沉重的责任感落在他的心头。白天，他身处伯爵府的公事俗务、伯爵的外交官职责和贵族身份的阴影之下，可能会对自己在这个世界上的位置感到困惑。而天黑以后，它们从俗世隐退，更伟大的事物开始降临。这时年轻的哥德堡坐到了键盘前，心思一半放在纸页间的音乐上，另一半投向隔壁房间昏昏欲睡的男子，指尖开始极轻、极小心地在键盘上游走。他生怕犯错，怕惊醒他的赞助人，却又为这音乐着迷，它跟他以往弹过的任何乐曲都不一样。哥德堡缓缓地、不加修饰地奏出了咏叹调，尽自己最大的努力勾勒出最优雅的线条。也许这就足以让伯爵沉入梦乡，如果还不行，年轻人将继续他的演奏，或许会跳过第一首欢腾的波罗乃兹[i]变奏，直奔下一曲，进入更安静的树林深处闲庭信步。当卧室传来鼾声，说明伯爵终于睡了过去，他开始纠结：要不要大胆地放纵自己的兴致，继续弹下去？这么做有些冒险，音乐里新出现的一些起伏可能会让他前功尽弃，可能某段充满了戏剧性和意外的欢快变奏会打破平静，吵醒隔壁房间的雇主。或者他应该按捺住自己的快乐，在兴头上停下，尽职尽责地切断音符的流动，以便让寂静登场？但必须停止了，他收起巴赫的乐谱，掐灭蜡烛，离开房间，前往某个肯定远不如这里暖和气派的地方睡觉，他身后的羽管键琴伫立在客厅里，陷入了静默。

---

i 18世纪欧洲非常流行的一种舞曲，源自波兰的民间舞蹈，人们通常在丰收或祭祀仪式、婚礼上跳，表达欢乐和庄严的情感，随后流传开来，受到上层阶级的喜爱。

3

我在纽约州斯克内克塔迪市郊的一栋房子里度过了生命中第一个六年，麦范薇的住所就在几户人家之外。她的房子无疑比那片住宅区其他的错层式房屋都要老，虽然里面的房间布局和我家几乎一模一样，却是一个迥然不同的家。房子里很安静，窗户上挂着厚厚的窗帘，从薄纱帘透进来的柔和光线泛着缤纷的色彩。她的屋子里满满当当，有来自旧大陆[i]的器物，置物架上摆着各种陶俑，雕花玻璃瓶里插着干花，墙上悬挂着她从当地图书馆借来的"老大师"[ii]画作的复制品。她来自威尔士，年过七旬，在当地颇受爱戴，常给附近的孩子教授钢琴课。

同在一条街上的我们家则是个"疯人院"。每到暖和的季节，家家户户开着窗户，你便能听到我的姐姐们练习小提琴的声音，

---

i 旧大陆是指在哥伦布发现新大陆之前，欧洲人认识的世界，包括欧洲、亚洲和非洲；与此相区别，新大陆主要指美洲大陆。

ii Old Master，艺术品拍卖市场上常用的名词，一般指代欧洲生于18世纪前的著名艺术大师，他们的作品通常很珍稀且价值连城。

她们犹犹豫豫地刮刷着廉价的学生乐器，拉出敷衍的音阶，偶尔伴着母亲从其他房间发出的维瓦尔第的高音部旋律。而这里同样不乏大喊大叫、争吵打闹以及摔门的声音；有时候还会有在街上可能听不到的哭声，源自我父母的卧室，它位于主楼层上面一个局部改建过的阁楼上。我们小小的房子里住了一群任性的人，操持它的是一位强悍但喜怒无常的女人，她经常说自己一点儿也不想成为母亲。那时候我还太小，不懂问题出在哪里，也不了解一个心比天高的十九岁女孩最终逃不过凡庸命运的故事，不过每次我从钢琴老师那儿出来，走几步路回到家的时候，总是能觉察到气氛不大对劲。

我跟着麦范薇学了三年钢琴，在她雕刻着装饰图案的立式钢琴上弹奏彩色课本里面的小乐曲，而她则用婉转的威尔士小舌音跟着音乐哼唱。她体形丰满，为人和蔼可亲，很爱笑。她很喜欢孩子，却从不让他们感觉自己是孩子。每次我去她家，她都会问我一些四五岁男孩儿感兴趣的小事，把我打发到浴室洗手，然后伴随着一声夸张的呻吟和连绵不断的低沉笑声，她把我从地板上拎起来，犹如拎起一袋面粉，放在她家钢琴凳的圆形凳面上。她的钢琴跟我们家那台日本产的钢琴不太一样，我家里的是抛光木制琴身、塑料琴键，弹起来带着铿锵明亮的金属音，而她的钢琴是象牙琴键，音色低沉圆润。那钢琴耸立在我们面前，我坐在那儿，脚还够不着踏板，旁边的麦范薇伸展着四肢瘫在她软绵绵的扶手椅上，永远坐不端正。

记得那年我只有四五岁，因为我开始学钢琴的时候还不识字。音乐就像语言，不知不觉、不费力气地潜入了我的生活。我姐姐在家里应该教过我一点点皮毛，但为我打下基础的人却是麦范薇。不过我已经不记得自己有学过什么或被教过什么了，我只不过是每周去一次她家，跟她一起唱唱歌，弹弹琴，说说笑笑，半小时的课就这么愉快地过去了。一两年之后，我开始学认字，整个过程异常艰辛，充满了焦虑，至今我仍然记得有一幕：我抱着一年级读本吃力地念出每个音节，我的老师在一旁向全班大声宣布"菲利普在读书了"。但无论我怎么回想与钢琴有关的记忆，都找不出任何类似的场景，从没有哪一次我的手指忽然听从使唤，然后有人说什么"菲利普在弹钢琴了"。

在我的幼年，母亲尽到了她所理解的母亲的全部义务，包括教她的孩子们音乐。年长的女儿们得到了小提琴，并由她亲自来教，这是个错误。她会跟女儿们一起拉琴，越拉越烦躁，然后恼羞成怒，责骂她们不用心，马马虎虎，敷衍了事。母亲去世以后，我问过姨妈以前母亲学小提琴的时候是不是很刻苦。姨妈答道："嗯，是的，她是我们之中最好的学生。"她说的"我们"指的是她们三姐妹，三个人在 20 世纪 40 年代一起长大。尽管我外祖父的糖果店生意惨淡，但他还是设法给女儿们买了乐器，包括从邻居手里弄来的一把挺上档次的二手 1/4 小提琴。那把好琴给了我母亲。"我总是拿别人挑剩下的。"姨妈说。那个时候，她和母亲会穿上吉卜赛风格的裙子，一起在聚会上表演二重奏，并非为了赚钱，只是给亲朋好友娱乐助兴。母亲从来没跟我说过这些事，姨妈却认认真真地记在心里，成了她心中一段掺杂着苦涩的回忆。"有一次，我们接到一个电话，叫我们去一个音乐会上演，我说我们去不了。"她说道。但我外祖母从她手里一把夺过了电话，然后对着话筒吼道："她们会去的。"

也许母亲曾幻想过把自己的大女儿和二女儿打造成像她们姐妹那样的二人组。也许她觉得女儿们身在福中不知福，每个人都拥有属于自己的小琴，全新的琴，而非更富有的邻居转卖的二手货。也许她只是缺乏耐心，再加上家里有四个孩子，闹得她神经衰弱，而跟自己的亲生女儿一起演奏又让她意识到音乐从未将她引向独立和自由。总之，姐姐们与小提琴做着艰难的斗争，终于与母亲爆发了激烈冲突。母亲对她们又是威逼，又是贬低，气急败坏，直到最后整个房子都在摔门声中颤抖，所有人都逃得远远的，躲避其他人的怒气和泪水。不知为何，她没有将同样的折磨加诸我和我的三姐。我们被恩准跟着一位好脾气的女士上钢琴课，对于她而言，音乐是一种寻欢作乐的形式，一项伪装成游戏的训练。

麦范薇是我童年的三位老师中的第一位，他们三个人最后都跟我不欢而散。我上幼儿园后没多久，我们家就从第一个住所搬了出来，买下了几英里外新建成的一套更大的房子，它配备了现代化的便利设施，如车库的电动开门装置，还有不同房间之间的对讲系统，但我们从来都没有用过，因为我们彼此交流的欲望并没有特别强烈，就算到了万不得已的时候，大声喊叫倒是更方便。新家坐落在一大片新植的草地中央，周围除了草什么也没有，没有树木，没有灌木，也没有鲜花。但它对我来说是一个巨大的空间，四个孩子都有了自己的房间，父母也终于住进了像样的卧室——他们早已厌倦了睡在阁楼上。母亲开心得不得了，开始动手制作窗帘，做裁缝活，她不仅亲手做了枕头，还给每件家当都缝制了配套的外罩，连钢琴也披上了钻石形状的黑白几何图案，那个时候我们都觉得特别时髦。可是住新房子是要付出代价的：年纪较小的孩子，包括我在内，都失去了学校，而且我们再也不能步行去麦范薇家了。

于是我和姐姐丽莎需要另寻良师，丽莎的年纪较大，我的演奏水平也有所长进，所以我们要找的人不能只是个音乐保姆，还得有能力进行专业教学，帮我们提升到下一阶段。夏洛特是一位来自德国的女士，住在更高档的市郊社区，她在自家厨房边上的房间里开办了一个热闹的钢琴教室。以前麦范薇每次出场都像是刚刚揉完一块面包或搅拌完锅里的汤，夏洛特则不一样，她的课堂节奏快，效率高。我们总是忐忑不安地坐在厨房餐桌前等待，听着透过门缝漏过来的琴声，伴随夏洛特高过琴声的嗓音，不停地数啊，数啊，数啊。然后门开了，夏洛特满面笑容地出现，伸伸右手将一个孩子送出来，挥挥左手将下一个孩子招进去，动作一气呵成，没有一丝停顿，活像重新启动一台高效率的家电。第一次课结束后，夏洛特让我们把一家音乐出版公司的邮购目录带了回去，里面勾出了至少二十本书，作为我们接下来学习必备的教材。"天哪！"母亲计算总费用的时候不禁脱口而出。

我们新添置的藏书里包括一本《安娜·玛格达莱纳·巴赫笔记本》(*Notebook for Anna Magdalena Bach*)，这是巴赫家族在 18 世纪 20 年代编撰的一本音乐纲要。安娜·玛格达莱纳是巴赫的第二任妻子，婚前她是一名颇有实力的职业歌手。以她的名字命名的这本笔记是各种音乐的集锦，不仅包含巴赫最通俗易懂的键盘作品中的若干套舞曲组曲，还收录了其他作曲家的短曲。在音乐印刷品尚未普及的年代，这样的笔记本就像家庭剪贴簿或菜谱，收集了为五花八门的目的而创作的音乐。这其中有用于在家里学习舞蹈的音乐，有家庭聚会上最受欢迎的咏叹调，有教孩子们基础和声知识的众赞歌，甚至还有孩子们自己谱写的作品，以及他们最早写的短文（连同他们父亲的修改痕迹），犹如一绺婴儿头发或旧宝丽来照片被珍藏起来。

后来成为《哥德堡变奏曲》基础的那首咏叹调最早出现于 1725 年版的《安娜·玛格达莱纳笔记本》（虽然很有可能是后来加进去的），和它一起的还有两首小步舞曲，在我学习钢琴的年代，它们都是通用的练习曲。夏洛特常常讲："主啊，请赐予我们日常的巴赫。"她打算用这些小步舞曲将我引进巴赫的大门。它们都由两个声部组成，旋律简单、优美、悦耳，但就算是没听过太多音乐的外行也能听出它们不大像出自巴赫之手。事实上在 20 世纪 70 年代，它们的作者被认定为克里斯蒂安·佩佐德（Christian Petzold）——不同于巴赫，这位作曲家兼管风琴师的足迹遍布欧洲大陆。巴赫的家族笔记为我们打开了一扇迷人又朦胧的窗，让人得以一窥他的家庭生活、他的家人，以及他们在某些方面的品位和兴趣。与佩佐德的小步舞曲并列出现的还有一首复杂的小回旋曲，其作者是巴赫崇拜的一位作曲家，法国最伟大的羽管键琴大师弗朗索瓦·库普兰（François Couperin）；以及另一首小步舞曲，署名是含糊的"伯姆先生"，指的可能是著名管风琴师格奥尔格·伯姆（Georg Böhm），也许巴赫在青少年时代曾师从他。从诸如此类的作品——包括来源于歌剧（巴赫从未涉猎过的音乐体裁）等各种出处的咏叹调——之中，我们隐约看到了一个朴素务实的家庭，他们对更广阔的世界充满好奇，同时毫不掩饰对顺耳的通俗音乐的钟爱，虽然它们跟一家之主以专业水平谱写的作品相比着实难登大雅之堂。

关于《哥德堡变奏曲》的咏叹调，也有学者怀疑它是否真的出自巴赫之手。奇怪的是，这首曲子在笔记本里被记在两页纸上，而这两页纸又将另一首咏叹调一分为二。看上去，这是抄写员在誊写《如果有你陪伴》[*Bist du bei mir*，出自戈特弗里德·海因里希·斯托尔泽尔（Gottfried Heinrich Stölzel）的歌剧《狄俄墨得斯》（*Diomedes*）］时不小心在中间留了两页空白，之后才把哥德堡咏叹调插进来。也许因为这两页纸粘在一起了，誊哥德堡咏叹调的人不想浪费两页空白纸张。然而《如果有你陪伴》的情绪却不可思议地召唤出了哥德堡咏叹调旋律的迷人魅力，就好像《哥德堡变奏曲》的曲调是注入前者更黑暗核心里的甘甜馅料：

与我同在，我会带着欢喜
去往死亡与安息之地。
啊，死将何其愉悦，
倘若由深爱的你的双手
合上我至死不渝的双眸。

菲利普·斯皮塔（Philipp Spitta）创作了公认的史上第一部严肃、全面的巴赫传记（至今依然是关于该主题最引人入胜的作品之一），其中甚至暗示哥德堡咏叹调原本是一首情歌。"最初是为安娜·玛格达莱纳写的，毋庸置疑。"[5]斯皮塔说，在它的启发下，巴赫谱写了一系列的变奏曲，他"很可能受到某些私人性质的动机影响"。但在20世纪80年代，恰逢巴赫三百周年诞辰之际爆发了一场针对该咏叹调的创作者究竟是谁的激烈论战，有一个学者声称该作品"几乎可以确定不是巴赫的[6]，而是一位身份尚不明的法国人所作"。其他人猛烈批驳了这一观点，不过到了今天，大众在这个问题上已经形成了一个略有争议的共识：尽管该咏叹调不能算典型的巴赫风格，也受到了"华丽"风格的浸淫，但它的的确确就是巴赫创作的。

小时候我曾上百次略过哥德堡咏叹调和《如果有你陪伴》，去寻找更容易上手的曲目，简单一点的舞曲，包括佩佐德的小步舞曲。不管出自谁手，它们都是无伤大雅的怡人小曲，我在夏洛特的指导下熟练掌握了这些曲目，然后晋级到巴赫相对简单的前奏曲，继而在接下来几年向他的大型作品集《平均律键盘》（*The Well-Tempered Clavier*）发起挑战，学了里面第一首前奏曲和赋格。夏洛特对钢琴技法秉持一套坚定不移的理念，要求手摆放的位置必须毫无偏差，手腕和手掌平放，手指弯曲，每根手指抬起落下，敲击琴键时都要略带老式打字机噼噼啪啪的脆响。"你知道把一个钢琴键压下去需要多大的重量吗？"有一次，她在我弹得太响的时候向我发问。我承认我不知道。"两根好时巧克力棒。"那就是三盎司左右。后来有一天，我幸运地同时拥有了两根巧克力棒，我试着把它们放在一个琴键上，想看看它是否会沉下去，无声息地奏响琴弦，但我没办法让它们恰好保持平衡。至今我也没搞清楚夏洛特的说法是否正确，不过每次我用力过头的时候，仍然能听到她的声音在我耳边叮嘱道："两根好时棒。"

麦范薇说过我是可造之材，夏洛特也很宠爱我。但姐姐丽莎得到的待遇就不一样了，她也有天赋，夏洛特却像后妈一样待她。丽莎一开始还挺喜欢上夏洛特的课，但没过多久她就害怕去上课了，还时不时跟母亲关起门来窃窃私语。在某年1月，紧张的气氛终于变得一触即发。我姐姐的记忆是这样的：圣诞节前夕，她跟老师说她想学一首复杂的贝多芬奏鸣曲。夏洛特却说这对她而言难度太高。丽莎还是没有退缩，在假期自学了第一乐章，但当她在新年的第一堂课上弹奏它的时候，夏洛特只丢下了一句话："你弹错了调。"

这件事的真相已经很难说得清楚了。我也只是听说，并未亲身参与厨房门后面的那场对峙。很难相信一个小孩弹得了"错了调"的贝多芬奏鸣曲，这甚至比弹对调还难。也许她弹错了节奏，也许只是忘了零碎几个升半音或降半音。也许丽莎听错了或是误解了夏洛特的话，又或者夏洛特纯粹只是心肠狠。无论事实如何，最后的结果是母亲和老师吵了一架，我们三人从此和她分道扬镳。

这段人生插曲让我失去了老师，也给丽莎留下了深深的伤痕，导致她彻底放弃了钢琴。如果说麦范薇让音乐变得有趣，那么夏洛特就让它显得重要，也是她让我认识了严肃音乐——贴着"小奏鸣曲""创意曲""小步舞曲"之类沉重标签的音乐。在她的指导下，我感觉自己进入了一种业已成熟的传统，一个神圣而庄严的场所。正是在跟着她上课的那段时间，我有生以来第一次将音乐当成音乐来享受，而非孩子为大人表演的小把戏或是需要承担的苦差事。成功是一种内在驱力，它的意义远远超出了我的音乐启蒙课本上粘着的一颗星星，即麦范薇给予成绩优秀者的奖赏。夏洛特让我生平第一次走出了自我的躯壳，在努力学习钢琴之余独立自主地聆听音乐，生平第一次能够对自己说：**菲利普在弹钢琴**。虽然夏洛特待我姐姐可能有些刻薄，但对当时的我而言这算不了什么。她待我很好。

♪

学钢琴曾经作为一种文化现象[7]在美国蓬勃发展，直到进入20世纪80年代才开始式微。在20世纪的头十年，美国制造商总共生产了约37万台钢琴，虽然在大萧条和第二次世界大战期间产量有所下滑，但到了1980年又回升到将近25万台。在我小时候，市郊围地的住宅区里几乎找不出一户没有钢琴的人家。而学钢琴这一奇怪的仪式充分承载了入世的抱负以及中产阶级对于自我提升的执念，其起源可以追溯到钢琴成为小资产阶级家庭的代表性乐器以前。钢琴还没出现的时候，羽管键琴是音乐界的主力乐器，既用来给职业歌剧演员、室内乐团和管弦乐队伴奏，也用于独奏。在法兰西的旧政权 i 时期，羽管键琴教学已形成一个小规模的行业，主要流行于贵族，尤其是上层阶级的贵妇中间。当时的羽管键琴

---

i ancien régime，指法国 1789 年大革命前的社会和政治体系。

教师里最负盛名的莫过于弗朗索瓦·库普兰，键盘音乐伟大的天才之一，他一生谱写了大量短乐曲，都冠以高深莫测的标题，有的冷嘲，有的热讽，有的缠绵悱恻，有的妙趣横生，每一首都是一幅简洁的写生画，描绘了一种心情、一个人、一个想法，笔触细腻、雅致、游刃有余。巴赫的音乐风格和直觉完全处于库普兰的反面，作为库普兰的仰慕者，巴赫所写的音乐虽然绝不会与库普兰的混淆，但他的键盘作品中存在许许多多似曾相识的瞬间，耳朵灵敏的听众可以确定无疑地听出对那位法国大师的回应或致敬。

1716年，库普兰作为羽管键琴界的名师，出版了自己为年轻演奏者编写的教科书：《羽管键琴的演奏艺术》(*L'art de toucher le clavecin*)。这本书的问世有点像是将祖传菜谱或商业机密公之于众："也许有少数人会说我披露这些知识的行为有损我自身的利益。"库普兰在序言中写道。然而（在后来的一个版本中）当他提及他的音乐广受"巴黎、外省和外国人"好评时，显然是在暗示他的声名之显赫。当时，库普兰在巴黎之外的出名程度就和巴赫在图林根地区以外的不出名程度相当，而他的小书至今依然是我们了解羽管键琴演奏技术的一把关键性钥匙。它详细描述了身体的姿势，手掌、手腕和手臂怎样摆放；怎样弹装饰音，怎样按琴键，怎样衔接；它还就如何让自己弹琴的姿态显得优雅这个问题给出了有用的建议："为了避免面部表情变得狰狞，可以将一面镜子放在小型立式钢琴或羽管键琴的乐谱架上，以此来纠正表情。"演奏音乐不只是要让正确的手指落在正确的琴键上，更是一项全身训练，从脸到脚到指尖都要优雅自如的身体表演。音乐渐渐成为正在觉醒的自我意识的组成部分。

在 1717 年版的序言中，库普兰还给出了如下建议：

> 给儿童上头几次课的时候[8]，不建议他们脱离老师的监督自己练习。小孩子的注意力太分散了，没有办法自觉地让手保持规定的姿势。就我而言，刚开始授课时，我都会将教学用乐器的钥匙随身携带，以防我不在场的时候，孩子们只用一瞬间就毁掉我认认真真花了 45 分钟教给他们的东西。

库普兰的学生一定得到了老师高度的个人关注，至少与 19 世纪已形成产业的钢琴教育中的学生们相比要高。到了 19 世纪中叶，钢琴开始被全欧洲和美国相互竞争的公司大量生产，价格降到了更多人可以承受的范围之内，不再像上一辈人那样只限于简·奥斯汀小说里的年轻小姐们学习。大量具有技术挑战性的乐曲被开发出来，独奏曲目的数量激增，中产阶级家庭的年轻人也开始接触这门乐器。钢琴训练更深入地渗透到学琴的人群中间，甚至更深入家庭内部，而在家中，钢琴不只是音乐开始的地方，更是启蒙运动下的理性世界的延伸。

随着越来越多的人获得了学习钢琴等乐器的闲暇，高强度练习的歪风邪气逐渐成为主流，学生们花费漫长的时间独自守着钢琴，构建并巩固自己在课堂上所学的知识。在钢琴教育刚刚开始普及的年代，最著名的一位大师是贝多芬的学生卡尔·车尔尼（Carl Czerny）。他后来的弟子包括19世纪最伟大的艺术巨匠弗朗茨·李斯特，而李斯特又将薪火传给了接下来的几代音乐家。在车尔尼的推动下，一套特别机械的教育观念变成了标准规范，固定了学生需要掌握的东西，他在自己指导实用键盘技巧的书里使用的意象近乎残酷："因为手指是不听话的小动物[9]，如果不好好管教它们，稍微熟练一点以后，它们便会像脱缰的小马驹一般飞奔而去。"

库普兰可以锁住羽管键琴的键盘，以防学生偏离他的教学方法，但到了19世纪中叶，钢琴学生私下里勤学苦练却成了一个理所当然的要求。更有甚者，他们还须恪守一套严格的纪律，自我监督，自我克制。这种风气给家庭带来了情感和存在上的双重变化，从马蒂斯[i]1916年创作的一幅油画里可见一斑。在这幅《钢琴课》（*The Piano Lesson*）中，艺术家的儿子皮埃尔坐在一台普雷耶（Pleyel）钢琴的键盘前，一个很大的节拍器[ii]醒目地横在他和观者之间。皮埃尔的一只眼睛凝视前方，另一只眼睛则被一块肉色的

---

i 亨利·马蒂斯（Henri Matisse, 1869—1954），法国著名画家、雕塑家、版画家，野兽派的开创者和代表人物。
ii Metronome，节拍器是一种能发出稳定节拍的机械、电动或电子装置，1696年由法国人E.卢列发明，后来受到广泛使用的是1816年奥地利人J.N.梅尔策发明的节拍器，其外部呈金字塔形，内部为时钟结构。

三角形蒙住，这个肉色缺口的形状和大小都与金字塔形的节拍器相仿。虽然马蒂斯后来又画了另一幅相关的油画《音乐课》（The Music Lesson），描绘了一个男孩和老师同坐在钢琴前的形象，《钢琴课》里的皮埃尔却完全是独自一人，如果不算背景里的女人画像。孤零零的皮埃尔被节拍器无休止的机械嘀嗒声纠缠、撕裂，它的印记直接留在他的脑袋上。他的右脑，即人脑处理音乐的主要部位，被那块抹消了他身份的节拍器形状遮蔽。

车尔尼等授业者身上反映出的是 19 世纪更大范围的教育争论。我们究竟是通过高度的专注和严格的纪律获得知识、掌握技艺，还是需要投入感情和随心所欲的好奇？严规的拥护者不一定是在鼓吹死板的教育理念，但自由和放纵明显让他们感觉焦虑不安，而这种焦虑是自启蒙运动以来始终贯穿于音乐史的一条线索。甚至连罗伯特·舒曼（Robert Schumann）这样的人物都发表过相关见解。舒曼倡导一种更兼容并包的观念，主张教育应在适度的纪律和自由相结合的基础上进行。在《给青年音乐家的规则和座右铭》（"Rules and Maxims for Young Musicians"）一文中，他鼓励人们保持广泛的好奇心，广泛参与音乐，不仅限于键盘音乐。他提倡拓宽音乐品味，对歌剧和宗教音乐等等兼收并蓄，全面了解和声和音乐基础知识，经常进行室内乐演出。另一方面，他也看到了快乐、放纵和偶尔的即兴表演也有存在的意义：

如果上天赋予你旺盛的想象力，你就会常常在寂寞时分独坐钢琴前神游，为萦绕在你脑海中的和声寻找出口。和声的领域对你来说越不确定，你就越会不可思议地为之沉迷，仿佛被诱入了一个魔法阵。这就是最美好的青春年华。但要小心，切莫过度沉湎于才华，将精力和时间空耗于虚幻的影像。[10]

舒曼的这段话是在音乐学校刚刚兴起的年代写下的，所以即便他对"旺盛的想象力"和"魔法阵"的肯定是有条件的，也与当时的流行趋势背道而驰。19 世纪刚开始的几十年间，音乐学校如雨后春笋般在欧洲各地涌现，培养了一批技艺高超的钢琴大师，他们作为中坚力量，将对这门乐器的热爱在业余爱好者中间推广开来，进而促使更多人——尤其是年轻女性——进入音乐学校学习。可是音乐学校的系统会成为一个工厂，摧毁一个人的灵魂。比如爱德华·格里格（Edvard Grieg）年少时曾就读于莱比锡音乐学院，对老师的保守主义退避三舍，他痛恨这段经历，声称自己在那几年什么也没学到。不同的学校都倾向于推行各种死板的钢琴教学系统，这些方法有时候跟不上现代键盘技法迅速发展的脚步。在斯图加特，学生接受的指令是保持手臂和手腕纹丝不动，手指像活塞一样抬起，然后用力敲击琴键，这种方式显然对很多人造成了无法估量的损伤。车尔尼门下的著名教育家西奥多·库拉克（Theodor Kullak）教给学生一套极其费力的键盘弹法，以至于还得嘱咐他们在练习结束后甩一甩手臂以放松肌肉。19世纪60年代末到70年代，美国人艾米·费伊（Amy Fay）在德国留学时写了一封家信，信中谈到她被要求练习约翰·巴普蒂斯特·克拉默（Johann Baptist Cramer）那些让人手指发麻的练习曲，弹得越快越好，分贝越高越好，练得越勤越好。她的老师虽然令她仰慕，却也很可怕："我的手累得都快断掉了，于是我说我坚持不下去了。'可你**必须**坚持。'他会回答。"[11]

在美国，钢琴教学以私教为主。富有创业精神的教师开办了自己的工作室，或一对一授课，或集体授课。竞争开始形成，教师们通常都各自拥有一帮狂热忠实的追随者。到了20世纪，这一制度已经变得非常普遍，麦范薇这样的女性也开始参与其中，她们可以通过教钢琴课赚一点外快，或者将其作为一种出口，宣泄她们原本会白白枯竭掉的创造性能量，因为当时的女性在家庭之外取得职业成功的机会少得可怜。教师的大量涌现对应了学生数量的激增，推动了广义上的高雅音乐文化的发展，体现为地区性的钢琴比赛、周日下午的音乐俱乐部，以及与活页乐谱配套发行的大众杂志。虽然在20世纪中期，大众传媒的兴起和唱片的普及改变了人们聆听音乐、理解音乐的社会动力，但这些变化仍未淘汰钢琴这一主要的家庭音乐鉴赏工具。在当时百花齐放（如今几乎不复存在）的音乐世界里，钢琴教师的亚文化充满了理想主义和虚荣的泡沫，如同一个奇特又迷人的缩影，反映了美国社会其余的方方面面。竞争变得激烈，建立口碑至关重要，仪式扩散开来，古怪又神秘的系统发展出了邪教团体一般的拥趸，忠诚逐渐巩固又销蚀，从中不可思议地涌现出了对音乐感兴趣的广泛人群，以及许多理智、健康、音乐实力雄厚的人，他们的规模足以形成一个由交响乐团和歌剧演员组成的职业阶层。

在公立学校系统中，每个学生都与一群同龄孩子共进退，一起学习同一套标准课程，升入同样的年级，作为指导者的老师（绝大部分）都与被指导者保持一定的职业距离。学习音乐则是另一码事，学生与老师在个人和精神上的联系都要紧密得多。音乐是艺术，神秘莫测，往往玄而又玄，你常常会发现自己从下一位老师那里学到的东西推翻了上一位老师教给你的一切，小到手摆放的姿势，大到系统训练方法。更换老师总让人感觉有点像改变宗教信仰：安息日原来一直是星期日，现在改成了星期六；以前，圣餐仪式期间不站立必遭地狱之火炙烤，现在不坐不行。有的时候，这种程序和实践上的外在变化给人造成的困惑会在一段新关系刚开始的几周到几个月间产生惊人的后果。根深蒂固的习惯一旦遭遇剧变，足以将一个人的身心震出原来的轨道。然而随着时间流逝，制度和教条蔓生得无序而随意，要说它们有什么益处，充其量不过是让你在形成自己信仰的过程中多了一些选择而已。

我的第三任老师狂热地施行一套禁欲主义的仪式，差点儿将我对音乐的兴趣彻底掐灭。夏洛特爱护我，鼓励我，但碰上了乔伊丝，我就没那么走运了。她对我的技术作出了精准的判断——我不守规矩、随心所欲，在新曲目的选择上急于求成，专挑自己无法完全驾驭的作品。但是，她的方法太枯燥了，满怀恶意地企图摧毁这门乐器带给我的一切乐趣。乔伊丝认定约束我的唯一办法就是将音乐打碎成容易消化的片段，一片一片地灌输给我，一次不超过八小节。她的做法是将每首新曲的曲谱影印下来，然后剪成一条一条的小纸条，每周只给我一条让我学习。等我完全掌握了上面的八个小节之后，她就会把这张纸条贴在一张卡纸上，作为对我的奖励，这样一周周过去，整首乐曲便会一片片地重新组合在一起。但如果我没能掌握上一周的纸条，下课后就只得空着手回家，并被严厉告诫要把上周的内容彻底消化后再带上纸条过来。这简直太像我们家每天晚餐桌上的例行仪式了。母亲会逼着我们把盘子里的饭菜吃干净。有时候食物确实无法下咽，我们就会在那儿僵持好几个小时，一直到睡觉时间，最后剩菜剩饭会包上玻璃纸放进冰箱，第二天晚上再端回到我们面前。

跟新老师上完第一堂课以后，我带着贵重的八个小节回到家，将皱巴巴的纸条放在乐谱架上，无精打采地盯着它。我的视奏能力相当不错，也就是说我可以摸索着把一首曲子弹完，一两遍之后就能看着谱大致弹出全曲。我的目光沿着罗伯特·舒曼那首乐曲的第一节片段移动着，手指按下琴键，奏出音符和大概的节奏，略过全部细节，突然间我走到了尽头，感觉有点像电影放到一半胶片断了，或是唱针冷不防从唱机上移开。一个乐思就这样悬停在半空，旋律裂成两半，留下一片静默，我的好奇心顿时被提了起来，让我难受得不得了。我想让这音乐带着我走到终点，去听听它的结局，去想象自己在观众面前演奏它，让所有人心悦诚服。我的感受一定就像当年库普兰的年轻弟子们一样，望着上锁的羽管键琴，渴望倾听更多它不吐不快的声音。

然而事与愿违，我不得不将创造音乐的乐趣搁下，以便为学习音乐的艰苦让道。乔伊丝找准了我在音乐上的弱点，但她设计出来的解决方法却让我在钢琴前的每一分钟都如坐针毡。每首曲子都要历时几个月才能凑齐所有八小节的片段，而等到一首作品完成的时候，我已恨透了它的每一个音符。我宁愿在钢琴练习时间放纵自己去享受危险的自由，沉溺于自我陶醉，正如舒曼在他的《规则和座右铭》中描述的，尽情演奏和弦，看它会去往何处，在虚幻影像的魔法阵中做梦，虽然这样做对理解音乐没什么助益，但至少我不必苦苦盯着它僵死的尸体。

乔伊丝对我的进展不断给出负面反馈，让母亲越来越恼火。开车回家的路上，她会对我训话，威胁说如果我不表现好点，就要剥夺我的特权。钢琴开始让我唯恐避之不及，每次被迫练习的时候，我都会机械地弹着音阶，直到母亲开始走神，我才能埋头创造自己的曲子。马蒂斯的《钢琴课》里除了一个男孩失魂落魄的扭曲形象之外，还有一块切割成三角形的绿色颜料占据了画布的焦点，它的形状呼应了节拍器的形状以及将皮埃尔可怜的脸抹掉的怪异裂口。这片绿色区域的下缘始于钢琴的边缘，显然代表了家庭空间之外的绿色世界，随着钢琴带给我的乐趣与日俱减，我对那个世界的向往便与日俱增。在外面时，我磨磨蹭蹭地不愿回家，以逃避练琴，而每次练习的重担一解除，我都会飞也似的逃出家门。

有一天，我忽然心念一动。在此之前乔伊丝将门德尔松一首作品的八小节布置给我作为家庭作业。那个年代，全家一起去图书馆是我们很多人每周一次的例行活动。为什么我没早点想到呢？我们去的图书馆里就有乐谱，于是在接下来的图书馆之行中，我找到了几卷门德尔松的作品。我一页一页地翻过去，没多久就找到了我手上那部作品：门德尔松模仿时兴的声乐曲写的《无字歌》（*Lieder ohne Worte*）中相对简单的一首。我把它带回家，开始练习整支乐曲，**唯独**跳过了乔伊丝给我的八个小节。

我满以为羞辱自己的老师会很好玩，结果并没有。我以为我会在磕磕绊绊地过完了她允许我染指的音乐以后，自信满满地杀入禁区，耀武扬威地冲她一笑，然后夺回我的自由。我会让她看到她的方法已经失败了，只有按我的规则来才能叫我屈尊学习音乐。没有任何人能锁住羽管键琴，阻挠我随心所欲的手指。也许我期待着让她大吃一惊，然后她会让步，意识到自己的错误，宣布我是个小天才。又或许我在等着她暴跳如雷，正如过去几个月不愉快的教学把她变成的那个巫婆应有的反应。可最后的结局一点也不好玩。她打断了我的演奏，然后轻轻地说了一句："我知道你找到原曲了。我们再尝试别的。"就这样，她从她的文件堆里抽出了另一张影印的乐谱，拿剪刀为我裁下了一小片。那堂课剩下的时间我们一直都在练习它。若不是我被怒气和羞愧冲昏了头，或许还能注意到她一直在努力指导我如何练习。

下课后，乔伊丝说她要跟我母亲讲几句话，于是我被打发到车里坐着。那是一个寒冷的冬日，才五点钟天就黑了，还下着雨。而我正处于青春期的边缘，梦想着创造惊天动地的音乐，却感觉自己像在学习针线活。乔伊丝宣布我们的课程失败了，建议我换一个老师。她说我可能需要一个更强硬的人来管教，可能男老师会比较好，她还提出了几个名字以供参考。

现在回想起来，我才意识到母亲也不怎么喜欢乔伊丝，可能因为乔伊丝总是用唱歌似的声音对她说话，就跟医生对病人惯用的那种居高临下、故作幼稚的腔调一模一样。那个年代，母亲们接孩子回去的时候，老师总是会用三言两语交代一下课程梗概，或是需要她们监督完成的作业，提醒她们尽到母亲的职责。"铅笔和橡皮擦"，倘若那一周我需要给乐谱标记指法符号，乔伊丝便会吊着嗓子喊道；或是"音阶和琶音"，如果我需要复习基础知识的话。那次谈话结束后，母亲回到车里，刻意板起脸。

"喂，你真的搞砸了。"她说。乔伊丝显然没向她揭发我的小伎俩，因为她接着问道："这回你又捅了什么娄子？"我如实告诉了她，与此同时我看到她脸上闪过了一抹几乎不可察觉的微笑。而当她说"你这臭小子"的时候，我几乎听到了微弱的咯咯笑声。总之，最后的结果是我摆脱了上一个老师，得找一个新的了，我也永远不用回去上乔伊丝的课了。接下来的几分钟，我感到了一种像是快乐的情绪。

♪

对于巴赫早年受过的音乐教育，我们知之甚少。他出生在一个传奇的音乐世家，他的家族在整个图林根地区颇有名望，并且在同室操戈的音乐政治游戏中玩得风生水起，以至于有时候会招来怨恨，因为他们几乎垄断了 18 世纪初宗教生活中很多重要的音乐岗位。巴赫在艾森纳赫度过了人生的最初几年，在那里，他进入了大约两个世纪前马丁·路德就读的学校念书。路德赋予音乐以深刻的意义，不仅关乎宗教生活的各种仪式，更促进了一个基督教团体的形成——将他们团结起来的正是一系列被奉为正典的赞美歌，其中很多对宗教的激烈呈现几乎达到了表现主义的浓度。音乐是日常生活必不可少的组成部分，也是教育的根基。学校教育从吟诵教理问答开始，日课包括集体唱歌以及学习读谱和音乐创作的基础知识，而在学习其他科目的过程中，音乐也起到了类似辅助记忆的重要作用。

巴赫十岁时父母双亡，投靠了一位兄长，当时在邻镇供职的管风琴师约翰·克里斯托弗·巴赫（Johann Christoph Bach）。我们固然可以想象一般孩子失去双亲会是什么感受，但除此之外，这件事具体对巴赫造成了怎样的影响就不得而知了。巴赫的感情世界几乎是一个谜，充满了无法证实的臆测，而他所写的乐曲则提供了有力却暧昧的证据。他的作品往往带着炽热、浓烈的情感，充满了悲伤与痛苦，但我们很难将他的个人情感从他所服务的宗教文化的标准组成部分，即更高层次的情感主义中分离出来。跟着哥哥学习的那段时间，巴赫给人的印象是他变得极其专注，并且野心勃勃。福克尔的传记里记载的一件著名逸事就勾勒出了一个对音乐如痴如狂的男孩形象。那个年代还没有互联网，出版也没有普及，巴赫只能依靠他的哥哥来获取音乐食粮，据福克尔所述，少年巴赫很快就将教给他的音乐学得滚瓜烂熟，然后开始搜寻同时代伟大作曲家创作的更具挑战性的作品：

> 他注意到他哥哥有一本书，里面收录了上述作者的几首作品，于是恳求哥哥把书给他。然而这个要求却不断遭到拒绝。他对这本书的渴望因为求之不得而越发强烈，以至于他最后铤而走险，开始想方设法要把它偷到

手。它被锁在一个只有一扇格子门的壁橱里，而他的小手恰好能钻进去把这本快要散架的书卷起来带走，他没有迟疑，很快便利用了这些有利条件。可是由于没有蜡烛，他只能在月夜誊抄乐谱，整整花了半年时间才完成这一繁重的工作。最后，当他以为宝物已经安全到手，并准备悄悄享用它时，就被发现了，哥哥毫不留情地夺走了他付出大量心血制作的抄本。一直到他哥哥去世，它才回到他手上，而这件事就发生在不久之后。

就像关于《哥德堡变奏曲》起源的著名传说一样，这段逸事也充斥着多到令人吃惊的细枝末节——格子门、小手、月夜——以及一些莫名其妙的错误和前后矛盾的地方。巴赫的哥哥并没有在"不久之后"过世，而是又活了二十多年，直到1721年才撒手人寰，当时年纪稍小的巴赫正值三十多岁的壮年。再者，巴赫如果总在晚上抄乐谱，又如何瞒得了整整半年呢？

尽管种种细节让人生疑，这个故事也并非完全不可信。几乎可以确信的是，巴赫渴望学习新的音乐，他的天赋可能已远远超过他哥哥，以至于他们之间有了嫌隙。这个故事发生的时候，巴赫应该已经像他学习键琴那般忘我地投入作曲，他主要通过抄写和钻研乐谱进行学习，而乐谱则被视为贵重的宝物，职业音乐家有时候会由于嫉妒心作祟而把它们看得很牢。当然，贫苦的遭遇也令人动容。巴赫失去了双亲，寄人篱下，在这个屋檐下都没人能分给他一根蜡烛。我们可以感受到他的脆弱，可以看到他小小的手，还有他刻苦磨炼技艺的身影。在《哥德堡变奏曲》的最后，巴赫加入了一支集腋曲，即把时下流行的各种歌曲重新利用然后串联在一起的一种音乐形式。巴赫大家族的成员会在家庭聚会上合唱集腋曲，席间很可能有啤酒或葡萄酒助兴，觥筹交错间应该不乏粗鄙下流的玩笑。变奏 30 的集腋曲是张扬的，比前面很多首都更悦耳动听，其中有段旋律来源于一首脍炙人口的祝酒歌："如果母亲炖点肉，我二话不说留下来。"作为巴赫毕生作品中最伟大的不朽杰作之一，《哥德堡变奏曲》就这样在对家庭的喜剧性指涉和对饥饿的戏谑影射中圆满结束。

1700 年，巴赫刚满十五岁就离开了哥哥的家，北上两百多英里抵达吕讷堡，一座靠近繁华大都市汉堡的城市，成了一名合唱生 [i]。在学校的合唱团里，他被要求演唱童声高音部，关于这段吕讷堡岁月流传着一件匪夷所思的逸事。那时候巴赫一贫如洗，有一次，他花掉了仅有的一丁点积蓄前往汉堡，去听伟大的管风琴师约翰·亚当·莱因肯（Johann Adam Reincken）的演奏：

> 他跑了好几趟去听这位大师的音乐，于是乎发生了这样一件事：有一次，他在汉堡待的时间太长，囊中羞

i 指通过在学校的合唱团唱歌来换取奖学金的学生。

涩，在回吕讷堡的路上，他的口袋里只剩下几先令。还没走到一半，就已经饥肠辘辘了，于是他进了一家客栈，诱人的香味从厨房飘出来，他的痛苦顿时被放大了十倍。正当他悲伤地沉浸于自身的痛苦时，忽然听到了咔嚓咔嚓的开窗声，然后一对鲱鱼头从窗户里扔了出来，落在垃圾堆上。作为地地道道的图林根人，他在看到这些鱼头的一瞬间，口水就流了出来，他一秒钟也没有迟疑，立刻将它们据为己有。结果，你瞧！还没等他把它们掰开，就发现了每个鱼头里都藏着一枚丹麦银币。

巴赫到吕讷堡后没多久就变声了，因此他不得不退而转攻其他的音乐技能，熟练掌握键盘乐器，模仿别人的曲子，或许也自己作曲。他成功地当上了职业音乐家，开始崭露头角。如果他哥哥确实将他偷偷誊抄的乐谱锁了起来，如果他在哥哥家的日子确实不好过，如果这个故事基本属实，我们便不难想象从上锁的柜子里偷乐谱的那些月夜曾让他陷于多么深沉的孤独，而这孤独正是他性格形成的基础。在我们现存的每一幅巴赫肖像里，他都是一个魁梧敦实的人；我们看到过的有关他的家庭和家族的记录大都热热闹闹，充满了音乐、欢声笑语、聚会宴饮。然而从他青少年时代的两则逸事里，我们却了解到他至少曾有过为了音乐如饥似渴、不顾一切的时刻，也许这两件事在某些方面融入了他的意识，成了其中的一部分。当他发现被人扔掉的鲱鱼头里藏着的银币时，他请自己吃了一顿大餐，然后用剩下的钱返回汉堡，又听了一次莱因肯的演奏。

4.

每次开始挑战一首新的乐曲都似一次坠入爱河的体验，尤其是你曾听过但从未演奏过的乐曲。可能你只抓得住其中最主要的音符，大概勾勒出它的旋律和低音线，但奏出的声音却有让人神魂颠倒的魔力。如此动人的声音由你亲手召唤出来，这大大增强了音乐的魅力，好比只在照片上见过的人物活生生地出现在你眼前。就算是完全陌生的音乐，就算弹得再差，你与这一新事物之间随时间发展变化的关系在此刻就像是与一个迷人的陌生人攀谈，让你的心头涌上一阵探索的快感和不含批判的愉悦。音乐顺流而下，没有任何迹象预示前方的坎坷与痛苦。

现在摆在三角钢琴的乐谱架上的是《哥德堡变奏曲》的咏叹调。巴赫没有把这首柔和的舞曲标记为"萨拉班德"，就像他对键盘组曲中的相似乐章所做的，他也没有对它的节奏作出任何标示，亦未留下任何表达意思的字符。对于18世纪的音乐家而言，这些信息只消看一眼旋律线的形状和节奏轮廓便一清二楚。如今的钢琴家们则充分利用了巴赫的失语，任凭兴致或本能去塑造这支咏叹调，或将它扩展成一段在自我世界里痛苦沉沦的冥想，或将其演绎得庄严宏大。这样一来，他们进一步推动了此曲从起源开始的历史演变。据推测，萨拉班德和恰空舞一样起源于新大陆，在16世纪也一样背负过伤风败俗的恶名。即便确实来自新大陆，它也迅速被法兰西和凡尔赛文化机器驯化，并受到当时席卷欧洲的政治专制主义更强大的精神浸淫，被压缩提炼成了一种完美而精细的艺术形式，正适合当时的精英社会，这一阶层强调自己进入了文明时代，同时又脆弱不安。因此，早期关于这种舞蹈的描述——动作狂野、热情奔放——与最终在法国归化的同名舞蹈形式几乎没有任何相似之处。到了17世纪末，庄重缓慢的萨拉班德成了巴洛克组曲的标准组成部分，并染上了一种忧郁的哀歌特质。当代的舞蹈家们尝试着再现它昔日的风姿，通过在富有静态美的笔挺身体和手、胳膊、小腿的孤立运动之间创造一种张力，让躯干如同牵线木偶一般被无形的线悬在空中，而四肢就像没有重量也没有任何负累似的自由移动。如果说那古老、野性的舞蹈形式留下了任何痕迹，也就仅仅表现为音乐在某个略带切分的节奏型中从第三拍往回轻轻倒向第一拍，或者体现在它厚重的装饰音上，以子弹般精准的手指移动隐喻两臂和双腿的狂舞。

到了巴赫谱写出他的萨拉班德（包括法兰西和英格兰组曲里的相关乐章）的年代，这种舞曲的旋律轮廓已经相当规范化，旋律线往往简单、哀婉，第二拍总是略强，而且倾向于以一种轻松惬意的方式在打底的基本和弦音型上解决。随后这种朴素的框架进一步发展，在《哥德堡变奏曲》的咏叹调中得到了高度修饰。在这一时期，音乐中的装饰音由创作者的主观判断、品位和即兴发挥决定，但它不似建筑中的装饰那般常让人觉得可有可无或是毫不相干，就像为了美化那些普通或不起眼的物件而附在表面上的金银丝。相反，装饰音是音乐语言的组成部分，倘若巴赫的萨拉班德舞曲少了装饰音，不仅可塑性会大打折扣，还会变得僵硬许多。

有关巴赫是否写了这首咏叹调的争论忽略了一个关键点：无论写或没写，至少他**选择**了它作为整部作品的开头，而这个选择本身就令人玩味。这首咏叹调似乎在玩奇异的时间游戏，同时指向过去与未来。繁芜复杂的装饰音暗示了在它之前可能还存在一个更简单的版本，就好像它本身也是某个无人听过、只存在于想象中的前作的第一次变奏。巴赫研究者彼得·威廉姆斯（Peter Williams）曾为它的原型编写过一个令人信服的版本：一首不乏感染力但中规中矩的萨拉班德，可以出自巴赫同时代任意一位作曲家之手。至少有一位钢琴家似曾影射过那个前身：威尔海姆·肯普夫（Wilhelm Kempff）1970 年发行的录音室版本剥去了大部分的装饰音，高度凸显了它简化的旋律轮廓。这是一次有趣的实验，让内含之物暴露在外，但听起来怪怪的，不太自然，如同看到一只曾被精心打理过毛发的比赛犬为了度过夏天剃光了毛。如果说哥德堡咏叹调暗藏对自己前身的指涉，那么随着乐曲的展开，它似乎也发生了进化。开场鲜明的萨拉班德舞曲节奏和丰富的装饰音到了后半段让位于更加流畅的"华丽"风格旋律轮廓，或许反映了巴赫对周遭世界中更大的音乐变革的感受。尽管巴赫可能已经赢得传统音乐家的声誉，但他也意识到了新音乐潮流的到来并始终保持着强烈的好奇心。哥德堡咏叹调无论是否由他所写，都算是他对新思想的一次个人探索。

选用这样一首经过扩展的乐曲也是一次大胆之举，整套变奏曲以此为基础展开，将众多独具一格的演奏手法和主题囊括其中。前八小节采用的低音音型是巴赫时代的作曲家常用的标准素材，包括亨德尔也曾用同样的下行线条谱写过一首键盘恰空。然而八小节只是一种比喻的说法，在这里被大幅度地扩展到了三十二小节。这三十二小节又以两小节为单位分割开来，创造了一系列的乐段或插入段。整首咏叹调分为两半，每一半长十六小节。每十六小节又分成两个八小节的乐段，每个乐段在结束时都以夸张的形式归于静止。八小节的乐段可以进一步划分成两个四小节的乐句，每个乐句的结尾虽不完全稳定但也令人满意。这些四小节的乐句还可以再细分为两小节的子单位。这种精心设计的结构在组织形式上有点像一首严谨的诗歌，把音乐分解成整齐的诗节、对句以及规则的韵脚。然而它也给作曲家带来了巨大的挑战，因为必须套进这一框架的不只是一系列特性曲和舞曲，还有卡农和一首赋格（外加一首包含另一个赋格段的前奏曲），它们都有各自不同的展开方式和内在的动力机制，拒绝主观的结构限制。好比一位诗人打算写一部史诗，这就意味着必须包括阐释、性格发展、哲思、长篇累牍的神灵说教，或许再加点爱情插曲和战争场面，那么他可能会明智地转而选择一种灵活、短小的诗歌形式，比如对句。而巴赫从一开始就投身于一种拘谨程度不亚于十四行诗的音乐结构。

我第一次弹《哥德堡变奏曲》的时候完全略过了这些细节，即便经过几个月的练习，我仍然需要高度集中注意力才能勉强弹出所有的装饰音，同时不让音乐听上去呆滞死板。不过在头几个星期的练习中，我并没有太拘泥于小节。我满足于每隔几天就囫囵吞枣地咽下一个新乐章，途中跳过那些需要精心的设计和精确的指法才能清晰呈现各个声部的卡农，并绕开了技术难度更高的变奏曲，尤其是巴赫为两个键盘的羽管键琴创作的曲目。要在钢琴上弹奏这些"阿拉贝斯克"（arabesque）变奏，必须双手交叉，十根手指并用，交错触击琴键，还需要频繁地重新配置声部，以免手指头打结。不过变奏1、2、4和7相对容易一些，至少我能把它们弹好，好到能辨认出旋律的程度。

没有修饰，没有加工润色。我仅仅是照着乐谱弹音符而已，随着乐谱翻到后面，我开始感到不安，开始生出一种似曾相识的罪恶感。我逃避了困难，不敢从音乐的基本线条里跳出来，而这种惰性会消磨掉人的心志。初识一首乐曲必然从肤浅的层面开始，但要想在一段肤浅的关系中继续前进，就得将音乐粗糙的未完成形态深深地刻入脑海。称职的音乐家坐下来练琴时，大脑中会罗列出一个待办事项清单：难点、复杂的乐段、需要特别注意的过渡处。可我弹琴只是为了愉悦自己。

一个人能对另一个人——尤其是特别亲近的人——犯下的所有罪行几乎都可以加诸音乐。其中有一种罪名为不听，或者说只听想听的声音。刚开始接触《哥德堡变奏曲》这样惊艳的作品时，我们会陷入一种自我陶醉的情绪。当你听到自己的手创造出了与原曲相仿的赝品的那一刻，你会被狂喜冲昏头脑，然后忘掉你制造的一切噪声和琴键发出的真实声音。接下来，音乐带来的新奇感会欺骗你的耳朵一阵子，在它消退以前，你可以继续自我陶醉，自我欣赏，或许还会对自己心生崇敬，为能成为巴赫几世纪前所写作品的一条通道而激动不已。

到了要在他人面前弹奏此曲的时候，这种自我催眠的感觉就会瞬间破灭。一旦需要完全掌握音乐并将其清晰、自信地呈现出来，一旦有了观众让你不得不展示自己的真实水平，最初的喜悦就会荡然无存。我开始学习《哥德堡变奏曲》几个月后，有一天，我邀请了一些邻居来家里吃晚饭。晚餐时我们喝了葡萄酒，接着又来了点餐后酒，然后所有人一起窝进了客厅的沙发里。这时候我犯了蠢，自告奋勇地要表演一段钢琴。我的脑子已经不大清楚了，此前通过纯粹的重复练习一点一滴吸收的基础知识全部冰消瓦解，我的手指在琴键上迟钝而笨拙地移动，奏出的是一首首拙劣的冒牌变奏曲。我的客人们听出了它的来源，他们似乎并不在意我的失误，还为我鼓掌。可我却感觉自己像个假冒伪劣产品。

这感觉并不陌生。青春期之前，我可以很自然地在人前演奏，一点也不会觉得紧张。音乐是信手拈来的事，几乎无须经过大脑，在还未退去的一腔热情和条件反射的自信照拂下，我的音乐收放自如，犹如发自一台自动化的机器。直到荷尔蒙和自我意识瓦解了这一切。虽然我已经想不起自己第一次在钢琴前怯场的具体时间了，却还记得最早有一次，我战战兢兢地弹着一首还没有完全学会也无法用精神驾驭的音乐，生怕在哪里搞砸，正是从那时候起我开始明白恐惧的真正力量。

在我十一二岁那年的夏天，我们一家去西部探亲——我们家许多亲戚都住在那儿，自从我搞科研的父亲接受了纽约上州某工业城镇一家公司的研究职位之后，我父母就从他们身边搬了出来。姨婆克拉拉就属于那些亲戚之一，她是位艺术家，性情古怪，而她性格羞涩、气度不凡的丈夫则是个妻管严，以前在旧金山当律师，赚了一点小身家。克拉拉住在一套和她一样富有艺术气质的怪房子里，她家有一架三角钢琴。后来当我继承了她的一大堆音乐书籍时，才得知她年轻时也正经学过钢琴。她写过不少音乐随笔，写巴赫，写贝多芬，还写肖邦和德彪西；她的乐谱里随处可见一位知识渊博、注重细节之人留下的笔记，包括她从瓦尔特·吉泽金（Walter Gieseking）和鲁道夫·塞尔金（Rudolf Serkin）的唱片里扒的节奏标记——这二位不仅是钢琴巨匠，更是因技术细腻、全面而备受推崇的音乐家。克拉拉年轻的时候不但事业有成，还拥有过人的美貌，为人也相当特立独行、任性妄为。她说起话来铿锵明快，光彩熠熠，言谈间冷嘲热讽、妙语连珠，虽然很多意思我们都领会不到，可我依然记得自己当时的想法：**等我长大了，我也要这样讲话**。

母亲和她姨妈之间的关系颇为紧张，她崇拜她，但不信任她。克拉拉住在旧金山北部的丘陵，对于在盐湖城长大的侄女们来说，她是憧憬的对象，为她们的生活带来了光彩。大萧条和二战期间，母亲一家在犹他州过着拮据的生活，而克拉拉的到访总是戏剧感十足，犹如电影里的场景。每次她都带着一堆行李和帽盒从火车上走下来，浑身上下散发着不可一世的自信和大都市人的傲慢派头。母亲和她的姐妹们总是热切盼望她的到来，但她的来访似乎常常以苦涩的泪水收场。我听说过一个难以置信的故事，但如果深入探究一下母亲娘家满是伤害与怨恨的历史，它又显得合乎情理。据母亲所述，克拉拉有一次把她的侄女们召集起来，吩咐她们收拾行李，准备做一次长途旅行，她叮嘱她们要非常细心，不要漏掉出远门可能会用到的任何一样东西，她们要在城市漫步，在餐厅用餐，坐夜行火车，去海上航行。她们要去欧洲了。姑娘们欣喜若狂。那时候她们很穷，根本没有钱为一趟跨洋之旅置办像样的行头。但她们还是尽了最大的努力，缝缝补补，找朋友和邻居们东拼西凑。到了出发那天，她们提着行李站在人行道上，等待克拉拉的到来，可是她始终没有出现。她们等了她好几个小时，怀疑是否搞错了日子。但克拉拉已经出了城，姑娘们只得转身回到自己贫乏的生活里。就像母亲给我讲过的很多故事一样，这件事听上去残酷得不留余地，人物性格也被提炼得毫无杂质。无论是否确有其事，它应该或多或少反映了一些真实发生过的事情。夸大其词也好，添油加醋也好，都不过是母亲努力传达某种痛苦的手段，而单凭陈述事实不足以呈现这种痛苦的深度。

或许这就是母亲迫切想让我为克拉拉弹琴的缘故吧。她想向姨妈证明自己，向她显示自己已是人生的赢家。她的动机里还含有一丝自我辩护的挣扎，或许她还希望从未有过子女的克拉拉能有一丁点羡慕她。母亲也许没能成为音乐家或艺术家，也不曾大富大贵，但她有一个大家庭、一栋舒适的房子，她的子女正在培养生活的高雅情趣。有一天，我们上克拉拉家做客，刚刚在她洒满阳光的宽敞客厅里落座，我就被怂恿着去弹钢琴。我没想太多，径自走向那台乐器，它比我以前弹过的任何一台钢琴都要高级得多。我以为只要把手指放在琴键上，音乐就会开始流淌，就会看到姨婆对我粲然一笑。那年我刚刚学习了贝多芬第 49 号作品里的两首简单的奏鸣曲，它们属于学生常用的入门曲目，以进入贝多芬更长、更难也更为宏大的乐曲，尤其是晚期的奏鸣曲以及协奏曲。然而不知为何，当我碰触到钢琴的那一刻，魔法却没有降临，音乐没有流动起来，而我不得不跳过大段大段的旋律，胡乱编造乐段以将我脑海中仅存的奏鸣曲碎片连接起来。我感觉到姨婆的目光注视着我，知道她听出了我在不断出错，而且除了错误，我似乎什么都没有创造。就这样，我搞砸了第一乐章的呈示部。克拉拉没有客气地让我继续弹完全曲，而是站起身来说道："够了。"母亲颜面扫地。我羞愧得满脸通红，心情低落地度过了剩下的日程，包括一顿大餐和参观姨婆用激情和天赋才华亲手粉刷、雕刻的工作室。到了傍晚时分，我们准备离开的时候，克拉拉提出要我们姐弟俩跟她合影，她把我们紧紧搂在身前，开玩笑说如果我们把她庞大的身躯从镜头前遮住，她看起来就不会那么胖了。她又恢复了平日里无忧无虑、玩世不恭的模样，可我只顾着为自己的失败而沮丧，一连好几天都无法释怀。在车上，母亲气势汹汹，"你是鬼附身了吗？"她质问道。

　　这是一种年深月久的恐惧，常年触动着我们敏感的神经，战后几十年间，美国社会由中产阶级的进取心和虚荣心主宰，孩子们被批量打包送往钢琴课或小提琴课的课堂，我们都属于其中的一员。我已见过不止一次对全盘崩溃的恐惧。一位年轻的钢琴手在键盘前坐下，自信满满地开始弹琴，音乐在头几分钟繁复多变，让人眼花缭乱。接下来如果你留心去听，就会发现有什么地方卡住了。两个乐段之间的转调本应引出新的段落，却总是回到同一个地方，两次，三次，甚至四次，直到演奏者停下来，从头开始。然后音乐又一次鬼使神差地陷入了循环，无助地挣扎扭动，就好像被卷入一个完全脱离了干流的漩涡。最后，他或她会张皇失措地抬起头，而房间里的每一个人都提心吊胆，定定地看着眼前的情景，也许还会忍不住幸灾乐祸。这时候可能会有老师或慌张的家长把乐谱送上去，放在钢琴上，然后倒霉的钢琴手会找到先前出问题的地方，从脱轨处重新出发。有了乐谱作为拐杖，钢琴手开始重整旗鼓，他们急欲从刚才的事故中脱身，一雪失败的耻辱，于是便怀着一种疯狂的决心，有时甚至是不可遏制的怒气去演奏，而这会抹杀一切美感和乐趣。在很多情况下，这将是你最后一次看到他们坐在钢琴前面。脸已丢尽了，他们已经受够了音乐，至少受够了自己动手创造音乐。

在这样的时刻，音乐既非快乐，也非消遣，而是一种玄秘的力量，我们被迫加入的邪恶概率游戏。面对折磨着我们的这个变幻不定的未知之物，练习的作用更接近于祈祷而非解药。就像古人佩戴护身符或反复念诵迷信的咒语，我们练琴也无非是为了安抚复仇女神，以免在下一堂课或演奏会上受其惩罚；我们练琴，一如我们的祖先举行某些特定的仪式，以确保太阳在清晨升起，四季按正常的时序交替。然而祈祷的力量是不可靠的，于是我们走到钢琴前，向老师鞠躬，接受同学恶意的注视，然后将手指放在黑檀木与白象牙的神圣几何体上，在那一刻身不由己沦为祭品。

♫

直到进入大学，我才学会正确的练习方式。我的老师们已尽了最大的努力，将复杂、费神的技术传授给我，但我的脑子始终没有开窍。我倒是很乐意长时间坐在钢琴前，练习他们布置给我的作业。我没完没了地做基础训练，练习音阶、琶音，还有令人生畏的《钢琴家练习曲》（*Virtuoso Pianist*），它的作者、法国钢琴家和教育家夏尔－路易·哈农（Charles-Louis Hanon）承诺它会带来奇迹："把这一整册音乐从头到尾弹一遍用不了一个小时，完全掌握以后，每天练一遍，所有难点都会像被施了魔法一般迎刃而解，你将练就一手美妙动人、干净利落、炉火纯青的演奏技术，由此解开优秀艺术家的秘密。"想当年，哈农的练习册是所有钢琴学生的痛苦之源，那一行行不带任何感情色彩的无意义的音符叫人望而色变，没有旋律，没有和声，也没有任何音乐上的魅力。我倒不像别人那样把它当成一种折磨。这样的训练很程式化，无须经过大脑，双手先并排做一样的动作，再做相反的动作，然后再分开往不同的方向运动，无休止地快速弹奏一串又一串的装饰音。于我而言，若能得到魔法眷顾，练就优秀艺术家必备的干净利落、炉火纯青的手法，就算是重复缺乏音乐性的枯燥练习，似乎也算不了什么。

可是没有用，哪怕把它们全都学得滚瓜烂熟，能用所有十二个大调来弹奏，还是没有任何突破。我也尝试过其他机械式的训练方法，勤勤恳恳地反复练习棘手的段落，或换不同的调，或以不同的节奏，再或是采用夸张的演奏法，比方说用断奏法又快又急地敲击琴键，但全都无济于事。布置这些作业的老师从未指示说它们可以替代脑力劳动。只有停下来，集中注意力思考，分析问题所在，我才能取得进步。如果前面遗留的问题都没有解决就贸然推进，悬而未决的问题只会积累下来，埋下隐患，随时都可能把演出搞砸。

即便如此，等我开始更加认真地学习钢琴以后，每次太疲惫或者注意力太涣散，无法完成更复杂、更高难度的作品时，我还是会诉诸这样的机械练习，一练就是好几个小时。每天去学校之前，家里静悄悄的，我会半梦半醒地坐在钢琴前面，继续练习哈农，等待奇迹从天而降，赐予我高超技艺。我把时间虚耗在手指体操上，一心指望它能让我被耽误的音乐学习变得更轻松、更有效率，以致疏于练习为即将到来的演奏会准备的曲目。整个过程中，我甚至为自己能像运动员一样恪守严格的纪律而自鸣得意。这也是对音乐犯下的一种罪，它无异于我们常常对所爱之人犯下的罪行：我们总是自欺欺人地去做容易做到的牺牲，假装它足以替代真正需要的牺牲。还有一种罪行名为虚假的希望，以为事情自然而然就会好起来，仿佛只要心无旁骛地坐在钢琴凳上发奋练习，练到一定程度自然会获得顿悟作为回报。许多恋情也是如此，尽职尽责地经营了很多年，到头来却因疏于感情投入而告终。

不幸的是，长时间的手指活动不仅收不到任何成效，真正到了当众演出的时候，还让我落入了毫无防备的境地。有时候，随着演奏会或钢琴比赛的日期一天天迫近，我会测试一下自己，以评估实际取得了多少进展。我会停下来对自己说：**现在想象自己面对着一群观众演奏，看看效果如何**。几乎每一次的结果都惨不忍睹。对即将到来的演奏会的恐惧会蚕食我原以为已经掌握了的东西。一切都乱了套，于是我又转向我的训练课，伸出双手，仿佛它们是一双需要上油或修理的机械装置，在乞求帮助。

几年后，我在大学里结识了一位拉小提琴的朋友，还在她的课上给她做过伴奏。作为乐手，她的琴技远高于我，而且她的老师声名卓著，职业生涯成就斐然，录制了多张至今依然广受鉴赏家推崇的唱片。不知为何，担任伴奏者这种配角的时候，我倒没那么紧张了，还能横冲直撞地完成维厄当和维尼亚夫斯基 [i] 的小提琴协奏曲的管弦乐精简版。可是当我向她坦白我对演出的巨大恐惧以及收效甚微的无休止练习时，她难以置信地问道：你知道该

---

i　亨利·维厄当（Henri Vieuxtemps）和亨里克·维尼亚夫斯基（Henryk Wieniawski）都是 19 世纪著名的炫技派小提琴家。

怎么练习吗？她要我把手从琴键上拿开，让脑海中浮现一个很难的乐段。想象右手在弹奏音符。想象手指在不同的琴键间伸展时每一块肌肉的感觉。放慢速度，直至各个音符之间相互断开，只有等音乐完完全全地在记忆里保存下来，才继续向前。在意识弹出下一个音符之前，先在脑海中听它的声音。一切都在静默中进行，双手不动，叠放于膝上。这么做只是为了让一只手掌握一个乐段的一部分。接下来我将不得不为了左手再经历一遍同样的内心苦旅。然后一边用右手弹奏音乐，一边想象左手在无声地为右手伴奏，最后两手交换，重复整个过程。

总之，我接受了她的建议，可能是因为其他路都走不通的缘故吧。于是在弹了超过 15 个年头的钢琴后，我第一次坐在一间地下排练室里，在一台老旧的施坦威（Steinway）上练起了一首需要双手在键盘上反向跳跃的复杂练习曲。若是有人在门外倾听，听到的只会是几不可闻的杂音，几乎不像音乐。音符是断断续续的，旋律线光秃秃的，没有修饰。大部分时间我只是悄无声息地坐在那儿，双手叠放在大腿上。等我终于开始弹琴的那一刻，多年来我的诸位老师一直试图告诉我的东西蓦地在我眼前闪现：双手在运动中的视觉和听觉图像所拥有的力量。

当我用一只手非常缓慢地弹琴时，感觉一切尽在我的掌控中。没达到完全掌握的程度，但我清楚步骤，明白下一步要做什么。我似乎挺有信心弹好这一小段音乐，如同早上气定神闲地泡一杯咖啡。我坚持了 20 分钟，毫无疑问这就是极限了。此时，车水马龙的世界再次涌回我身边。尽管排练室的墙壁很厚，我还是能感觉到墙外过往的人群，同时沉浸在一种痛苦的自我意识里。我大约用一刻钟能学会半行音乐。整首乐谱只有几页，并不算长，即便如此，早上的小小成就与剩下还没有掌握的内容相比仍然显得微不足道。然后我像瘾君子一样向琴键伸出双手，试着弹奏全曲，想瞧瞧我刚才的所学在全速演奏时是否依然稳固。唉，事与愿违，不但剩下那部分依然磕磕绊绊，就连短短几分钟前才苦练过的乐段也是不堪一击。从钢琴前离开的时候，我的身体不仅为尚待完成的工作之艰巨而瑟瑟发抖，还因第一次动真格学习严肃音乐而精疲力竭。

不过我还是跟我的小提琴家朋友庆祝了一番，就好像她给我做了一次洗礼，让我脱胎换骨，跻身音乐家之列，那次突破之后的 30 年间，我一直努力复制当时的做法。于我而言，它依然是一块试金石，用来检验如果我生活的方方面面——尤其是我乱糟糟的脑袋——全都整理得井井有条之后，我可以做些什么。灵光乍现，获得升华与顿悟，然后冒冒失失地将这小小的胜利果实虚掷——30 年前那戏剧性的几分钟现在看来似乎成了我人生的形态，我生命的比喻。我耗费了几十年光阴重新回到钢琴前，拼命寻找前进一步所必需的专注力与内心的平静，而在散落于人生各个阶段的无数次尝试中，我真正掌控音乐的时间似乎不曾有一次超过二三十分钟。

时至今日，我在音乐之路上总是不断重新出发，每一次都是从头开始。一段漫长的空白期过后，我总是拿不准自己与乐器游移不定的关系究竟处于什么状态，所以每次回到钢琴前的时候内心都感到焦虑不安。懒散了几个月之后恢复锻炼，我们常常发现自己的身体不听使唤，做什么都绵软无力。然而弹琴的情况并非总是如此。有时候，事情似乎不可思议地有所改善，仿佛几个月前中断的功课定了型，固定在那儿，现在成了一个基础，可以在此之上建立新的东西。有些死结不知何时已解开；有些乐段一直叫你无从下手，与你的习惯牢牢纠缠以至于根本无法正确地弹奏，现在忽然松开了，现出了头绪，再花些心思就有可能解开它们，将一切理顺。

但在更多时候，等候你的只是一种让人害怕的预感：你必须得从头再来，付出双倍努力才能回到当初半途而废的地方，只盼望在收复失地以后，还能剩下一点点时间再稍稍往前推进一小步。不少人的生活里都存在诸如此类的牵挂，譬如一台被遗弃在后院的古董车，他们年年都会回过头去看它，这里修一修，那里补一补，也许还会循序渐进地做些升级，但永远不会开它上路；或者也可以是一座宅子，每年修缮一两次，每次都想翻新，它却只会一点一点继续破败下去。当我们重回故地，掀开车罩或推开嘎吱作响的大门，看到上一次与我们生命中的这些奇怪过客重逢之后留下的一片狼藉，我们的心立刻沉了下去。有的人能做到将不再给他们带来快乐的旧物抛弃。车子拖去废车场，后院遗留的车辙很快就会被青草掩埋；老房子卖掉了，漏水的屋顶或堵塞的管道带来的烦恼也会消散，心中自会释然。

可黏附在我们身上的音乐更难以挣脱。音乐不是一件物品，不是我们可以占有然后随意舍弃的东西。它是一种关系，把它从我们的生活中剥离就等于切除一部分自己。我们会回到它身边，因为它归根结底与希望、与我们在人生中不懈前进的毅力紧密相连。小提琴是我母亲拉了小半辈子的乐器，即使后来长年被她束之高阁，也一直陪伴着她，直到生命的尽头。哪怕一想起它就会让她自惭形秽，甚至有时候恼羞成怒，在她的世界里它也依然是一个恒定的存在。钢琴对我来说亦如此，而这些年我一直努力去征服的《哥德堡变奏曲》则成了这段关系发生交会的场所，月复一月，年复一年，我与音乐一次又一次在此地重逢，试图重续前缘。

现在这几乎成了一种仪式。当我预感到重生的时刻近在咫尺，就好像人生给了你一次从头再来的机会，我便会清理书桌，将票据归档，把过期杂志送去回收站，并把钢琴上所有的东西都移走，只留下一册书页已卷角的《哥德堡变奏曲》，以便沉下心来，真正地集中注意力。也许碰到了一个漫长的周末，也许我知道接下来一个星期家里都没有人；常常只凭一种莫名的直觉，我就明白自己已经准备好了重拾旧业。为了清空思绪，我把手机闹钟设在一个小时后，以便集中精力，不被外物干扰，然后我关掉了铃声。现在我很清楚弱点在哪里，而且可能一直都在那里，于是我直奔它们而去。对于一部分变奏曲来说，速度和清晰度构成了最主要的挑战，比如变奏 5 和 23；还有一些变奏的根本难点在于装饰音，比如变奏 7；而包括变奏 6 和 9 在内的其他变奏曲虽然更舒缓，却需要规划好每一根手指的动作。在变奏 5 中，一上来右手先弹一段疾行的旋律线，然后换成左手，飞驰的线条贯穿了一场简简单单却动人心弦的对话——听上去仿佛是两件木管乐器（可能是一个巴松管和一支长笛）一边叽叽喳喳地一唱一和，一边追逐着同一个乐思。在这首曲子前半段的末尾处，有一瞬间左手升上了旋律线的一个高点，以一个欢快的小波音（mordent）——快速击出的一个装饰音——登顶，这个细节我始终无法掌握得很稳固。我缓慢地弹着这一段，渐渐意识到只要我稍微放慢速度，给这个麻烦的三音符音型多留出一点空间，也许就能看上去不那么费劲地将它发射出来。这不过是在耍花招，可我还是忍不住一试，先是在脑海里想象，然后用一只手慢慢地弹了起来。结果它奏效了。

现在说说卡农：它们不仅是整套变奏曲的心脏，也属于其中最难以攻克的曲目。第一支卡农作为变奏 3 出现，它是卡农音乐里最古怪的一种，以一条纷繁吵闹的华丽低音线支撑着上方的卡农音型。我花了好几个小时与它的两个环环相扣的声部缠斗，它们从同一个起点出发，一路如影随形，携手将一条漫长、哀伤的旋律线拆散开来。与其说它们在彼此呼应，倒不如说它们营造了一种音乐在重复自身的异样感觉，即便它在做第一段陈述的时候也不例外。从心理学的角度来讲，耳朵先听到了最初的旋律线，还没等它的形状和意图在意识中留下印象，它就又一次进入耳朵，形成了一种知觉上的延迟。它不同于其他卡农或赋格，听起来不是多个声部在互相对话，而是更像一个声部被困于迷梦般的反馈回路[i]。

由于上方的两条旋律线演奏的是完全相同的音符，而且几乎全都落到了右手上，所以它们不断成为彼此的掣肘，问题似乎就在于此。不过通常情况下，当我们的注意力被一眼看上去最困难的事物吸引时，就会忽视可能相对容易一些的事情，久而久之，那些被置之不理的地方就成了薄弱的环节。第一首卡农的低音线既不稳定，又颇复杂，需要加以注意。于是这天早上我决定全身心投入低音线的练习，先将它熟记于心，然后一边弹奏它，一边在脑海里想象另外两个声部。缺少了较高声部的映衬，它听起来很沉闷，干巴巴的，大概这就是我一直没有重视它的原因吧。可是，当我花了半小时记住了一半低音线，然后将所有声部重新组合在一起的时候，我欣喜地发现音乐增添了一种前所未有的稳定性。

我内心欢欣雀跃了一会儿，想象着这个新鲜的开始将会延续

---

i 又称"反馈环"，由两个以上的因果链首尾相连形成的闭合回路。当作用链首尾相连形成反馈环后，最初的原因和最终的结果将无法判别。

下去，最终引导我解锁并掌握整首乐曲，而不是落入又一次半途而废的困局。然而当我转头去记剩下那一半低音线时，我的注意力闪烁了一下，意识顿时随它而去：昨晚有一位老朋友打电话来，她和她丈夫与我相交多年，两人都是我生命中非常重要的存在；他最近去世了，而她鼓起勇气迈过了这一关，但我知道几十年的婚姻不可能说放下就放下。我很担心她，因为她才刚刚开始回归生活的正轨，就得知有一位好友也罹患绝症，时日无多。我母亲生前是否遭受了生不如死的痛苦？她又经历过怎样的恐惧？在临终前的最后几个月，每天早晨当她睁开双眼，这个世界是否还有任何乐趣可言？当她放弃希望的时候，希望是在一瞬间破灭，还是苟延残喘了很久，不断掐灭又复燃，几经反复才彻底熄灭？我的左手仍在弹着那支卡农的低音线，但只是机械地运动着，而现在死亡已来到房中。

于是我再次把音乐放在一边，不知道这短短一小时的成果最终会剩下什么。

5

天还没亮就开始下雪了，当闹钟在六点半响起的时候，地面上已经积了几英寸的雪。学校停课了，我满心欢喜。窝在暖和的床上，打着瞌睡，我暂时幸免于每天早晨去上课前都会填满我内心的恐惧。那年我十四岁，正在上初中，受到一帮残忍暴戾、喜怒无常的校园混混儿欺凌。不过这一天却属于我自己。

母亲关在自己的卧室里不出来，这可是喜上加喜。早上起床以后，我下楼去她存放大学时代的旧藏书的地方，翻出了一本从未读过的但丁。我惊讶地发现它居然如此通俗易懂，很快我便迷失在他的《地狱》[i]里，为之惊心动魄，我又害怕又激动地邂逅了"忿怒者""愤怒者""亵渎者"，看到软弱善变的天使们太害怕在诸神的争斗中站队，因此永远徘徊于天堂和地狱之间。有的名字我认

---

i 《神曲》（*Divina Commedia*）是意大利诗人但丁·阿利盖利（Dante Alighieri，1265—1321）创作的长诗，全诗分为三部分：《地狱》（*Inferno*）、《炼狱》（*Purgatorio*）和《天堂》（*Paradiso*），作者在其中通过与地狱、炼狱以及天堂中各种著名人物的对话，反映了中世纪文化领域的成就和一些重大的问题，带有"百科全书"性质，从中也可窥见文艺复兴时期人文主义思想的曙光。

识——狄多 ̇、特里斯坦 ̇ ̇和阿喀琉斯 ̇ ̇ ̇，还有其他一些人名我完全没见过——塞米勒米斯 ̇ ̇、忒瑞西阿斯 ̇，还有宁录 ̇ ̇。我渴望认识他们所有人，这些富有魅力的悲剧人物来自不同的神话、历史和传说，被苦难联系在一起。然后我开始练琴，在走音的钢琴上弹了一首舒伯特的即兴曲——尽管已接近正午，我还是害怕惊动母亲，故而专门挑了其中相对平缓的部分来弹。到了午饭时间，母亲依然没有动静，我只得走到她的门前，轻轻地敲门，请求她允许我给自己做个三明治。对我来说，饿肚子是家常便饭。

我们家里处处都是规矩，关于食物的规矩，关于衣服和洗衣服的规矩，关于门（任何时候都必须开着），关于毛巾、电灯、收音机、电话、电视以及信件（信在交到我们手上之前都要先拆开检查），无一没有规矩。大多数家庭都有规矩，而我们不但有一切寻常的规矩，比如脚不能搁在桌子上，餐前要洗手，绝不能把碗筷扔在水槽里不管之类，还有许许多多不寻常的规矩：读书、睡觉、洗澡要守规矩，用钱要守规矩，玩耍要守规矩，连交朋友都有交朋友的规矩。饮食的规矩最严格，我们不准擅自吃喝任何东西，除非得到明确的许可。当母亲同意让我自己做三明治时，我

---

i 迦太基女王，爱上了英雄埃涅阿斯，当后者离开她前往意大利时，她投在火葬堆上自杀。

ii 亚瑟王的骑士之一，爱上了叔父康沃尔的马克王之妻，激怒了马克王，被其所杀。

iii 荷马史诗《伊利亚特》中的主人公，特洛伊战争中的英雄之首，海洋女神忒提斯和凡人英雄珀琉斯之子。

iv 传说中的亚述皇后，以美貌、智慧和淫荡著称。

v 希腊神话中底比斯的一位盲人预言者。据荷马史诗《奥德赛》所载，他甚至在冥界仍有预言的才能，英雄奥德修斯曾被派往冥界请他预卜未来。

vi 根据《圣经·创世记》记载，宁录是巴别塔的建造者。

简直欣喜若狂，因为我知道自己恐怕会违反家里那条不成文的铁则：我们的饭菜必须量少而简朴，寡淡而无味。

那个午后我美美地吃了一顿，直到饥饿感退去，而雪还是下个不停。我想要冲进雪里，尽情撒欢，感谢它为我带来了记忆中最美好的一天，于是我决定给母亲一个惊喜，自发把车道和小径铲干净。地上的积雪又湿又重，足足有一英尺多厚。这活儿干起来虽然累，却让人心情愉快，我一边铲雪一边哼起了歌，哼着舒伯特和我最近学会的其他乐曲片段。我想象当母亲发现我主动认真地完成了一项不讨喜的体力活时，该有多么吃惊，多么高兴。在傍晚时分的灰色暮光中，我感觉精神抖擞、意气风发。大功告成以后，我脱下靴子，把它们留在了前门边上，然后回到自己房间，钻进被窝里接着读《地狱》。

我又一次沉浸在但丁的书里，突然间，我听到她在喊我的名字。她向来如此，当我自己一个人在房间看书的时候，她就会变得焦躁不安。她以前上过文学课，我看的书大部分都是她的，里面遍布圆珠笔写下的笔记，字体很小，运笔娴熟，字迹漂亮。可是随着岁月流逝，出于某种我永远理解不了的原因，她开始对读书产生了怀疑，尤其猜忌别人读书。我父亲是通俗小说的狂热爱好者，尤其偏爱惊悚小说和间谍故事，他习惯把书藏在屋子里的各个角落，偷偷摸摸地看。我年幼的时候，身体可以塞得进沙发和墙壁之间狭窄的缝隙，我常常躲在那儿看书，一连看好几个小时，或者至少躲到她发现我不见了然后开始喊我的名字为止。我总是事先就做好了阅读随时被打断的心理准备，特别是在没办法把它伪装成作业蒙混过关的时候。对此我已然形成了一种惯性，无论何时只要我开始读书，我的注意力就会分一部分去防备她的出现，时刻准备着被她打断。而她但凡知道我在看书，就会编出一件要我立刻去办的事情，一些突然变得紧急的闲差事，什么打扫车库啦，把书架上的杂志按大小和颜色排列整齐啦。有时候，当她的喊声驱散了我的白日梦以后，我走到她跟前，会发现她愣在那儿，一时间想不出什么事来差遣我。她搜肠刮肚地想啊想，终于想出一招：把二楼窗户的窗轨擦干净，用湿纸巾把客厅护壁板的凹槽擦一遍。我答道："可我昨天才擦过了啊。"她这才死心，放我回去继续看我的书。

这一次她喊我，我还以为会看到她眉开眼笑的样子，甚至还能得到她的褒奖。可她的声音却带着怒气，当我跑到前门的时候，她已怒不可遏。靴子，只听她说，任何时候都必须放在后门。"我们不是动物，"她呜咽道，"我们不住在牲口棚。"我从没听过这个规矩，可能是她在那天下午新制定的。我嗫嚅了几句铲雪的事，她却依然怒火中烧。她用两只手扇我，打我的胸口，打我的头，她让我拿着靴子，沿着门厅把我一路推到后门。她个子小，打人不怎么疼，除非手边有扫帚柄或梳子之类的工具可抄。挨打是件丢人的事，但也无非是看着对方大吼大叫，挥舞双臂，被捆几巴掌而已。

可这一次，她的愤怒却甚于往常，也有可能是她误判了自己的力气。我就这样被赶到了房子另一头，那里有一扇通向露台和后院的滑动玻璃门，我看到她的靴子整整齐齐地摆在下面的垫子上，于是我俯下身把我的放在它们旁边。她一掌狠狠地打在我后颈上，我一个趔趄扑倒在地。我趴在那儿，脸贴着地面，双臂紧紧地抱住头。我哭了起来，眼泪让我羞愧难当。我想对她大吼，要她明白她打伤我了，可我还在变声期，从我嘴里吐出来的话语只不过是孩子急促的尖叫。

"别他妈演戏了。"说完，她气冲冲地走掉了。我想，她大概是在生自己的气，气自己让暴力失去控制，超过了平常的限度，我也生气，因为我哭了。我拼命唤回了我的尊严，哪怕在学校里被男生们折磨殴打我也一刻不曾放手的尊严。我终于止住了眼泪，强行压下喉咙里正在转为啜泣的抽痛。我一点力气也使不上来，不仅因为铲雪铲得太辛苦，更因为完美的一天就这样毁掉了。母亲已逃回她的房间，房子里又一次只剩下我自己。我在地板上翻了个身，仰头望着天空，大片大片的雪花密密麻麻地从那里落下来。

这场大雪似乎会持续到永远，它们来自一团混沌的灰色旋涡，填满了无边无际的虚空，仿佛每一片雪都诞生于我感知到它的那一刹那。它们让我的意识变得迷蒙，我躺在那儿，在白昼逝去前的最后一丝光线里，试图想象自己身在别处。我想跟我不存在的朋友聊聊但丁。我想找博览群书的人请教一下，但丁的地狱为何谁也不饶恕。为什么未受洗之人就必须受苦受难，哪怕他们为人正直，心地善良，一生完美如楷模？为什么在地狱的现实和神怒的威力抹消了对上帝存在的一切怀疑之后，受天谴的人还是一个个怨气滔天，满口咒骂，互相攻击，甚至反对上帝？我想，他们可能是在怨恨主，怨他的规则翻来覆去，怨他残忍无情。他们也有自尊，他们都在心里认定了一个事实：他们罪不至此。

在《柏林纪事》（*Berlin Chronicle*）里，瓦尔特·本雅明（Walter Benjamin）探讨了我们对场所的记忆方式为何与常识相悖。"没有什么阻止我们将待了 24 小时的房间近乎清晰地保存在记忆里，同时毫不费力地遗忘掉自己住过好几个月的房间。因此，如果记忆的底片上没有出现任何影像，那并非由于曝光时间不足。"[12] 事实上，习惯会淡化印象，压抑记忆，而惊吓却冷不防用耀眼的光芒照亮某个空间，于是图像便在感光的"记忆底片"上留存下来。从小到大，我每天都要在那座房子的卧室里待好几个小时，却几乎记不得它是什么样了。然而印象中仅此一次的经历，我躺在厨房的油毡地面上，透过滑动门仰望天空，到头来却成了我在那个家十几年来最刻骨铭心的回忆。"我们记忆中最不可磨灭的画面来自最深层的自我受到震撼时的献祭。"本雅明写道。

我把这一刻定为我个人神话中的一座纪念碑。从此我决定告别童年，至于这个决定是否确实是那个下雪天我躺在地板上做出的，其实并不重要。我只是选择以此来纪念那个时刻，即便不是那一次，它也必定发生在我人生中差不多的阶段，也许是另一次挨打以后，也许是她当着别人的面打我——那就更让人难堪了。无论如何，我下定了决心，我不值得沦落至此，不值得这么丢人现眼，躺在地上哭哭啼啼，生闷气。刚才我还读着但丁，自主地承担了扫雪的职责，我还觉得自己独立了，长大了，谁知一转眼又变回了小男孩，任由母亲摆布。于是我决定立即结束我的青春期，全身心投入重要的事情。至于重要的事是什么，除了但丁和舒伯特之外，我还不太确定。但我隐隐觉察到在书籍、音乐和艺术之中还存在另一种生活，比起将我引至眼下这个时刻、这种卑微境地的纷乱琐屑的人生，那儿要充实得多。

那天下午我制定了自己的规则。我把母亲设定为我的敌人，下决心再也不被她偶尔的亲善迷惑，再也不跟她说任何重要的事，再也不要信任她。我看透了，如果不将她从我的生活里连根拔起，她就会把我的人生撕成碎片。我会行为端正，举止得体，最重要的是不失体面。可我知道我必须跟她保持距离。我知道我必须远走高飞，再也不回头。要将这些决断付诸实践并不容易。我还要跟我的家人和这个家绑在一起好几年，权宜之计就是以退为进，自我放逐，缩进一副沉默寡言、捉摸不透的躯壳里。而一旦有了机会和条件，我就要全心全意地去做严肃、有意义的事，然后我开始严格地践行我的决定。

我还完全没有能力分辨什么是伟大的，什么是渺小的，亦无法对音乐、文学和艺术作出任何真正的判断，但我可以放眼世界，从他人多样化的品位里随意采撷。我去大学里找我姐姐玩，会翻看她们的书架，把看中的书带回家去。去别人家里做客，我会在他们收藏的唱片和书籍里搜刮一番，寻觅依稀听说过的名字，去发现在我已知的精神世界边隙显现的东西。每次倾听在我看来博学多闻的人说话，我都会格外留意陌生的思想家和艺术家的名字，勤勤恳恳地把他们记在脑子里。大多数时候我只信任一个直觉：困难之事必定意义非凡。

　　如今回想起来，把自己的情感生活建立在这样一个东拼西凑的脆弱基础上，此种做法似乎愚蠢得很。但我别无选择，更何况随着岁月流逝，借来的东西或许终将属于我们，成为我们实实在在的所有物，如同我们生命中其他任何事物一样真实。所有的品位都是从别处得来，我们要么主动在世界中找寻最佳范例，要么下意识地将身边的事物照单全收。起初，读书不过是一项生存技能，让我遁入母亲永远无法尾随我到达的玄秘之境，久而久之却成了一种生活习惯，与我真正的自我意识融为一体。说实在的，我并不喜欢看烂书，哪怕是消遣性的闲书我也不大爱读；我也从未对流行音乐产生过丝毫兴趣，除非有些歌与旧日恋情有着不可磨灭的联系。我依然相信每本好书、每首伟大的乐曲都蕴藏着救赎的希望，哪怕我心里一清二楚，说到底这不过是一种迷信。

♩

　　审美活动有高下之分，这一观点虽然现在听起来已经过时，但在上世纪却盛行了很多年，也多多少少受过推崇。我成长于二十世纪七八十年代，读着哈罗德·勋伯格（Harold Schonberg）在《纽约时报》（*New York Times*）上发表的乐评及其《伟大作曲家的生活》（*The Lives of the Great Composers*）、《伟大钢琴家》（*The Great Pianists*）和《伟大指挥家》（*The Great Conductors*）三本书长大。我们家的书架上摆着好几盒套装的《伟大著作》[i]——莫提默·艾德勒以古雅之风将历史上的伟大思想凝聚，以向大众普及——七十年代我们参加了几年神体一位教会，当时这套丛书是主日学校[ii]的教材。"伟大"一词渗透了公共电台和电视的艺术语汇，怎么用也不会显得尴尬，一直到90年代中后期情况才开始发生变化。还记得我二十八九岁的时候曾在新墨西哥州北部的一个小木屋度过了一个夏天，那里只能收到一个播放古典音乐的电台。它每天早上都会放一档名叫《好音乐历险记》（*Adventures in Good Music*）的节目，主持人是流亡美国的德裔犹太人卡尔·哈斯（Karl Haas），他操着一口旧世界的口音，日日诉说着贝多芬的伟大、巴赫的崇

---

i　即《西方世界的伟大著作》（*Great Books of the Western World*），由著名教育家、学者莫提默·艾德勒（Mortimer Adler）主编、大英百科全书出版社出版的一套丛书，共60卷，选取了西方哲学、文学、心理学等人文社会科学及一些自然科学的巨著，涵盖的时代自荷马起，到萨缪尔·贝克特为止。
ii　教堂在星期日对儿童进行基督教教育的课堂。

高和勃拉姆斯的深刻。

然而，随着古典音乐的听众开始减少并日益老龄化，随着新一代的音乐人和音乐推广人意识到关于伟大的话题带有自命不凡的气息，"伟大"一词便逐渐失宠。用于讨论高雅文化的"伟大"日渐与父权和阶级观念联系在一起，于是回避这个词就成了一种必要的赎罪，以中和几百年来等级制度和种族歧视的遗毒。不过这个词并未消失，而是迁徙到了流行文化中，比如《滚石》(*Rolling Stone*)杂志就喜欢大言不惭地搞"一百位最伟大艺术家"排名，昔日的"伟大"概念又变相以"必读"书目或"奥普拉 i 最爱"之类的形式重回大众视野。对今天的大多数人而言，它依然是一种基本范畴，哪怕对于伟大的定义几乎不存在任何共识，哪怕伟大的标准随着时代不断变化，随着人群、文化和风格的划分迥然有别，它依然构建起了关于音乐的公共讨论。

没有这一观念，生活就会变得艰难，不仅因为它已在我们的思维方式中深深扎根，更因为我们需要靠它来决定如何听以及听什么。人生短暂，人人都追求伟大而非平凡。我也可以像我的很多同事和朋友一样，假装不以伟大与否来评判音乐，只是承认有些音乐从主观层面上来讲相对更吸引人，或者更好地服务于特定的功能（消遣娱乐、转移注意力、加油打气、放松身心或煽动情绪）。

---

i　奥普拉·温弗瑞（Oprah Winfrey），1954 年 1 月 29 日出生于美国密西西比州，美国最有影响力的主持人之一，其主持的电视谈话节目《奥普拉脱口秀》连续 16 年排在同类节目的首位。

可是当我审视自己对待音乐的实际行为时，却清清楚楚地意识到伟大对于今天的我依然重要，一如童年时我躺在那座房子的地板上，期盼在世上找到大于渺小痛苦的神圣之物。我可以欣赏一切类型的音乐，但到了**需要**音乐的时候，我需要的总是伟大的音乐。

如果巴赫的《哥德堡变奏曲》都不算伟大，那就没有什么是伟大的了。人类有一个奇怪的习性，他们不只创造音乐，还谈论音乐。几个世纪以来，西方文化提出了不同的理论来分析和评价音乐，这就不可避免地引出了对以下问题的各种见解：凭什么有些类型的音乐优于其他。有人说全凭形式上的完美，完美无缺的形式拔高了复杂性、秩序感、平衡性等等；其他人则鼓吹以修辞或感染力为重的情感冲击力；还有人号称音乐如何反映了神性或普世之物，如何能成为太阳系的模拟或声音象征，抑或是体现了数学和几何学的思想，是上帝的一幅意识图画，要不就是宇宙精神体系的一个隐喻。《哥德堡变奏曲》创作于音乐美学的这三种基本倾向发生发展的关键性历史时刻，巴赫的音乐激发出了每一种倾向的诠释。学者们借助形式修辞学的论述来解释巴赫的音乐技巧和表现手法，用数字命理学来理解这套多重结构的宏大乐曲的一切，从音乐动机的构成到调性结构。他们从古希腊、文艺复兴以及启蒙运动中借鉴思想来解释巴赫的音乐，关注他的拉丁文和科学知识，更有甚者，将他奉为音乐科学界的牛顿或开普勒。不过在 20 世纪大部分时间里，巴赫的批评家尤其关注的还是其音乐完美无缺的形式。

所以，即使我们生活的时代反对以任何单一标准来评判音乐是否伟大，我们还是可以这样说：随便选一个你喜欢的标准来评价吧，我敢肯定无论你按哪种标准去看，巴赫的音乐都是伟大的。每当我努力向持反对意见的人解释我为什么认为它伟大时，我非常乐意转换标准以应对争论之需。巴赫的音乐不迷人吗，不扣人心弦吗，旋律不优美吗？请听听变奏 7 的吉格舞曲，变奏 19 的纺织歌，或是变奏 24 的快步舞曲，切身感受一下它平易近人的魅力吧。它是否复杂、严谨、精巧？每一页每一行都是证据。它是否拥有超越其他音乐类型的宏大精神内涵？这个问题比较难回答，但我可以说：《哥德堡变奏曲》肯定反映了我个人的宇宙观。

先从结构说起。这部作品的整体形式达到了人类想象力所能达到的最复杂、最细微的境界。一支咏叹调出现了两次，开头一次，结尾一次，中间夹着 30 首变奏。如此一来便形成了总共 32 个部分，而将其一分为二的变奏 16 如同一副铰链，连接着这幅音乐双联画 ⁱ 的两片巨大翅膀。每一首变奏又可以继续分为两部分，每一部分再重复。这种好像分形 ⁱⁱ 几何图案的音乐形式因为九首卡农的出现而变复杂了许多。在卡农里，我们可以听见两个声部演

---

i　Diptych，双联画是一种艺术表现和创作形式，是由两块彩绘或雕刻的作品组成，中间用铰链连接在一起，这样就可以将两个面合上，从而保护艺术品。

ii　几何术语，即一个粗糙或零碎的几何形状可以分成数个部分，且每一部分都（至少近似地）是整体缩小后的形状。

绎同一条旋律线，其中一个声部略有延迟，就像被循环演唱的古老童谣《划船曲》（ *Row, Row, Row Your Boat* ）。两个声部相互交错进行，每到下一首卡农便升高一个音阶，因此第一首卡农开始于同一个音，第二首高一个音（或者用音乐术语来说，相隔一个二度音程），第三首隔三度，以此类推，直到最后一首卡农，两声部之间相隔九度。前三首变奏结束以后，整体形式便固定下来：两首变奏引出一首卡农，一首是又急又快的阿拉贝斯克变奏，很考验演奏者的技术实力，另一首一般是某种形式的舞曲，或是对巴赫时代其他流行音乐门类的借鉴之作。

因此，《哥德堡变奏曲》的形式既是对称的，又是开放的，既能被二等分，又能被三等分。比例较大的中间部分以及开篇的咏叹调在结尾的重复，都给人一种强有力的平衡感和封闭感，但两首变奏接一首卡农的模式又可以无限重复下去（如果键盘够宽，手臂够长，驾驭得了相隔很远的声部）。所以这部作品的设计兼具建筑立面的静态平衡感和数列（比如：1、3、7、15、31……）的动态开放性。对这套变奏曲的形式稍作分析就会发现，它们的排列呈一个拱形，创作者常常煞费苦心地把两三首变奏编成完全对称的群组，这样一来，不仅整个拱形达到了平衡，就连搭建它的砖块也能严丝合缝地组合起来。不过我们也可以将这个结构看作一个圆，当你为最后回归的咏叹调而战栗的时候，或许会想起 T. S. 艾略特（ T. S. Eliot ）《四个四重奏》（ *Four Quartets* ）结尾那几句熟悉的诗，有关开始与结束的合二为一，有关生命轮回的矛盾本质：

> 我们不应停止探索
>
> 而每一次探索的终点
>
> 都将抵达我们出发的起点
>
> 并且将第一次抵达那起点。

然而所有描述其结构的形式性隐喻——对称的拱形、开放的数列、封闭的圆环——其前提都是将这部作品理解为一个整体，即有意识构建的单一作品，意在让人从远处或高处观看，将它从头到尾尽收眼底。巴赫是否有意让人把它当成浑然一体的宏大作品去理解，我们不得而知，不过很可能巴赫同时代的音乐家处理它的方式并非如此。据我所知，没有任何历史记录显示曾有人在《哥德堡变奏曲》创作前后或在巴赫生活的时代演奏过它。假设在它 1741 年问世以后的几年到几十年间确实有音乐家演奏过它，他们所做的应该也不是把它从头弹到尾，而是选取其中零零散散的片段来弹。到了 18 世纪末 19 世纪初，这部作品肯定已经以印刷品的形式流传开来，大约 80 年后当贝多芬写出皇皇巨著《迪亚贝利变奏曲》(*Diabelli Variations*) 时，我们有理由推测他不仅知道《哥德堡变奏曲》，而且由衷地欣赏它。但是直到 20 世纪下半叶，《哥德堡变奏曲》才成为我们今天熟知的音乐会标准曲目，作为一部前后统一的作品被人完完整整地演奏。

即便这种演奏方式在今天已经通行，听众还是难以感知将所有变奏曲串联起来的宏观结构，除非事先做过研究。一般人可能会注意到在作品的正中间，变奏 16 开启双联画后半片时发生的显著变化，哪怕只是因为这首模仿法国序曲 i 写成的变奏曲宏大得不自然，甚至有浮夸之嫌。大多数听众都会被结尾的咏叹调深深打动，并意识到它对更宏观结构的对称和回归至关重要，尽管他们不会用那些术语来阐明自己的感受。但除此之外，整部作品似乎更接近于一连串相互关联的独立乐曲或一系列连续的主题，而非一个拱形结构，或者两首变奏加一首卡农的三角组合循环渐进。它或许会因为复杂和冗长而给人宏伟之感，但听众却不会把它当成一个固定结构来欣赏，而是一系列伟大乐思的集合。

如果巴赫的目的是为了让人听出他埋藏的建筑结构，特别是以三为单位的开放式分割方式，那他无疑没有提供任何协助。普通听众听不出九首卡农精心设计的进行，不仅因为卡农是一种复杂的曲式，也因为巴赫常常无视卡农与其他变奏曲的区别，把其中好几首都写得不是那么"正统" ii。在变奏 24 的八度卡农中，高音声部在第二声部加入之前对主题进行了明确的陈述，两个声部

---

i　一种复调风格的器乐体裁，由慢板、快板、慢板三个段落组成，中段为赋格形式，末段较短。
ii　"卡农"的英文（canon）是个多义词，也有标准、经典的意思。

之间相互模仿，又有明确的区隔，听起来很像一首卡农。但在变奏6的二度卡农里，两个声部紧密交织在一起，彼此如影随形，听上去的效果更像是一个乐思在空中慢慢打转，因此给人的感觉是同一个主题的两个侧面或两个方面，而非各自独立的两个声部在对话。在变奏21，也就是七度卡农中，第二声部常常像是在完成先行声部的主题，总是在后者中断的地方接上，犹如交谈了许久的两人把彼此要说的句子说完。其他的卡农却被它们的低音线喧宾夺主，比如变奏3的同度卡农，低音音型的十六分音符近乎恒定的运动在背景里创造了一种悦耳的喃喃细语或者说隆隆低鸣，干扰了听者聆听交错进行的高音声部；又如变奏9的三度卡农，低音线模仿了卡农声部的重要细节，以至于给耳朵造成了一种错觉，怀疑这三个声部莫非进入了某种类型的三声部赋格。在变奏18的六度卡农里，我们仿佛上了一堂旧式的声部创作课，看到巴赫对他可能觉得无趣的那类音乐——如果他曾跟古板的老学究上过正规作曲课——进行革新，让它们重新焕发生机。让情况变得更为复杂的是，巴赫还加入了两三首复调式的练习曲，它们听上去至少具有卡农的对位和曲式结构，包括变奏10的一首小赋格曲，变奏16的前奏曲的赋格结尾，以及第22首模仿老式经文歌[i]的二二拍变奏曲。不熟悉《哥德堡变奏曲》的人如果想从中辨别出九首卡农，很容易就会把上述曲目也都算在里面，那他可就搞错了。

---

i　Motet，欧洲中世纪和文艺复兴时期用来解释《圣经》的一种复调合唱歌曲。

巴赫为何如此费尽心机地破坏我们理解全作曲式结构的努力？也许是因为他觉得欣赏音乐无须费那种脑力。诚然，无论懂不懂乐曲复杂的构成形式及伟大音乐的其他所谓决定性因素，似乎都不影响音乐的实际体验。我们在当下聆听音乐，在意识里认识刚刚发生的事，并准备迎接即将发生的事。我们对音乐的感知范围高度集中于此时此刻。如果坦诚面对大脑对音乐的真实反应，我们会发现听音乐就像踮着脚尖走在一个大博物馆里，一边走一边在四周的墙上东瞧瞧、西看看，记忆里依稀留有刚逛完的展厅带来的愉悦，同时内心可能还期待着上一次参观时记住的东西会在下一个展厅出现，然而这个空间及其中的内容作为一个整体而言却完全无法让我们感受到任何意义。我们相信——或者说希望——巴赫在音乐里构筑的整体形式以某种无意识的方式传达给了我们，我们可以在听音乐的时候研究它们，理解它们；不过耳朵捕捉的还是快感与表象，心灵则从远处观赏。

♪

不知为何，艺术欣赏的隐喻偏爱把冷暖的概念跟心理状态和体验联系在一起，冰雪的晶莹剔透总是与智力活动紧密相连，快乐恰恰相反，是暖流；同样奇怪的是，艺术欣赏的不同模式非要有高贵和低贱之分。在 1914 年出版的一本名为《艺术》(*Art*) 的书中，布卢姆茨伯里派[i]的评论家克莱夫·贝尔（Clive Bell）阐述了一种等级森严的道德主义艺术观，主张纯粹的形式鉴赏最高级，事实上也是唯一值得体验的美，除此之外所有的乐趣都是低级的，无足轻重。艺术能够激发人类的情感，但不是通过直观、感性的内容，相反，我们只有在欣赏其形式的复杂结构时才会被打动。贝尔感兴趣的领域主要是视觉艺术，但他却企图将同样的唯理性论运用于音乐体验。他分析了自己在音乐会上的心理状态，当他发现自己"疲倦或困惑"时，容易"将生活杂思带入我无法把握的和声"。他认为这是一种粗鄙的习惯：

> 我从审美的极乐山巅跌至温暖舒适的人性山麓。这是一个惬意的国度。没有人需要为偏安一隅而羞愧。只有登上过高处的人才不免在安逸的谷底感到一丝沮丧。也不要让想象力驰骋，因为他已在温馨的田间劳作中获得快乐，幸福地沉醉于桃源乡，他甚至可以想象攀上白雪皑皑的冰冷艺术之巅的人们所经历的苦行和惊心动魄的狂喜。[13]

一个世纪以后，这种想法依然挥之不去，虽然现代人在谈论

---

i   Bloomsbury Group, 活跃于 1904 年至第二次世界大战期间，以英国伦敦布卢姆茨伯里地区为中心的艺术家和文人团体，作家弗吉尼亚·伍尔芙（Virginia Woolf）是其最著名的成员。

如何听音乐的时候，所做的描述大都牢牢根植于直接经验的温馨田间和世外桃源。随着时代的发展，音乐分析不仅包含建筑和结构的概念，还纳入了我们实际聆听音乐时的心理认知，如今学者们又提出了对音乐的"句法"或"准句法"的理解。音乐不再被理解成一种可以传达特殊意义的语言，而是像语言一样运作的审美对象，我们也不是以段落或章节来感受音乐，而是进入了最基础的句子层面。但至少从巴赫的时代开始，哲学界就一直存在一个争论：如果听者能在其与音乐发生实际接触的唯一场所，即音乐的"表面"探测到深层结构的存在，那么他们究竟能否感知深层结构——巴赫的宏大拱形，或莫扎特和贝多芬的辩证形式。有一种音乐分析学派坚持不懈地在表层与结构之间建立联系，所以如果一部交响乐归根结底是从 A 到 B 再回归 A 的进行，我们就会发现这出宏大的剧本将以大大小小的形式一遍又一遍反复呈现，它的每一个乐章、每一个章节或段落，也都在阐述 A-B-A 的叙事，再往下分，每一个更小的子单元也是如此，这样一来，任何一个组成部分可以说都是统领全局的 A-B-A 模式的迭代。

在一篇发表于 1985 年的期刊文章中，研究者们详述了用《哥德堡变奏曲》探索普通听众如何感知演奏和结构主要方面的过程。他们向加州大学圣地亚哥分校的 112 名本科生播放了不同乐器演奏的《哥德堡变奏曲》不同版本，发现测试对象报告的愉悦感几乎没有差别。更让人吃惊的是，他们还将一些变奏曲的顺序调换，打乱了以卡农为高潮的三元结构，结果发现给人的愉悦大体上还是一样的。最后他们得出结论："修改乐曲几乎不影响受试者欣赏音乐。这样看来，本作品创造的愉悦似乎并不来源于音乐权威指出的那些部分。"[14]

不过我并不认为结构无关紧要，也不觉得尝试解释音乐的结构并将其与听觉联系起来的努力是徒劳或无用的。尽管克莱夫·贝尔的帕纳塞斯山[i]山巅寒风刺骨，去感受一部作品的宏大结构依然能给人带来某种力量。它不仅让我们洞悉了巴赫为大型音乐作品赋予秩序的思维过程，还可以帮助我们从直观的快感超脱出来，将整部作品更明确、更持久地铭记于心。另外，如果音乐的某些表面化的细节让你觉得很讨喜，具有直截了当的感官吸引力，它们十有八九都与这套变奏曲更大的形式模型直接相关。

对于《哥德堡变奏曲》何以伟大这个问题，没有任何一种解释是必要或充分的，却有很多种理解都能在一定条件下成立，或者放在特定的背景下成立。就算我们完全抛开建筑结构的概念，把整套变奏看成一组迷人的音乐小品，然后用一系列其他的标准来衡量，这部作品依然是伟大的。其中最有感染力的变奏有不少都是相当简单的舞曲形式，而在最简单的舞曲中又有一些最能愉悦感官。变奏7是一首活泼的三拍子吉格舞曲，加了大量节拍标记，对身体施以猛烈的牵引力。然而即使在这支过于火热的小

---

i 位于希腊中部，古时被认为是太阳神和文艺女神们的灵地。

舞曲中，哥德堡咏叹调的和声线条依然以惊人的灵巧穿行于两个声部之间，落在高音区的一个点上，蜕变成旋律。巴赫故意把他的曲式材料缠绕于舞曲洋溢的激情中，给人的感觉不是一条线在下面打底，另一条线在上面跳跃，而是让人联想到某种崭新的有机体。短短几分钟内，一首起初看来只不过是无关紧要的变奏成了一个化身，完完整整地浓缩了《哥德堡变奏曲》里的一切精华。

我把这首曲子练了很久，然后拿着乐谱从钢琴前走开，开始研究我最爱的另一首曲子，变奏13。在我看来，它是所有曲目中最澄净，甚至最感伤的变奏之一，但与此同时我也欣喜地发现，它也是最接近原版咏叹调的变奏之一。如果你在大概20分钟前第一次听到那首咏叹调后，一直有努力跟上低音线的调子，那么现在你会发现它居然原封不动地出现在这里，有时候还很接近它最初的陈述。就连始于一个优雅的旋转音型（让人联想到在咏叹调开头处听到的一串小波音）的高音线，似乎也在循着咏叹调旋律的起伏轮廓前进。但无论在乐谱上看起来多么相似，它也很难弹出与原咏叹调一脉相连的感觉，硬要强调这一点恐怕也会很别扭。如果说巴赫在不少变奏曲里都告诉我们："我改变了一切，但它还是和原来一模一样。"在这首曲子里，他似乎在说："我几乎什么也没改，但它却已截然不同。"

我们生活的时代相信艺术是一种公共体验，音乐的乐趣只存在于被分享之中。然而《哥德堡变奏曲》这样的作品也带来了一种深入个人世界的探索体验，这样的乐趣很难或者说无法与他人分享，又或许它根本就不能称之为快乐，只能算心念一动、有所感悟的时刻，仅仅对我们自身意义不凡。其意义之一可能在于，它通过模拟死亡将我们与世界分离的过程，把我们抛回意识最深处、最私密、最孤独的自我。我们感受到了唯有在绝对的孤独中才能感知的无法言喻的美，这种经验可以帮我们预知生命中其他完全个人化的体验。感受艺术的方式有很多种，其中最深刻的一种可能就是心领神会，而用心领会的美永远都无法转达，也无法传递给其他生命。

我不喜欢克莱夫·贝尔对于探索艺术的比喻，所谓在一个与世隔绝的雪峰上度过孤独的时光，但我理解他想表达的意思，我也承认，他所说的要靠壮烈的拼搏、超人的克己和自律才能登顶的看法引起了我的共鸣。多年来，我一直认为生命中没有任何事比到达彼处更重要，无论那个彼处在哪里。我还没从家里搬出来的时候，曾读过母亲的另一本闲置书，弗吉尼亚·伍尔芙的《到灯塔去》(*To the Lighthouse*)，其中有一幕深深触动了我：作者细数了用尽一生追寻至善至美的知识高地所要遭遇的种种危险，以及要付出的许多代价。伍尔芙用尖锐露骨的讽刺描写了全书中心人物之一拉姆奇先生的"卓越头脑"："如果将思想比作分为许多音符的钢琴键盘，或者按顺序排列的 26 个字母，那么他卓越的头脑可以毫不费力地依次说出这些字母，稳稳当当，准确无误，直到某个字母，比方说 Q。"[15]可是，Q 后面是什么呢？R 后面又是什么呢？"他问自己，十亿人里面终究能有几个人到得了 Z 呢？"

我躺在地板上，望着从将近四十年前的灰暗天空无情飘落的雪，想到生存正是寄托于拉姆奇先生为抵达 Z 的求索以及诸如此类的事物。在那个夏日的夜晚，在那一刻，他站在赫布里底群岛自己家的露台上，一边抽着烟斗，一边透过窗户望着他的家人。他是一位哲学家。我是一件未成形之物，充满了羞愧和愤恨，立志要为我能掌控的那一丁点世界带来秩序。我还未让拉姆奇先生发人深省的失败消解我的希望。克莱夫·贝尔是伍尔芙的姐夫，对于拉姆齐先生的失败，伍尔芙的描述与贝尔用高峰来形容美的体验如出一辙。她笔下的哲学家如同探险队队长一般肩负起了前往 Z 的壮烈使命，向某座雄伟的高山之巅进发，这是一趟注定失败的冒险。"天空下起了雪，山顶被迷雾笼罩，他知道自己必会在清晨来临前倒地而亡，不辱没队长名誉的种种情绪蓦地袭上心头，让他的目光黯淡下去，就在这短短两分钟内，他不过在露台上转了一圈，便现出了风烛残年的苍白之色。但他不愿躺着等死。"

我也不愿意。从厨房地板上爬起来的时候，我的生活已经有了新的目标。几年后，我退了学，提前升入大学，然后从我厌恶的房子里逃了出去。我的精神世界在母亲监视不到的地方自由发展，我一次也没有跟她谈论过爱或美，或者我生命中的任何渴望。我也从未告诉过她，我在冥冥中感觉到这个世界上有伟大事物的

125

存在，每当发现这样的事物，我也不会为了博得她的欢心或肯定而和她分享。我们还是时不时在一起演奏音乐，但我只当是给一个陌生人伴奏，尽好本分，但貌合神离。自从离开我从小长大的家以后，我就没怎么回去过了。后来父母把那套房子卖了，在新墨西哥州又买了一套，我很庆幸地发现无论对新房子还是旧房子我都没有什么感情可言。待到年过四十，我又一次回到了自己出生的那个小镇。那天暖洋洋的，风和日丽，可我心里想的却是：**我好怀念下雪啊**。

6

在巴赫创作《哥德堡变奏曲》的时代，德国普及的键盘乐器有三种。第一种即巴赫赖以成名的管风琴，通过压缩空气使金属和木管在特定频率下发生共振。巴赫以管风琴师的身份开启了自己的职业生涯，在他看来，这门乐器不仅仅是创作和演奏的载体，更是一套机械装置，是工业革命前夕欧洲大陆最复杂精密的机器之一。第二种正是他为之创作《哥德堡变奏曲》的乐器：羽管键琴，它通过木制支柱以及在巴赫的时代被称为弦拨（plectra）的小片乌鸦羽毛管来拨弦。巴赫还弹过击弦古钢琴（clavichord），这种乐器体积更小，更具私密性，它用金属片敲击并拉住琴弦，音色更像吉他弦在金属音品上急促按压时发出的微弱声响。不同于管风琴和羽管键琴，击弦古钢琴可以呈现响度和力度的强弱变化，还可以模仿人声的轻微颤音或振音等表现技巧。不过与管风琴和羽管键琴相比，击弦古钢琴的音色单薄纤细，因此一般被当成一种家用乐器，而非用于表演。

在巴赫生活的年代还有另一种键盘乐器也开始流传开来，那就是钢琴，它在大约 18 世纪初兴起于意大利，几十年后传入德国。巴赫曾试弹过赫赫有名的工匠戈特弗里德·西尔伯曼（Gottfried Silbermann）制作的一台钢琴，关于这一事件的文字记录体现了巴赫在世时受到了何等尊崇：

> 他称赞——事实上是赞美了——它的音色，但也抱怨它的高音太弱，太难弹。这让西尔伯曼先生非常介怀，他不能容忍自己的作品有任何瑕疵。为此，他在很长一段时间都对巴赫先生怀恨在心。然而良心告诉他，巴赫先生说的没有错。因此他决定——不妨说，这是他的一大功绩——停止继续交货，转而更努力地去思考如何消除 J.S. 巴赫先生观察到的缺陷。为此他花了很多年工夫。

西尔伯曼及其钢琴的故事继续下去，结局圆满。乐器制造大师改良了他的机械装置，巴赫试弹了新的型号，据说西尔伯曼"继而得到了他完完全全的认可"。但彼时的巴赫年事已高，而身为作曲家，他效忠的对象始终是管风琴和羽管键琴。

现在，《哥德堡变奏曲》既可以用钢琴弹，也可用羽管键琴来弹。这两种乐器的录音版本都数不胜数，任由听众选择：是想听原版的羽管键琴更明亮、更绚丽的音色及其五彩斑斓的泛音呢，还是现代钢琴力度变化更大、运音方式更丰富但在音色上更滞重的声音？羽管键琴奏出的音乐仿佛在蹦蹦跳跳、熠熠发光，而在钢琴上，音乐的层次变得更加丰富，近乎交响乐，但在细节上有失精准。在羽管键琴的传统开始复兴并在20世纪80年代发展成熟之前，这个选择并不难做。本已湮没的《哥德堡变奏曲》在20世纪复苏，主要得力于1955年格伦·古尔德用钢琴录制了这部作品。这并不是它最早的录音室版本，波兰裔法国羽管键琴演奏家旺达·兰多芙斯卡（Wanda Landowska）早在1933年就录制了该作有史以来第一个羽管键琴版，但古尔德的版本却一举确立了《哥德堡变奏曲》在当代钢琴表演曲目中的基础性地位。

然而这部作品并非为钢琴而写，用现代钢琴演奏它时常会遇到令人生畏的挑战。在大部分变奏曲曲谱的开头，巴赫都标注了他的三个建议之一："键盘1""键盘2"或"键盘1或2"。它们指的是巴赫时代流行的大羽管键琴上常见的双键盘，有些变奏曲是在一个键盘上演奏，有的需要在两个键盘上演奏，其余的则由演奏者自行决定用一个还是两个键盘。双键盘（或者说双操作系统）乐器至少给演奏者带来了两方面的显著优势。羽管键琴上的两个键盘在音质上有所不同，下面的键盘弹出的音调更饱满圆润，上面的明亮一点，更接近拨弦的声音，如果将下键盘比喻为单簧管，那么上键盘则更像双簧管。音质的不同也能帮助演奏者辨别不同的线条，不仅在模仿独唱或乐器以配合伴奏的变奏曲（如变奏 13 和 25）中如此，在疾行的阿拉贝斯克变奏中亦如此，两个键盘之间的音质对比有助于分清两条快速行进且频繁交叉的独立线条（如变奏 8、14 和 20）。

巴赫的变奏曲中需要双手交叉的有两种。一种是用左手或右手从另一条线的上方或下方抓取一两个音符，在一个键盘上就能轻松办到。这样的双手交叉不仅是音乐上的需要，在视觉上也不乏功用，增强了演奏的观赏性，使"眼睛分享了耳朵从中得到的快乐"[16]，如与巴赫差不多同时代的法国作曲家让 - 菲利普·拉莫（Jean-Philippe Rameau）所言。更麻烦的是第二种，两个独立的线条在键盘上频繁地上下游走，中间不断交叉，有时候还在交叉处逗留不去，十根手指挤在通常容纳五根手指的空间里，两只手必须互相配合迁就。双键盘的存在相对缓解了这种困境，让每只手都有了各自的通道。不过这类变奏曲之所以难，并不仅仅因为双手发生了冲突，它们还对大脑构成了一种特殊的挑战：双手交叉的时候，右手就到了左手的空间里演奏，反之亦然，于是眼睛、双手和大脑之间发生了让人意想不到的脱节。这种状况有时会打乱一只手相对另一只手保持的惯常优势，即所谓的"利手"，未经过练习和专门训练的人可能很难协调地控制双手之间的动作。有的乐段本身不算难，如果左右手都留在各自习惯的空间就比较容易完成，可一旦双手越过了把身体分成左右两半并把重心划给其中一半的垂直线，互换位置，它们就会难到令人抓狂。

将《哥德堡变奏曲》从两个键盘转录到一个键盘上究竟难在何处，听众是看不见的。危险区域听起来不会比其他任何段落更具挑战性，技巧性也不见得更强。如何划分各个线条，哪根手指要按哪些音符，一只手是从另一只手上方越过还是从下方穿过，是靠近还是离开键盘边缘，这些需要下苦功解决的难题在演出中传不到听众耳朵里。我刚开始挑战《哥德堡变奏曲》，就在变奏 8 中遭遇了这些难关，就像徒步旅行途中遇到了路障或被冲毁的小路。弹到第 12 小节时，前进的道路完全堵死了。在这里，右手需弹奏一串下行的 16 分音符，以衔接一个 A 大调和弦，与此同时，左手如镜像般在反方向演绎同样的动作与和声。这两个小节以及后面一个类似乐段一点一滴榨干了我所有的精神能量，最后我花了几个星期才确定了一个可行的演奏策略。这几个小节加起来不到十秒钟便一晃而过，却在我心头留下了一阵似曾相识的破灭感，即使学会了它们，我依然有种不祥的预感：**我将会在这里跌倒**。就算我再努力练习，就算我在自己家客厅把它们练得滚瓜烂熟，毫不费力地弹了几百遍，一旦到了观众面前，它们就会功亏一篑。就在这个地方，回回栽倒，没有幸免。

♫

让主观意识的某个部分提前认定了失败，这样的心态似乎有些扭曲，也有些自暴自弃，可这个习惯早在青春期就已深深地植入了我的意识。这种自我贬低的心理过程遵循一套熟悉的剧本套路：我在音乐中辨别出危险，我看到无可避免的崩溃就在前方，我反抗自我实现的预言，我的反抗失败了，我尝到了熟悉的绝望。这套流程我重复了太多次，搞砸了太多作品，几乎每一次在公众场合演出都以同样的灾难收场，以至于我开始相信宿命。从某种诡异的角度来说，这几乎算是一种天赋：随便碰到一首新作品，我都能以百发百中的洞察力即刻占卜到我将来会出洋相的位置。变奏5里面有一个右手弹的小波音，我知道它会引致痛苦；在变奏9中，一只手要用两根手指弹出一个颤音，同时用其他手指执行上面一条连贯的线条；在变奏26里，巴赫对一个连续进行的常规六音符音型做了好些微小的改动，而我很确信这些小偏差里面每一个都会让我栽跟头，无论我练习得多么充分都没有用。还有不得不提的变奏8，里面有一些双手交叉的地方，我知道我能从技术上掌握它们，但永远别想在观众面前弹得干净利落。

与一首乐曲相伴的时间越长，我就越感觉我意识的某个部分在手指上保存了一份犯罪记录，而这份背叛的档案终有一天会曝光。一个人可以在巴赫的音乐里获得的快乐渐渐失色，消退成一幅灰暗的诊断图，描绘了弱点和尚未发生的失败。我可以掌握全作的99%，但我自己认定会搞砸的那1%看上去比其他任何部分都更醒目。我知道这很愚蠢。

40 年前，当我第一次无端做出这种奇怪的行为时，我就知道自己在犯蠢。它在我十二三岁时迅速形成习惯，到了高中，我几乎可以把它界定为我灵魂中不可消除的部分。记得高一还是高二那年，我要参加一场在当地公共图书馆举行的演奏会，在演出前的几个月里，这业已形成的心魔一直缠着我不放。参加演出的共有四五个学生，我是其中之一，我的参演曲目是贝多芬的《第八奏鸣曲，作品 13 号》（ *Sonata No.8, Opus 13* ），一首暴风骤雨似的作品，既有雷霆般的开场和烈火般的呈示部，作曲家一生中最华美的慢板乐章之一，还包含一个云谲波诡、奇峰迭起、变化多端的快板终章。我在那个学年开始的时候分到了这首奏鸣曲，第一次翻开它的乐谱时，我欣喜若狂。摆在我面前的是货真价实的职业钢琴家的标准表演曲目，远比我以前学过的任何乐曲都要高级。可是才看了一两个小时乐谱，我就判定其中有一个小节必定会让我出丑。整部奏鸣曲以一个缓慢、宏大、慷慨激昂的引子开场，一开始欲扬先抑，然后感情喷薄而出，上升到一个高点之后陡然跌进作品的主体。跌落的动作是一个飞快完成的半音音阶，手指以人类所能达到的最高速度夸张地一挥，在电光石火间扫过所有黑白琴键，从而奠定第一乐章的主题。它看上去就颇为凶险，黑压压的一串音符下行划过页面，更糟糕的是，它恰恰是我最害怕的那类细节：短促，戏剧性强，毫无遮蔽，而且从某种意义上说并不是特别重要。它将在一眨眼间结束，不过是音乐数据里的一个刹那，但我知道我已找到了丢人现眼的绝佳地点。

我把这部奏鸣曲练了好几个月，整个秋天一直练到圣诞假期。母亲尤其迷恋第二乐章的美感，有时候弹到这里，我会发现她就站在近处的厨房里，停下了每日的例行仪式——反复擦洗厨房一尘不染的表面，仿佛受到某种濒临爆发的强迫症驱使。她对音乐特别敏感，音乐有时会加剧她的焦躁，有时又能缓解她的不安。她总是在我的琴声能传达到的范围内徘徊，尽管我们的关系很紧张，我还是会配合她的接受能力调整我的演奏，尽可能将贝多芬炽烈奔放的旋律弹出圣诗一般的简约，我会把速度放到比平常更慢，让她也可以享受它重复的旋律线带来的愉悦。我们之间虽然有了隔阂，这种无言的交流依然时刻存在，或许我和她都从中感受到了往昔的遗迹。我愿为一位不存在的理想化母亲演奏音乐，而她通过音乐倾听儿子说话，在他的话中不再有讥讽，不再有倨傲，也不再带着一个异常早熟的少年刻意维持的礼节。

我与这段可恶透顶的音乐搏斗了一周又一周。我试过放慢速度，也试过将它分成三个、四个或五个音符一组的奇怪组合并重新编排附点节奏，希望通过歪曲它的本来面目以消除熟悉感，我想如果按照上述办法练习，也许就能把它学得更扎实、更牢靠。起初，我的努力取得了一些成果，有时候当我撇开整首乐曲的前后联系，孤立地演奏这个乐段时，它甚至算得上简单。可一旦我试着将它融进音乐的进程里，结果就远不是那么容易预料了。也许每三次中有一次会按计划进行，尤其是在我没想太多的时候。可是偶尔的成功反而越发让人恼火，因为成功过即意味着我有能力弹好这段音乐，音乐以某种方式存在*于彼处*，问题则存在于大脑和手指之间，而不在于手指本身。遇到一个解决不了的问题时，意识到它的症结在于心理而非生理并不能给人带来什么安慰。如果仅仅是身体上的弱点，我们还可以专心致志地克服不足之处，问题自然会迎刃而解；但若是心理上的缺陷，我们就不得不面对一种凌驾于我们之上的致命力量——心理障碍，这个必须战胜的敌人非但无法客体化，反而就像是意识本身。

随着演奏会一天天临近，我变得越来越迷信，那个乐段也越弹越糟糕。演奏会前的几个星期，我偶尔会将乐谱放在一边，站起来，做几次深呼吸，然后在钢琴前坐下，就好像正在演奏会上准备表演一样，想象身边围着一群观众，接着强迫自己去设想演出当晚置身于图书馆时的紧张心情。我会逼迫自己不间断地弹完整支乐曲，不回过头去捡落下的音符，也不给自己第二次机会去弥补遗漏之处。*演奏会上就是这样的*，我对自己说，然后我会留心去听自己演奏中的每一个错漏与瑕疵。

到最后留给我解决问题的时间没剩几天了，可那一段依然叫我一筹莫展，我开始绝望，开始暴躁起来。一天下午，我压抑不住自己的怒气，一拳头砸在键盘上，大骂了几句脏话。我不知道母亲就在附近，突然间她出现在房间里，对我大发雷霆。钢琴不是玩具，是乐器，它很脆弱，我可能会打坏它。"你再也不准砸钢琴！"她冲我尖叫道。当时我正在气头上，但还是被她的暴怒吓到了，同样让我震惊的是她可怕的洞察力，直接洞穿了我的窘境。你把事情越搞越糟，你的做法大错特错，你完蛋了，如果你继续这样作践自己，你会在演奏会上搞砸的。她似乎对我的状况一清二楚，我正在遭遇的事，我所受的折磨，就好像她曾经历过一模一样的情形。"你这是自作自受。"就像往常她对我大吼大叫的时候一样，我开始放空，她的话音传到我耳朵里，仿佛从很远的地方传来，仿佛她人在另一个房间，在一面挂毯后面，或在地下某个深洞里。她生气并不只是因为我捶了钢琴，或是对我自暴自弃的坏毛病感到失望。她是为我的愤怒而愤怒。她知道愤怒会让一个人付出的代价，我怀疑她是在为愤怒有可能在她儿子身上生根而难过。

演奏会在一个星期五的夜晚举行，末日降临前的最后几天，我整个人一直处于一种愁云密布的麻木状态。隐隐可见的失败从早上醒来的那一刻起便压在我身上，一直到夜晚入睡前最后几缕思绪消散。希望随着最后几天的流逝逐渐熄灭，挫败感与日俱增，我的恐惧也深化成了一种低等、无休止的恐慌。我吃不下东西，对任何事情都提不起兴趣，到最后彻底放弃了练习。在钢琴前度过的每一分钟都会发现新的问题，付出再多努力都不足以征服困住我的段落，那么练习还有什么意义可言？相反，我开始向命运妥协，将更多的希望寄托于邪门歪道的迷信，比如避开走廊地板的红色瓷砖，或者挑战在一辆汽车从我窗前通过的时间内屏住呼吸。

　　和父母一起坐车去图书馆，比赛开始前四处打转，我前面出场的选手轮番表演，一切都在让人头晕目眩的紧张感中流逝。我在裤腿上擦着汗湿的双手，揉搓着冰冷的手指，不停做深呼吸，数天花板上的图案，拼命掩饰自己一塌糊涂的精神状态。父亲安静地坐在一旁，全神贯注地听着音乐，毫不在意演奏有多么业余，多么漏洞百出；母亲则对我那欲盖弥彰的紧张报以怒视。当我前面那位演奏者完成了她的作品然后起身向观众鞠躬时，我想到我们家偶尔会去度假的那片湖，湖边矗立着一块高高的岩石，若是从那上面，从那恐怖的高处一头栽下去，投进冰冷的湖水里，时间和存在俱会一笔勾销，而事前的恐惧和事后的胜利之间似乎只隔着纯粹的意志和决心。终于轮到我了，我像个僵尸一样走到钢琴前，坐了下来，即刻将老师的叮嘱抛在脑后：把手放上钢琴之前务必要停顿一会儿，在脑子里把乐曲的前面几小节想清楚，定好节奏。我预计会搞砸的那个乐段早早地出现在第一乐章，在此之前，一切都按计划进行。一到那里，我右手的手指就开始打架，我尽力蒙混过去，漏掉了那个半音音阶上下端之间的大部分音符，到了最后一个音符却对上了，有点像体操运动员把成套动作做得乱七八糟，落地时却站稳了。

这场灾难过后，接下来的一切都还算顺利。我的精力全都用来应付开头的失误，再也无力考虑接下来的事，随之而来的是一种解脱感。我既狼狈，又生自己的气，但这些情绪全系在了那一小节音乐上，而它现在已经进入了后视镜，构不成什么危害了。第二乐章进行得顺畅无阻，第三乐章的挑战性不亚于第一乐章，但由于注意力涣散的关系，相对而言没有出什么纰漏。整首奏鸣曲结束于一个柔美、哀婉的旋律片段，它淡淡地重复了两次，犹如消散于虚无，然后接上一个暴烈的 C 小调音阶和最强音奏出的最终和弦。我很喜欢这个戏剧性的结尾，并满怀热情地去演奏它，将那段轻声重现的抒情旋律线拉长，接着在漫长的停顿之后重重地砸下了最后的陈述。然后掌声响了起来，我吓了一跳。当晚的观众似乎已经忘记了大约 20 分钟前的那个明显失误。

观众热烈的反应似乎发自真心，叫我有些不知所措。如此一来，母亲也很高兴，当我回到座位上的时候，她拥抱了我，脸上挂着自豪的笑容。这让我怪难为情的，我半推半就地接受了内心带着罪恶感的喜悦，然后又责备自己这么轻易就妥协。我把第一乐章前奏第十小节的最后一拍弹得如此潦草，居然还是得到了褒奖，显然观众不太了解贝多芬。趁着下一位演奏者走向钢琴的间隙，母亲悄悄在我耳边说第二乐章完成得非常漂亮。**第二乐章当然漂亮了，我心想，因为它简单啊。**

接下来出场的钢琴手是个和我年纪相仿的男孩，一头卷曲的黑发，皮肤白皙，动作像猫咪。我以前从未见过他，他看上去有一点忧郁。他向观众微微一笑，然后坐下来弹了一首 20 世纪爵士乐风格的练习曲，节奏很快，不断重复一段朗朗上口的旋律线，莫名与它的演奏者完美契合，优雅中透着忧伤。他的演奏以及他这个人都让我着迷，同时又让我心生不安。不知道他中途有没有出过差错，反正我没有听出来。我忘情地沉浸在他的演奏里，没有注意他弹了多久，直到最后全曲结束，我还意犹未尽。观众的鼓掌声把我的意识拉回了房间，我回过神，看到这位钢琴少年鞠躬致意，脸上挂着跟刚才一样似笑非笑的表情，我心里冒出了两个念头：*我要是能成为他就好了，还有，如果能让他不那么悲伤就好了*。

演奏会结束后有茶歇，组织者是我母亲。看到自制的饼干和潘趣酒的一瞬间，我才意识到在我自顾自地沉溺于焦虑无法自拔的这段日子里，她费了多少功夫来准备这些东西；又过了几十年，我才明白她有多么痛恨扮演传统意义上的母亲。她从不享受给孩子们当奴仆，讨厌烘焙，更厌恶跟其他母亲打成一片。每次演奏会结束后都是吵吵闹闹的社交时间，教钢琴课的女人们聚在一起，为了争夺最优秀的学生明争暗斗，对她们来说，音乐课、演奏会和地方比赛的世界就像凡尔赛宫廷一样等级森严、阶层分明。我以前的老师夏洛特也在那儿，夏洛特很不喜欢我母亲，她这种厌恶扭曲地倾注到我身上，反过来表现为一种过度的怜爱，就好像换了新老师以后，我就沦为了一个不幸的孤儿。她会提高嗓门向我嚷嚷我以前多么有潜力，言下之意显然是这种潜力正在被糟蹋掉。另一位当地资深的钢琴女教师有个奇怪的习惯，她对所有的母亲都不直呼其名，只简称她们为"母亲"，我相信当这位大师打量着一桌点心并对我母亲说"做得很好，母亲"的那一刻，母亲肯定高兴不到哪儿去。

茶歇上，我小心翼翼地避开了那个黑头发的男孩。人们对我说了一些恭维话，我都不好意思接受。可是有一个女人，她比其他人年长许多，穿着打扮很像我的祖母，看上去很老派，一板一眼，她的面孔在厚厚的镜片掩饰下显得比实际要和蔼，而当我推却她的赞美时，她微微有点不耐烦。不，她说，第二乐章*刚才*弹得很好，这并不是什么微不足道的成就。每个人都会弹漏音符。漏音符不关乎音乐的实质。这奇怪的女人和我之间相隔恐怕有50年以上的鸿沟，当她开口说话时，我发现无法把她归入以往见过的任何一类人，她既不像母亲辈，也不像祖母辈，而且明显也不属于正忙着在这个房间里开辟疆土的教师行列。在那一刻，我一边听她讲，一边琢磨着她的话。

回家的路上，母亲又夸了我一通。那是个周五的夜晚，接下来有整个周末在等着我，而我终于摆脱了几个月来所受的折磨。我的身体犹如被掏空一般，填满了慵懒的满足感——每当巨大的烦心事从生活中移走，这种感觉就会涌进来。我似乎又可以美美地享受日常生活，品味阅读的乐趣，白日做梦也不再有负罪感，我知道星期六早上当我睁开双眼，第一反应仍会是条件反射的恐惧，但下一个念头就会把它抹去，让我完全放松下来。看着车窗外的灯影流动，父母在前排座位上聊得正欢，一种安心感涌上我心头。

那一夜我很疲惫，但又辗转反侧，躺在床上久久无法入眠。我迫不及待要开始新的生活，展开新的计划，甚至投入新乐曲的学习。可我控制不了自己起伏的思绪。于是我尝试了一个偶尔会奏效的老办法，回忆在几年前的一个夏日倾听雷雨时的美妙感觉。那场猛烈的暴风雨在记忆的远处浮现，被安全地隔在窗外，我的心随之静了下来，开始飘向远方。我仿佛看到雨点打在玻璃上，树木在风中扭曲，当我的大脑开始阖上大门进入黑夜，我听到了几声沉闷的雷鸣。我的手脚变得沉重起来，身体陷入床的深处，意识几近熄灭，就在此刻，在一个虚幻的闪电中，我睁开了一双陌生的眼睛，看见黑发的少年正躺在我的身边。

♪

进入青春期以后，小乐手们会对演出生出陌生的恐惧与焦虑。我与专业的音乐家朋友们交流过，也与曾学过乐器但后来放弃了的人谈论过这个话题，他们全都有类似的经历。不同的人表述它的方式各不相同，有人说是开始感觉到了一种想要取悦他人的需求，有人说是对成败的可能性有了意识，或者只是伴随性意识的觉醒而萌芽的自我意识的一个副作用。很多人都记得自己在青春期以前一点也不害怕当众表演。"我八岁的时候什么都办得到。"一个朋友告诉我。可是一到十三岁，这种无所不能的幻觉就破灭了。佐证这一点的不仅仅只有捕风捉影。一些关于音乐创造力的理论认为，天赋可能与胎儿期接触了过高水平的睾丸激素有关，而青春期男孩睾丸激素水平的上升会导致同一种创造力的衰退。

我也许不是天赋之才，反正无论我曾经拥有过怎样的才能，到了青春期都发生了异变。我的演奏早已超过了一般的少儿水平，不再停留于照着乐谱机械地弹音符，就像死记硬背一首诗不求甚解，到了十一二岁，我已经能够相对自如地带着感情和表情弹琴。有时候我偷偷瞟一眼听众——主要是家人和朋友——会发现过去那种耐着性子捧场的神情开始被真正投入的愉悦之色取代。也许我曾在一天下午当着大姨婆的面出了一次洋相，但在其他场合，我想我的的确确打动了至少一部分人的心弦。然而弹得越好，收获的褒奖越多，我对奖赏的渴望就越发强烈。钢琴已成为自我意识的一部分，导致我对他人的反应变得极度敏感。

随着技艺的提升，我对音乐的可能性也有了更高的认识。长大以后，我开始考虑能否将钢琴作为职业来发展。在我十四岁那年，好莱坞推出了一部大烂片，名叫《竞争》(The Competition)，主演理查德·德雷福斯(Richard Dreyfuss)在片中饰演一个企图在大赛中取胜的年轻钢琴手，并凭此表演获得了一项金酸梅奖提名。他与一位竞争对手堕入爱河，经过渴望、拒绝、承诺和背叛的几番无聊周折之后，最终迎来了大团圆结局。就像大多数关于古典音乐的好莱坞影片一样，它浪漫化了灵感和献身的概念，同时最小化了将音乐由空想变为现实的枯燥劳动与孤独求索。不过它却让人看到了在闭塞的郊区樊笼之外还有另一个世界，那里遍地都是艺术家和奇人异士，充满了远大的梦想，生气勃勃的城市，它让我不禁好奇，钢琴能否成为前往那个世界的通道？

但一个人若是将音乐当作逃避现实的梦想，投入得越多，失败的后果就越不堪设想。万一你不具备才华该怎么办？现在的人倾向于将才华视作与生俱来的资源，潜藏在每个人身上，可能一直沉睡下去，也可能被激发出来，全取决于你是否相信自己，是否遇到了合适的老师，以及有没有条件和机会去开发它。20 世纪80 年代，人们普遍认为才华更多是由先天的基因决定，就像头发的颜色或身高或鞋码：它的分配是随机的，而且没有选择，要么有，要么没有。当时的社会所处的文化阶段恰值 1979 年彼得·谢弗 i 的戏剧《莫扎特传》风靡一时，其内容秉持粗糙的还原主义 ii，提出了一套僵化的种姓制人才系统来掌管艺术，而且此系统的裁决者

---

i　Peter Shaffer（1926—2016），二战后英国当代著名的剧作家，《莫扎特传》（*Amadeus*，又名《上帝的宠儿》）是他的代表作之一，不仅在英国国家剧院和美国百老汇大卖，根据其改编的电影还拿下第 57 届奥斯卡金像奖八项大奖。

ii　一种哲学理论，认为世界的本质是简单的，而复杂的事物、系统和现象是由更简单或更基础的各部分所构成的组合。

显然是神明。才华的真相可能介于这两种对立的看法之间，不过在我长大的年代，关于一个人天赋的问题却有点像那种愚蠢的扑克牌游戏：给每个玩家发一张牌，然后每个人把牌背过来举到额头上。除了自己以外，所有人都知道你拿的是一张 A 还是一张 2，而你只有在盲目地冒险下注之后，才能知道自己的牌是大还是小。

钢琴演奏会就是你亮出底牌的时刻，更是知晓自己命运的时刻，因此公开演出自然摆脱不了焦虑的干扰。如今，研究表演焦虑的心理学家把我这种舞台恐惧现象称为"灾难化"（catastrophizing），即在表演前过度害怕出现最坏局面的非理性倾向。一般推荐的疗法包括：正视恐惧的非理性；仔细思考实际可能发生的最糟糕情况；认清现实远远没有你幻想的世界末日那么可怕；在脑海中编写一个剧本，将注意力集中于表演的重要方面，避开与此无关且会触发恐慌的危险区域。可是，当年我身陷这种病态的恐惧时，还没有人提出"灾难化"这个词，更没有人给过什么疗法。在那个年代，恐惧是一种需要去控制、反击并打倒的东西。

时至今日，市面上已有大量的书籍文本帮助人们抵御那些限制自我发展的焦虑，其中有很大一部分专门针对表演焦虑——深受其苦的不只有音乐家，还有演员、舞蹈家、运动员以及必须在公众场合演讲的人。很多文章都是基于以下观点：自我原本纯洁无瑕、无拘无束，却会随着年岁的增长而被成人的自我批评侵蚀。

解决的办法就是找到回去的路，做回从事物本身获得乐趣的孩子，回到伊甸园里那个拥有无穷力量却尚未被开发的自我。一些作者为意识画出了摩尼教式的鲜明图解，将其一分为二，一半装满了纯真无邪的潜力，另一半是个残酷无情、喜欢自我批判的暴君。其他人则提出了种种办法，以帮助人们克服大脑的不良习惯，找到自在的领域，并摆脱自毁的想法。

有一本畅销书涉及了诸多此类主题，书名叫作《音乐的内心游戏》（*The Inner Game of Music*），化用自一本更早的书——1974 年出版的《网球的内心游戏》（*The Inner Game of Tennis*）。后者已售出数百万册，至今依然是最畅销的运动类自助书籍之一。从这本网球书衍生出了一个卷帙浩繁的自助手册帝国，虽然后来的相关书籍对网球的研究再也达不到那么深入，却为运动员创设了一套新的心理卫生理论，鼓励他们活在当下，别再为了身体已经知道如何去做的事而过分勉强自己，而是要寻找一种放松的专注状态，以便发挥出内在的潜力。《音乐的内心游戏》借用了"内心游戏"整个系列通用的简明公式：P = p - i，在该等式中，你的表现（P）等于你的潜力（p）减去自我干扰（i）。"难道不能合理地认为，如果能彻底摒除批评的声音，我们的表现将会大大提高？"[17] 一干作者如是问道。如果失败是你的恐惧所在，那就去失败一次，然后面对现实，尝尝那滋味如何："你已将自己从对失败的恐惧中解放出来，现在可以把注意力百分之百地集中于做音乐上了。"

这本书以及其他自助类书籍中都贯穿着一种奇怪的美国式思维习惯，即透过权威和自由的棱镜来看待启蒙。作者可能借用了弗洛伊德的"超我"概念，意图说明我们受折磨的原因在于我们内化了儿时惩戒我们、斥骂我们的权威人物。"教授'内心游戏'的人很快就会发现，在不规定'应做和不应做'事项的情况下进行教学需要消耗精力，集中注意力。"那么问题来了，如果缺乏对权威的敬畏，我们确实没有可能学会大多数最顶级的复杂技能，而古典音乐以一套必须精确掌握的书面音乐文本为重中之重，尤其离不开纪律和传统的传承。《音乐的内心游戏》从头到尾都没有很明确地指出我们在权威之下追求自由的限度在哪里。问题在于语气和性情吗？也就是说找到能够教书育人而不是过分威慑、恐吓学生的老师就行了吗？还是"内心游戏"的鼓吹者们真的相信无师自通的可能性？

还有的自助方法主张利用恐惧，而不是去害怕它。正确理解恐惧会让它变成你的朋友，它是一种炽热的能量，如果能审慎、合理地加以开发，可以给你的注意力和表现带来适当的助力。这一观点看上去也特别美国化：万事万物都能转化为资源，可以挖掘、提炼并有效地加以利用。就像"内心游戏"一样，把恐惧当作一种资源来开发也需要把自我分成几部分，让其中的一部分去开发另一部分。还有一些自助理论甚至建议让恐惧发出声音，让它说话，被人听到，就好像恐惧是我们内心的问题儿童，一个胡作非为的恶魔，驱使我们走向自我毁灭，但如果给予适当的认可和关注，它就会改过自新。

《网球的内心游戏》出版于 1974 年，时值心理自助这一图书门类开始蓬勃发展。这些书将通俗心理学赐予的福禄从电波带进了现实，从自我提升之风盛行的东西海岸围地带入我从小到大居住的那一类社区——没有树木点缀的市郊住宅区不断变换着形状，势不可当地从城市边缘延伸至乡间的森林、沙漠或农田。自助图书的读者正是我们身边的那类人群，正在上升的新兴中产阶级，他们之中有很多人都来自小城镇、农场、牧场或城市的少数族裔聚居区——原本是铁板一块的社群被商业世界瓦解，消散于企业频繁的迁移、工作调动、新的机会和偶尔的裁员。我母亲在十九岁那年结了婚，然后和她二十一岁的丈夫一起搬到了 1900 英里以外的佛罗里达州彭萨科拉——我父亲接受飞行训练的小镇。她在患病的那几年回忆起自己人生中的那一篇章，坦言搬到那么远的地方让她感到恐惧。在她最初对婚姻生活的叙述中，那次搬家含有一种个人责任的寓意，有时候还隐隐流露出被迫成为母亲的不甘。"我们走到这一步是因为没的选。"她解释道。然而到了她生命垂危之际，我坐在她身边，再一次倾听这些往事的时候，我忽然意识到现代生活的颠沛流离——我们这一代人习以为常的生活状态——给她造成了多么深重的创伤。

即便如此，她也从未想过要去看什么自助的书，那种书是不会出现在我们家的。母亲饱受焦虑、抑郁和失眠的折磨，她不仅将她父亲的专制型家长作风内化，还继承了她母亲对情绪外露的尖锐鄙视。母亲坚信，心理学只是胡说八道。世界上的确存在一些"脑子有病"的人，但这属于道德范畴的事，与精神疾病毫不相干，这种人广泛存在，不仅包括犯罪者和精神失常的犯罪者，还包括流浪汉、嬉皮士、民主党人、天主教会，以及绝大多数旧金山人[i]。自控对于成长至关重要，而自助只不过是蒙人的把戏。就连我的内心也在很大程度上被她同化。我不认同她的偏见，不认同她对精神疾病的否定，更不认同她对心理健康职业的轻视。可我只要一读关于表演焦虑的自助书籍，就忍不住对里面的观点嗤之以鼻，特别是有些观点似乎只是简单地将自我一分为二，而且有信口开河的嫌疑，空谈权威和自由这些更加宽泛的文化概念。它们将廉价的叙事嫁接到某种错综复杂的事物之上，后者远远不是只需自由或善良就能得到平静的二元化内心世界那么简单。

在青春期带来的所有变化里，最深刻的莫过于欲望的觉醒，无论是取悦他人的需要还是对失败的恐惧都无法与之相提并论。且不说别的，它似乎从根本上解释了为什么刚上高中那阵子表演恐惧严重阻碍了我的生活。自我意识过剩，自暴自弃的毛病，唯恐不能取得对自我的掌控，可怕的孤独和失败感，莫名渴望被笨

---

i 旧金山是 20 世纪六七十年代嬉皮士运动的发源地，当时聚集了大量受垮掉派影响的嬉皮士，他们主张以和平方式来反对越战，身穿有绣花的、色彩鲜明的衣服，头上戴花，沿街游行并向市民派发鲜花。

拙的身体阻挠了的美，这些问题也都得到了解释。投身音乐表演（其他艺术当然也一样）的儿童长大以后，他们通晓的语言足以表达更宏大、更抽象、更具性张力的思想，而这样的思想远非普通的语言所能容纳。在音乐的武装下，他们迎来了一种恢宏又悲壮的感觉，这种感觉让人既困惑又恐惧。

提香 [i] 有一个意象在我心头萦绕多年，它以不同的形式出现在好几幅画作里，描绘了斜倚的女神维纳斯和坐在她身畔的音乐家。有些版本中的音乐家位于画布的左侧，是一位弹奏风琴的年轻人，而在其余的版本中，他弹奏的是鲁特琴。维纳斯近乎全裸或干脆全裸，斜躺在他右边一张奢华的床上。不断变换的是他们身后的风景，有的版本是荒野，有的是山峦，还有的是一座花园。它们散布于世界各地的美术馆，从马德里的普拉多美术馆到柏林画廊（Gemäldegalerie），再到纽约的大都会艺术博物馆，每一幅油画上的年轻男子和丰腴女神之间都弥漫着显而易见的性吸引力。他衣冠楚楚，为她意乱情迷，或从键盘上转身，或将头扭向鲁特琴琴颈相反的方向，直勾勾地望向她裸露的肉体。我在几十年前就看过纽约大都会馆藏的版本，也曾千里迢迢跑到柏林和马德里去朝圣。我最爱的还是大都会版，因为（和柏林的版本一样）这幅画里的青年并没有太专注于盯着女神的私处，而是抬头看着她的脸，

---

i 提香·韦切利奥（Tiziano Vecelli 或 Tiziano Vecellio，约 1488/1490—1576），意大利文艺复兴后期威尼斯画派的代表画家。

面带柔情，或许还带着一丝嫉妒，因为她的注意力全被为她戴上花环的丘比特吸引。

评论家们常常将这些作品解读成一则寓言，寄寓视觉力量与声音力量的对比，暗示视觉的美凌驾于听觉的美之上。毕竟从画上来看，音乐家的注意力离开了乐器，移到了美女身上。然而画面蕴含的情欲力量才是更本质的信息。青年男子在渴望着什么，他在通过音乐表达这种渴望。可即便是音乐也承载不了他的欲望之重。我们不能只把音乐看作一种属性和修养，就像他考究的服饰和精心修剪的胡须；也不能只当它是一种体现和传达欲望的手段。我们应当看到，音乐指向的是一种超越音乐本身的存在，一种凌驾于艺术之上的美，这才是他的终极目标。

我第一次看到这幅画的时候还很年轻，还在念大学，满脑子关于爱情和欲望的浪漫幻想，那时的我觉得它描绘出了爱情、嫉妒、欲与求的全貌。如今我虽然还爱这幅画，却不免感叹，*这可怜的孩子*。他那么努力地吸引她的目光，她却依然背过身去。他修饰自己，完善自己，全方位地陶冶自己的思想，规范自己的举止，只为让一位女士迷上自己。我着迷于他的顾影自怜，却也看透了它的本质。在提香和他的画室画出这些作品几个世纪以后，伊曼努尔·康德写了一本关于教育的书，把音乐归入了一个看起来不太靠谱的门类："有些技艺对每个人都有实质性的好处，比如阅读和写作；剩下的只不过是为了达成某些目的，譬如音乐，我们学习音乐是为了让自己受欢迎。"[18] 这一看法粗暴地将音乐贬为香水和笑话这种层次的东西，即用来俘获他人好感的社交礼仪。

我练琴的时候，维纳斯常伴我左右。我指的当然不是女神本尊，甚至也不是提香笔下的裸体女性形象；而是对超越音乐之物的联想，对联结的渴望，渴望为黑发少年演奏音乐，渴望以音乐为媒介让自己变得更美好，找回青春或去往别处，像过去那样专注地去感受，还有，为了寻回失去的或从未拥有过的东西。她会分散我的注意力，煽起白日梦，将我的眼睛和意识从键盘和音乐上勾走。她让人不胜其烦，因为她不断追问的问题我不敢去细想：你做这件事只是为了让自己被人喜欢，被爱，被需要吗？它的意义难道仅止于此？

7

　　进展顺利的时候，弹奏巴赫能获得极大的乐趣。手指感觉收放自如，围绕掌心在琴键上大幅度伸展，采撷音符，一只手时而从另一只手的旋律线上拈来零星音符，时而在一个琴键上无声旋转，以便让更灵活的指头伸展到新的区域。小指与大拇指交换位置，手微微一转，中指和无名指便能前后无阻地在键盘上蟹行。巴赫的教学理论以及他留给子孙后世的音乐都要求每根手指保持绝对的独立，但相互之间又必须紧密协作。有时候，当所有音符都被牢牢掌握并铭记于心，演奏者就会生出一种不可思议的感觉，仿佛双手已合成为一个有机体，好比一只十脚蜈蚣或章鱼在键盘表面平滑地移动，而且这只生物还拥有自己的意识。

　　状态好的日子里，音乐让人感觉既熟悉又新鲜，也还没有因为疏于练习而从记忆中淡去，快速的乐段弹起来游刃有余、无懈可击，手指的运动既自然又从容，跳跃间一起一落都很稳健。有的音型犹如玄学论题中的随机事件，让你苦苦练习了很长时间，这时候听起来忽然就有了逻辑，清晰明了，水到渠成。当一只手上行到一条线顶端击出一个小小的波音或快速的颤音，与此同时另一只手沿着下方的线条一气呵成地奏出一连串装饰音，音乐带来的喜悦就会满溢而出。

当一切都顺风顺水的时候，巴赫现身，自我退场，你可以想象他在变奏22中加入的那些环环相扣的微弱不协和音以及和缓的解决，悦耳得不可思议，七度音程不着痕迹地滑向六度音程，不料到了底部又滑进另一个美妙的七度音程，他感受到的快乐完全等同于这音乐带给你的愉悦，说不定他也会在此流连，将这串音符拉长，甚至稍作夸张，以保证房间里没有人会错过这些电光石火般的张弛变换。而在变奏13前后两半部分的结尾，他出人意料地将六度音程压扁，导致这一和弦的解决发生了转折，带来一阵黑暗的战栗感——远远不止是刺痛、短暂却销魂的灰色瞬间——鉴于这是第十三首变奏曲，也许与基督教的数字命理学有某种关联[i]。当你的身体在这道咒语下绷紧时，你会好奇他是否和你一样，在自己的胸膛和双臂中感受到了它的魔力。即便是独自练习，身边一个观众都没有，这种快感依然会持续很久，感觉就像是音乐的完满和自给自足在召唤作曲家本人：就在我和他之间发生，哪怕我不过是个无名之辈，漏洞百出，一塌糊涂；哪怕他是巴赫，遥不可及，深不可测。

---

[i] 基督教传统中，十三是不祥的数字，代表着坏运气、背叛和出卖。

音乐的严谨之美使我们与一种更高级的智慧发生了交集——这种感受引出了许多争议。纵观有关巴赫的书写和诠释史——因为19世纪的数次断裂和20世纪的多场革命而复杂化——有一个问题引发了激烈的争论：巴赫的作品中是否存在更高层次的抽象性或客观性，迫使演奏者不得不以一种独一无二的方式服务于它？演奏者是否必须压抑自我，在音乐里隐身，如果弹得够好，是否就能开启一扇通往作曲家本人思想的透明之窗？承载着宗教与灵性意义的词语开始发挥作用。巴赫要求我们谦卑、纯粹，还要作出自我牺牲。可为什么巴赫的音乐就跟其他作曲家的音乐不一样呢？表演者不是向来都在介入音乐吗？没有表演者，音乐岂能存在？如果不能，诠释者又为何要在以肉身呈现作曲家思想的时候屈居侍者之位？不过，即便认同这些论点的哲学分量，作为音乐家可能也得承认，对待巴赫，我们需要怀有一种特别的，或者至少是独一份的谦卑。这样的谦卑有时候会给你一种错觉：你会以为在那一刻，全世界只有自己一个人彻底领悟了音乐的某些微小细节所蕴含的无与伦比的伟大。

自19世纪以来，巴赫的音乐就卷入了一场更大范围的哲学争论——关于艺术，关于它究竟是反映了世界的客观秩序和理性，还是表现了内在情感世界充满主观因素和个人感受的风景。有一种观点将巴赫的音乐认定为抽象美的代表之作，激起了一些稀奇古怪的理论，其中一种假定《哥德堡变奏曲》是托勒密宇宙学说的体现，反映了月亮、太阳和行星的秩序与特征。不过一般人不需要想那么远就能感觉到巴赫的音乐更注重事实的秩序而非他的个人感情。人们弹奏巴赫的乐曲并不是为了了解巴赫这个人，他是谁都无所谓，他的音乐也不是为无拘无束的自我表达而设的游乐场。钢琴家杰里米·登克（Jeremy Denk）曾录制过一版堪称典范的《哥德堡变奏曲》，他这样描述巴赫的音乐："别的作曲家似乎都在写小说，只有巴赫写的是非虚构。"

巴赫音乐的客观性，或者说真实性，抑或是"非虚构"的品质，似乎加大了演奏和诠释其作品的风险，相比其他类型的音乐，演奏者在处理巴赫的作品时必须做的成千上万个琐碎的决定似乎会产生更重大的意义和后果。如果说巴赫的音乐是非虚构文学，那么演奏者的决定就不可脱离真相的概念。灵感和直觉对于19世纪的浪漫主义音乐来说或许是一位令人满意的向导，足以引导以"小说"的叙事广度、不稳定的主体性和情感的即时性写就的音乐，但对巴赫而言还不够。决策的过程不光对音乐家的演奏表现至关重要，更揭露了音乐家本人的性格。

毫无疑问，演奏复杂的乐曲离不开事前的精心谋划以及执行过程中无数次小小的选择。你得想好哪根手指落在哪个音符上，想好衔接的方式和强弱的变化，线条的清晰度，还有乐曲的速度有多快，高潮（如果有）埋在哪儿，织体是什么样子，你要从音乐中诱出或者强塞入多大的戏剧性，是阿波罗风格还是狄俄尼索斯风格的戏剧。其中有些选择属于战略性的尝试，需要精心计算、巧妙设计以达到你理想中的效果。但还有很多选择是道德层面的决定，揭示了你与音乐的关系建立在怎样的道德基础之上。你是否忠实于文本？你会不会省略，甚至故意跳过你无法掌握的内容？如果有一种方法比较简单，但演奏出来的效果离预期差一点，还有一种方法更困难，但收获也更多，你会选择哪一种？你是只学你有把握弹好的曲子，还是会去挑战你可能永远无法完全驾驭的音乐？你会不会去窃取其他演奏家的本领，模仿他们最优秀的长处并据为己有？还是说你会坚持自力更生，努力确保每一个选择都是你的独创？

这些问题都没有绝对正确的答案。世界上可能不存在固定的音乐文本供人膜拜，流传下来的文本往往是作曲家的意愿、抄谱员的誊抄和镌版工的雕版混合作用的结果。作曲家追求的东西也不是一成不变的，同一首曲子可以存在多个版本，每个版本应该都是同样真实的。伟大的音乐家不会每次都一个音不差地照着乐谱演奏，有时候还会脱离乐谱自由发挥。钢琴家阿图尔·施纳贝尔（Artur Schnabel）对贝多芬的演绎堪称传奇，一首首奏鸣曲弹下来，不断漏掉音符，敲错琴键，可是尽管失误连连，他的录音仍然不失权威。不按常理出牌的艺术家有时候会即兴发挥，创造惊艳的表演，而那些待在自己舒适区恪尽职守的表演者却常常让我们意兴阑珊。俗话说得好："好的艺术家借鉴，伟大的艺术家偷窃。"这句话献给各类艺术家和诗人，同样也适用于音乐家。究竟存不存在完全原创的表演？哪怕是一部新乐曲的首演，也总是会混进从其他作品借来的杂乱想法，扭曲了音乐的新意。

不过，即便这些问题没有正确的答案，你回答它们的模式也表明了你自身作为演奏者的道德取向。有的乐手可谓毫无章法的外向型人士，浑身是戏，无论弹什么都是一扫而过，甚至包括音乐本身的细节；有的人严谨而内敛，用最简约的手法创造了划时代的事件，尽管他们的克制耗光了所有人的耐性，只剩最忠实的听众留了下来。有些人自始至终都选择夸大表演效果，吝于照顾精准度和细节；而另一些人则恪守本分，毫厘不差，不断为了树木错过森林。我年轻的时候很崇拜弗拉基米尔·霍洛维茨（Vladimir Horowitz），他弹起琴来就像一位巫师，光芒四射，技术精湛得令人叹服，但他却强迫音乐为自己服务，随意歪曲音乐，罔顾作曲家的意志，最大限度地拓展音乐的活力和表现力，创造出新的织体效果。成年以后，我开始为自己曾经对他的迷恋感到惭愧。霍洛维茨的选择在道德尺度上常常趋于极端放纵，他的做法不能说绝对错误，也不是完全站不住脚，只是显得过于张狂，情感过于外露，内敛和诗意不足。如今，我觉得他的演奏听起来很累人，就好像在派对上碰到一个外向的人，对每件事都要发表自己的意见。

♪

　　15岁那年，我第一次听到霍洛维茨的演奏就对它一见钟情，当时父母送我去缅因州参加一个暑期室内乐项目。参加该项目需要提交一盘试听带，于是我一连花了好多天翻来覆去地录一首勃拉姆斯的狂想曲，直到最后终于完成了一个节奏大胆、准确度也过得去的版本。这种做法感觉有点像作弊：我可以在没有听众施加压力的时候献上最佳表演，但若是选拔委员会要求我现场演奏同样的音乐，我不知道会发生什么。不过我还是满怀期待地将录音带寄了出去，事实证明它确实不错，让我在夏令营中稳占一席之地。我乐坏了，因为这下我不但可以探索新的音乐，更有机会逃出家门，在同龄人中间独立生活，说不定还能交个女朋友呢。

　　录取函送达的时候也带来了一个通知：在7月入营开始为期六周的项目之前，我必须学会一首贝多芬的钢琴三重奏。我的父母毫无怨言地支付了一千多美元的学费。母亲尽心尽力地为我置办行装：买新衣服，细心打包行李箱，还给我讲解她为什么要准备那些东西，防晒霜和驱虫剂啦，帽子和毛衣啦，运动鞋和帆船鞋啦。当她把一套我在家从来不穿的睡衣放进去时，我问她为什么，她犹豫了一会儿才开口："每天晚上都要穿着。我可不希望有变态盯着你瞧。"我从未想过自己还能成为被人注视的物体，这个想法让我不禁想入非非。她合上行李箱的时候，我把一本托尔斯泰的

《战争与和平》塞了进去，当时那本书还是崭新的，一页都没翻过，不过在那个夏天我还是把它读完了，尽管有件不寻常的事分散了我的精力——我交到了朋友，跟他们一起步行到附近的小镇，去平静的海湾航行，还在夏末的一个夜晚玩了转瓶游戏[i]。

夏令营的地点是在一所海事学院的校园，整洁的砖砌校舍为乐手们提供了绰绰有余的活动空间，楼里满是空房间，还有很多黑黢黢的回廊，每当我们在夜里违反宵禁，从大学生年纪的辅导员看管下溜出来的时候，都要穿过这些回廊。校园很开阔，绿茵茵的草坪沿着一个山坡向水边延伸，不用练琴或排练的时候，可以借小艇去湖里划水。比起我学得不错的贝多芬、我上过的私人课程，比起与钢琴相伴的清晨，或是与托尔斯泰一起消磨的午后，更让我记忆犹新的是晚饭后坐在草坪上，跟一帮比我成熟得多的学生聊天，听他们高谈阔论。他们争论着不同艺术家的长项，就各种问题展开唇枪舌战，譬如霍洛维茨和鲁宾斯坦谁更伟大，鲁道夫·塞尔金和威尔海姆·肯普夫谁才是真正的传统守护者，还有像格伦·古尔德这种自成一格的人物在众神殿里应该排在什么位置。他们都是来自纽约城的孩子，谈论着去现场听交响乐和歌剧的话题，都听过贝弗利·西尔斯（Beverly Sills）和琼·萨瑟兰（Joan Sutherland）这样的大歌星演唱，他们排队买霍洛维茨的音乐会门票，闲聊各种指挥家、小提琴家甚至评论家的八卦，他们和其中

---

i 一种集体游戏，其中一个人转动瓶子，当瓶子停止转动时，亲吻瓶子所指向的人。

许多人似乎都有私交，有时候还直呼其名。

我仔细观察他们的一言一行，因为我想要融入进去。才不过十几岁的青涩年纪，这群小乐手就已经开始选择是否要在音乐上发展一番事业，以及要发展怎样一番事业。有些人天赋异禀，仿佛从不需要练习，信手就能来一段华丽的演奏，但他们的莽莽撞撞却让他们的老师揪心。我试着追过一个姑娘，她文静内敛，拉小提琴的时候光彩照人，但她对我没有表现出丝毫兴趣，她的朋友们这样安慰我：她只关心音乐。后来她功成名就，成了一名优秀的艺术家。还有个女孩几乎对任何事物都不屑一顾，包括她的弦乐四重奏乐团其他的成员，有时候连音乐本身都不被她放在眼里，她演奏乐曲时严肃又高效，可能还带着一丝轻蔑。她的自信和咄咄逼人的观点总是让我心生畏惧。有个年长的男生据传是同性恋，他的大提琴拉得热情又大气，平常总是笑眯眯的，包容着身边的一切，不过我跟他一直保持距离，其原因自然是那些谣言。他从未对这个世界丧失热爱，即便世界并没有以爱回报他。

夏天结束的时候，我们每个人都要跟各自分配到的乐团一起参加一场公开演奏会，整个营地沸腾了，所有人都跃跃欲试。在最后的两周，我和我的三重奏乐团疯狂排练，硬是把贝多芬的乐曲从头排到尾，并在此基础上做了些打磨。一天下午，我们终于把整首曲子稳稳当当地弹了一遍，所有人都惊呆了，然后欣喜若狂，就在那一刻，我开始真心地期待一场演出。但就在距离活动还有几天的时候，母亲忽然打来电话，说要我收拾行李，她和姐姐提前过来接我，我们必须在音乐会前离开。三重奏乐团的队友对我大为光火。我不仅坏了自己的事，也害了他们，还扫了他们父母的兴——他们也会到场观看的。我恳求他们理解我完全受任性的母亲支配，在这件事上没有话语权。我只想待到最后一刻，好好享受这段田园时光余下的每一分钟，除此以外我别无所求。我试图向他们解释母亲是一个什么样的人，她的任性，她的不可理喻，但说着说着我开始糊涂起来，我发现自己既说不出任何具体的事件能体现她的乖僻行事，也无法给她的性格打上一个适当的标签。那个夏天，其他同学聊过酗酒的双亲、缺位的父亲、患乳腺癌的母亲，还有令人痛苦的离异，但这些问题我一个也没遭遇过，甚至都不好套用母亲一直以来对她母亲的评价："她有时候很刻薄。"她说这话的时候总是流露出一丝钦慕和依恋。

我保证会向母亲乞求宽限，会求她让我多留一天。我在自己欣赏的人面前颜面扫地，现在我豁出去了，只求他们理解我的身不由己。母亲和姐姐到了以后，居然是姐姐坚持要提前离开。母亲出乎意料地被我的哀求打动了，她用充满怜爱的眼神看着我，最终松了口。演奏会结束的时候，天色太晚，已经来不及开启回家的八小时车程了。那天夜里，母亲提议去学校外面找个地方一起吃晚饭。我们找了一家水上餐厅，然而整晚大部分时间都在沉默中度过，一只巨大的缅因龙虾一直竖在她的盘子里，几乎一口未动。

　　第二天，当我们冒雨行驶在路上的时候，我才得知留下来参加我的演奏会导致母亲推迟了当天上午与一位肿瘤医师的预约。是黑色素瘤，她说，情况似乎不太妙。她谈起癌症的时候很平静，不带任何情绪，这种淡定的态度很奇怪，不符合她一贯的性格，也引起了我深深的担忧。疾病会让她变得理性，引出她人性中最好的一面。照顾生病的孩子比任何事都更能激发她的母性，虽然我在很久以前就切断了与她的一切感情交流，她还是密切关注着我的身体健康，让人忍不住动容。而在那个冷冽的夏日清晨，她对癌症的恐惧仿佛让她的心境变得澄明，让她变得和善可亲。她内心的愤怒退去，只剩下忧伤，这忧伤宛若智慧。当我们沿着缅因州的海岸线一路向家飞驰，我想着自己犯下的罪，无论她将来发生了什么事，我都是帮凶，我只想着自己，害她没能看成医生。我查看了自己胳膊和腿上的皮肤，寻找有没有异样的斑点或痕迹，又伸手戳了戳后颈的一个肿块，我有时候能摸到它，有时候摸不到。

　　顺利演出贝多芬乐曲已成为遥远的记忆，连同我的友情，有生以来第一次结交到的似乎能理解我的伙伴们，全都成了过去。夜幕降临时在学院的草坪上谈天说地，几十台钢琴、小提琴和大提琴在背景里窃窃私语，发出细微的杂音，这一切都恍如隔世，甚至显得微不足道，因为有一种新的恐惧闯进了我的生活。接下来的几周到几个月里，母亲四处求医，最后辗转到波士顿接受一位专家的诊断，在等待最终判决的那段时间，我想象着最坏的结果，同时沉迷于听一张霍洛维茨演奏李斯特的唱片，一如几十年后听巴赫的《恰空》那般如饥似渴、无法自拔。他的音乐很契合我在那个年纪的情绪，那股纯粹的感觉映现了我在整个世界认识到的唯一真相，即在那一瞬间，在那座充满恐惧、愤怒、怨恨、渴望、遗憾和内疚的房子里存在的现实，还有在那一团混乱之下压抑着的些许爱与柔情。

♪

1964 年，三十一岁的格伦·古尔德决定永远不再公开演出。现场表演让他的神经紧绷，他认为这不是一种合适或体面的音乐媒介。他通过写作和电台节目继续出现在公众视野，并以录音室唱片延续着他作为钢琴家的巨大影响力。他是用理性演奏的钢琴家，而且在过去的一个世纪里，可能没有第二个艺术家能像他一样将艺术造诣与意识更深层次的伦理选择（关于音乐，关于表演，关于技术和现代生活，以及他自身在这个世界的存在方式）紧密结合在一起。也没有哪个钢琴家像古尔德那样强烈地冲击了大众对《哥德堡变奏曲》的认知。他在 1955 年录制的《哥德堡变奏曲》是与哥伦比亚唱片公司签约后推出的第一张录音室唱片，而到了生命最后一刻，他又返回原点，彻底推翻并重新评判了这部作品。

对于他璀璨又曲折的音乐生涯而言，这两张唱片一张是开始，一张是结束，它们就像一部百科全书，包罗了钢琴家在演奏巴赫的作品时可能做出的无数种选择。

古尔德第一次录制的变奏曲速度很快，一气呵成，感情热烈奔放，它如一剂猛药注入20世纪中叶流行的那种音色饱满、沉闷呆板的巴赫音乐演奏风格。古尔德癫狂的速度让贯穿整轮变奏的舞曲节奏有了生命力，另外，他还无懈可击地驾驭了演奏较快变奏所需的高难度技术，他的光芒让一代又一代新听众认识了这部作品——他们不只把它当成复调音乐的丰碑来仰望，更作为妙趣横生的表演来欣赏。不过古尔德的演奏最让人念念不忘之处还是在于他对音乐线条的清晰呈现。评论家和听众曾谈到过这部作品的X射线，虽然第一版录音是20世纪50年代末以前通行的二维单声道音源，古尔德却似将巴赫的音乐弹出了三维的空间感。他手指惊人的独立自主，还有他对演奏法和力度细致入微的关注，都让音乐的对位变得透明，这对大多数听众来说是耳目一新的体验，同时也确立了这版录音作为适应科学和理性时代的一次艺术表演对作品的加持作用。

古尔德常常用一种断奏的手法轻点琴键，引出三声部和四声部变奏曲的中音旋律线，强行把它们输入听众的意识，同时让辨识度更高的高音线和低音线稍稍后退，融进织体里。他的钢琴音色听起来很干，甚至有点脆弱，虽然他自称比起乐器的音质和洪亮度，他更在意音乐的逻辑性，可他独特的演奏手法却模拟出了羽管键琴明亮的拨弦音。古尔德的音乐生涯见证了学术界的兴趣转向巴洛克音乐史的新风潮，以及擅用传统乐器演奏的新世代音乐家的崛起，他本人却坚守着一种超越历史的音乐理念。他选择了钢琴而不是羽管键琴，因为他感觉钢琴更适合展现巴赫的卡农和赋格的复杂性；他选择通过录音与听众交流，因为他觉得录音技术比现场演出更能传达巴赫的繁复微妙。用他自己的话来说，麦克风"让你可以在织体上培植出一定的清晰度，而在音乐厅里这种清晰毫无用处"[19]。

古尔德将这一切全都与个人的音乐和生活伦理联系在一起。他对现场演出的反感部分源于对恶劣扩音的憎恶，它体现了人性中自我的一面，对赞美和竞争的渴求。当他谈到钢琴家罗莎琳·杜蕾克（Rosalyn Tureck）——后者录制的《哥德堡变奏曲》也是权威版本，但名气和声誉却始终难望古尔德之项背——他也从道德角度出发："从道德的层面来说，她的演奏多么正气凛然啊。其中有一种安定感，无关懈怠，关乎礼拜仪式意义上的品德端正。"[20]他痛恨生活中被他称为"肾上腺"的方面，那种生物和化学反应混合作用下的复杂情感状态促使人们做出各种各样大大小小的野蛮行径。在冷战中期，世界濒临毁灭的时刻，他曾写道：科技战争的时代胜过近身肉搏、兵刃相接的原始战斗。"比起用棍棒或长矛搏斗，"他说，"使用计算机瞄准的导弹来作战的战争稍微要好一点，没那么不能接受。"因为参与者在荷尔蒙的层次上"较少受到它的影响"。[21]

在他不计其数的访谈和文章里，这种挑衅式的观点比比皆是。古尔德的嗓音通过访谈和他的广播节目为人熟知，听起来温和、清晰、沉稳；而他表达的观点和看法往往趋于偏激。不过他亦努力践行自己的理想主义音乐观，一心想让它结出理性的果实，专注于演绎以巴赫为首的严谨派智性音乐。然而就连巴赫有时候也够不到古尔德的标准。每当他觉得这位大师拐入了迷惑人心的岔路，或是没能把自己的对位结构阐述清楚时，他便会去加以校正。他从《升 F 小调托卡塔》(*Toccata in F-Sharp Minor*)中删去了 14 个小节[22]，因为觉得它们在不断重复的模进音型中显得太随意；他在巴赫的《E 小调第 6 号组曲》(*Partita no.6 in E Minor*)的托卡塔中添加了音符，是为了让某些线条更加清晰可闻。古尔德甚至对《哥德堡变奏曲》也颇有微词，称其为"巴赫基本功的大杂烩"[23]——据一位在 20 世纪 80 年代初采访过他的记者所言。他承认这部作品包含"巴赫的一些高光时刻，或者说这种时刻相当多，可我认为其中同样不乏他最愚蠢的瞬间"。这里面包括全作最后几首炫技型的变奏曲，古尔德直言"它们随心所欲，又蠢又闷，就跟他写的任何曲子一样不过是逢迎权贵"。

早在了解古尔德避世绝俗的清教徒式音乐人生之前，我就已经听过他的演奏了。把他介绍给我的是我最喜欢的一位教授，他整个人就像是审慎的理性主义之化身，对他来说，物理、化学和生物学的法则从来都不只是抽象的概念，而且是日常生活的指导原则，以致他宁可冒犯文人的虔诚，也不愿与言行不一、装腔作势或伪善之人同流合污。预言了混沌和熵增的热力学第二定律主宰了他的世界，使他成了一个天性开朗、理性却悲观的人。比如你和他就自由主义民主必然的腐化与衰败进行了一场漫长而激烈的讨论之后，你想不着痕迹地将话题从政治哲学引向闲聊，于是含糊地说了句或许一切都会变好的，这时他便会语带悲哀，兴许还有些恼火地表示：你对物理学或行为学或语言学一无所知。对他而言，古尔德演奏的巴赫立于音乐这门艺术的顶点。

一天深夜，就着一瓶白兰地，我的朋友放上了1955年版的变奏曲唱片，我听得如痴如醉。不同于霍洛维茨以管弦乐队的气势发出的雷霆之音，古尔德的乐器声音听起来有些遥远，略带金属的音色。他的节奏摄人心魄，手指灵巧得令人赞叹，虽然我当时还没有认识到他机关枪似的演奏方式会附带损伤，破坏不同变奏曲各自不同的特性，以及作品整体的情绪和戏剧性。更确切地说，他的音乐似乎模拟了我教授井井有条的生活秩序，那正是我憧憬的生活状态，一个迷人的成人世界，明亮、干净、有序、稳定。我感觉到了某种重要之物的存在，不仅存在于音乐里，还存在于演奏中，我多希望自己的生活也能拥有它，却缺乏意志力和精神条件去达成所愿。

我将古尔德封存起来，正如封存了一切我可以选择的活法，继续待在满目狼藉的现实。如果我能成为一个更好的人，更自律、更勤奋、情绪更稳定，不是那么容易屈从于惰性、自我放纵以及间歇性的意志消沉，也许我能够学到古尔德的一点皮毛。我可以让我的小屋保持整洁，清早起来高效地工作；我可以怀着积极向上的决心在人生的道路上前行，沉着机智地应对现实；我可以像速记员使用打字机一样使用钢琴，在键盘上记录自己对音乐结构的理解，而不只是把它当作自我表达的工具。简而言之，我可以不再是以前的自己，即我母亲的孩子。

晚年的古尔德进录音室录制了他的第二张《哥德堡变奏曲》，在这张唱片里，他让理性的控制力更彻底地渗透到作品的每一个层面。在这次已近暮年的演奏中，他对围绕巴赫这套变奏曲的一个核心争论抒发了自己的见解，该议题至今依然在音乐家、理论家和听众中间存在分歧，即：这些变奏究竟是一个连续的整体，所有部分都连贯统一，还是说它是多种主题的集合，展现了音乐丰富多彩的可能性？这部作品究竟是一个可以向下细分的整体，还是拥有相同元素的一组多元化乐曲？对于演奏者来说，这非但不是抽象的争论，还对有关诠释性细节——节奏尤其是重中之重——的关键决定至关重要。尽管古尔德将《哥德堡变奏曲》评价为："作为一个整体、一个概念，事实上我认为它不是特别成立。"他的第二次录音正是他试图*让*它成立的一次尝试，他想将它统一起来，不再作为一串动听的单曲来呈现，而是一个融会贯通的整体。

在 1955 年的录音中，古尔德穿梭在一曲曲变奏之间，仿佛每一支变奏都循着一条激烈得惊心动魄的连锁反应笔直坠入下一支变奏曲。一个乐思激发了第二个，第二个激发了第三个，依此类推，仿佛巴赫在用青春期纯粹无瑕的热情思考世间万物的联系。古尔德给自己 1955 年的唱片撰写过几段奇怪的说明文字，其中用了一个扩展的隐喻来描述咏叹调的生成材料与作品其他部分的关系。他说，那支咏叹调就像一位虽然和蔼但是太自我中心、难以亲近的家长。他警告听众不要"纠缠于咏叹调家族树的葱茏枝叶"，还提醒大家注意别受这首咏叹调的支配和影响，并且要"更仔细地审视孕育它的根脉，当然，这是为了尽可能精确地界定原生父母的天职"。他费尽心机要为这套变奏曲找到一个整体形象，甚至提出了一个类似太阳系的系统，以咏叹调为中心——它疏离、冷漠，甚至神经兮兮的，显得有点儿傻气（"至于其存在原因则毫无深究的兴趣"），所有变奏曲都围绕着它向外辐射，犹如一个个独立的天体环绕它们的坏家长旋转。待到 1981 年他第二次录制《哥德堡变奏曲》时，这个辐射的隐喻实际上已经变成了一个线性的概念，而他对该作品的看法也变得更整体、更全面。

在《哥德堡变奏曲》的初版印刷乐谱里，有的变奏曲末尾带着奇怪的标记，有的则没有。那些标记看上去像马蹄铁中间加了一个点，或是孩童描绘的夕阳。它们都是延长记号，其作用可能是示意演奏者暂停或停顿一会儿，不要直接跳到下一支变奏曲。这些延长记号表明巴赫可能希望一部分变奏曲能够平缓地衔接起来，另一部分则不需要，由此在整组变奏曲中划分出较小的子集合。如果情况确是如此，那就可以合理推测每个子集里面的乐曲节奏都以某种方式相互关联，这样一来，无论是快板还是慢板变奏都被同一个脉搏贯穿。在最后一次录音中，古尔德甚至更进一步，企图赋予整部作品一种脉络一致的内在逻辑，表现为有规律（虽然有时候并不简单）的速度比。"在《哥德堡变奏曲》里面，有一条脉搏贯穿始终。"1981年，他在与评论家提姆·佩吉（Tim Page）的一次访谈中说道，这是古尔德生平被引述最多的一次谈话。

从某种意义上来说，古尔德的第二次录音只是延续了第一次录音开启的工作——拒绝过去，同时进一步延伸了他对多愁善感和感情用事的厌恶。如果说年轻的古尔德从在他看来过于放纵自我、过分浪漫化的传统中回收了巴赫，那么年长的古尔德则试图从他早期的版本里蒸馏出一模一样的罪恶。当佩吉要古尔德谈一谈他1955年演奏的变奏25，即三首小调变奏曲中最缠绵悱恻也最复杂难解的一首，亦即许多听众心目中整部作品的高潮，古尔德不屑地说它听起来"像极了肖邦的夜曲"。大多数年轻的钢琴高手都爱用肖邦这样华丽浪漫或是广受喜爱的音乐来宣告自己的横空出世，青年古尔德却选择了巴赫及其最复杂也最陌生的一部作品来录制自己实际意义上的出道唱片。现在他居然在自己的演奏中发现了肖邦的影子，他坚决要将其铲除。"那里面钢琴表演的成分太多了，这是我能给出的最为轻蔑的评价。"他如此评论自己的早期版本。

古尔德为自己设定了看似不近人情的标准，还暗示其他演奏者和听众也要遵从。在他禁欲苦行的音乐之路上，连"钢琴表演"都成了与纯粹的音乐洞察力不相干的累赘。音质也好，表现力也好，统统都是让人分心的干扰。《哥德堡变奏曲》的咏叹调是一首如此简单、如此优美动听的 32 小节乐曲，很多听众都会承认它是整部作品中让人羞于承认的乐趣所在，而当他第一次坐下来录制这首咏叹调时，他的目标是："在我对它的解读中抹去一切多余的表达，再没有比这更难办到的事了。"[24] 他的理念是严苛的："表演者的天性是做加法，而非减法。"而他整个职业生涯都在对音乐做减法，直到生命的尽头，他终于带着巴赫的音乐抵达了某种意义上的圆满，缔造了一版在不少人看来和他近 30 年前所反抗的诠释方式一样沉闷的《哥德堡变奏曲》。

所有演奏这套作品的钢琴家都逃不过一个近似于三段论的缜密法则：巴赫之于音乐，就像古尔德之于巴赫。两者都是完美、抽象和纯粹的典范。然而居于这个三段论两端的事实都是歪曲过的事实。巴赫并非"音乐的最高仲裁者和法则制定者"，如一本流行的传记词典对他的定义，同理，古尔德理想中的巴赫也不是唯一的理性或道德标杆。即便如此，绝大部分钢琴家依然向往古尔德声称自己具备并在演奏中大力展现的理性控制力。就算他们并不想像古尔德那样弹琴，就算他的演绎在某些方面令人反感，大多数钢琴手还是会承认自己崇拜他，甚至嫉妒他对键盘的驾驭能力。随着年龄渐长，我渐渐厌倦了自己的情绪，也越来越质疑（虽然永远达不到他那种程度）古尔德所说的"肾上腺"的生活层面，他坚定的意志和严谨的音乐素养越发叫我肃然起敬。

学会欣赏古尔德，即意味着要正视长期回避巴赫的后果。待到我终于开始学习巴赫的音乐以后，我才第一次了解自己在音乐上的缺陷有多么巨大，我自知对巴赫的忽视不是年少时的一时疏忽，而是刻意为之，这一念之差让我付出了多年不必要的努力。如果说我从小就在音乐的战场上饱尝失败的滋味，就像荷马的《伊利亚特》里面那些不幸的主人公，激战正酣时冷不防就被某个从天而降的复仇之神或女神卸去武装，那么现在我明白了，这一切都是我自作自受，是我的选择、我的习惯、我的忽视种下的恶果。所以当我开始学习《哥德堡变奏曲》的时候，我要着手改变的不仅仅是我的演奏，还有我自己。

要让习惯发生质的变化可能得花费数年的时间，所以我们很难知道自己日积月累的努力究竟是在哪个时刻转变为进步和升华。自我否定或其他清规戒律或许只是我们加诸自身天性的暴力，将个性的某些重要部分切除或是禁锢起来。古尔德已经去世了几十年，几十年间世界早已天翻地覆，现在看来他的遗产有一部分似乎问题重重。受到质疑的不是他的录音，而是思想，以及他自我牺牲的代价。如今的音乐家几乎比以往任何时候都更渴望与听众直接交流，在一个媒体泛滥和数字化娱乐普及的时代，古尔德对录音媒介的理想化观念显得相当不合时宜。而他的禁欲主义也越来越难解读出意义。在1993年的一部影片《关于格伦·古尔德的32部短片》（*32 Short Films About Glenn Gould*）中，导演弗朗索瓦·吉拉德（François Girard）加入了伟大的小提琴家耶胡迪·梅纽因（Yehudi Menuhin）的一段访谈。梅纽因曾与古尔德合作录制过巴赫、贝多芬和勋伯格的唱片。他一方面很欣赏古尔德，另一方面又流露出一种友善的，甚至还有些悲哀的讽刺之情。他说古尔德退出舞台的决定实质上是在放纵自我，由此还编出了一套复杂的理论正当化自己的行为，从某种意义上来说，这套理论篡夺了他的生活："我想，他就像所有企图合理化自身处境的人，他们不惜任何代价去做自己想做的事，然后寻找某种放之四海而皆准的理由给自己开脱，他掉进了一个陷阱，有点儿过于纠结自己所做决定的道德性。"

梅纽因温和地谴责了十年前过世的古尔德，批评了他的自我辩白——把一个由于感情脆弱导致的决定说成理性选择。也许还有别的方式可以纾解举办音乐会的精神压力，也许古尔德需要的只是心理医生的帮助。可他没有这么做，相反，他不但放弃了在公众场合表演，还围绕这种行为创造出了一个完整的身份和一套理念。梅纽因觉得这一点挺可悲的："在创造性上，我达不到他的高度。我无法创造自己的人生，更别提让它把其余的世界排除在外。"

前不久，出于对患癌的担忧，几位医生对我的内脏状况产生了浓厚的兴趣，他们建议我做各种检查，包括一次核磁共振，于是在一天下午，我两条腿被绑在一起，一只胳膊插着静脉点滴，然后双脚在前被推进了一个大金属管。护士问我有没有幽闭恐惧症，我说没有，因为我以前从来没感受过那种恐惧。然而一进机器，我立刻明白了幽闭恐惧症是怎么一回事，我硬撑着不向它屈服。核磁共振的过程中会发出叮叮当当的吓人噪声，每次持续五到十分钟，其间是短暂的休息时间，护士会通过喇叭询问我是否还好，反复的追问越发加剧了我的紧张。为了找到一点平静的感觉，我试着去做我在大街上走路时经常做的事——在脑内播放《哥德堡变奏曲》。伴着机器的撞击声，我努力回想它熟悉的三拍子节奏型，并在一堆变奏中间翻来覆去，想要找出一首合适的来搭配机器强加于我的随机节奏。

母亲去世六年了。在她患病期间，我一直佩服她面对医生和治疗时的毅力和勇气。现在我自己被关在核磁共振机器里，与恐惧做着斗争，努力克服蚕食人心的悲观，拼命约束自己的情绪，我忽然觉得她在 35 年前所做的选择，即放弃了与医生的重要预约去听我弹钢琴，完全不亚于一次英雄之举。在她的一生中，她总是找不到她需要的东西去战胜恐惧，只得任由恐惧一点一点侵蚀着她，最后彻底将她吞噬。她缺乏改变自己的力量或者说意志力，无力重塑自己的人生。她似乎只有在自己或旁人生病的时候才能超越自我。然而在缅因州的那一天，她却找到了她欠缺的力量，到了最后那几年它更是常常出现在她身上，支撑着她与病魔做斗争。

我无法将四面八方袭来、节奏不断变换的刺耳噪声融入巴赫的任何作品。召唤《哥德堡变奏曲》的努力越发加剧了我的绝望，搅得我神经紧张。于是我开始试着回想肖邦的一首玛祖卡[i]，它简单有力，舞曲般激情四溢。这是我姐姐放弃钢琴前学的最后几首曲子之一，当时她锲而不舍地练了好几个星期，到了最后家里每个人都害怕听到它开场的附点节奏再次响起，引出接下来那几分钟让我们听得腻烦的音乐。不过它却成了萦绕在全家人脑中的耳虫[ii]，随便谁都能起个头哼上一段，等着其他人接上。这首曲子不费脑子，悦耳动听，无关宏旨，我在脑海里把它听了大概十来遍，直到核磁共振结束，我真庆幸世界上有这样的音乐存在，一曲生动愉快的消遣，承载记忆，予人快乐，仅此而已。

i　Mazurek，原为波兰一种民间舞蹈，其形式现在仍保留在许多芭蕾舞剧中，经过肖邦等人的发展成为古典音乐中的一种经典舞曲。
ii　耳虫（earworm）指的是某段音乐在脑中不受控制地不断重复的现象。

8

进入高中的时候，由于青春期情感和音乐上的变化，我已成了一个问题学生。我喜欢弹钢琴，但我的练习没有效率，也没有什么效果。我长大了，我的第一个老师已经教不了我，第二个老师跟我断绝了往来，第三个老师在我身上耗尽了耐心。对我而言只剩下两个选择：一是放弃乐器，但我不愿意；或者去镇上的两位男教师那里面试一下——两人都以教学严肃专业闻名，专门培养有潜力的学生成为职业音乐家。可能镇上也有一些专业的女教师，但即便有，她们的名声也从未传到我们耳朵里。无论如何，作为一个男孩、一个问题学生，大家一致认为我需要"一位男性教师来教育"。

这两位高级别的教师中有一位在当地大学任教，他在校园里设有一间明亮、现代化的工作室；另一位据说脾气更古怪一些，但钢琴弹得更好，作曲能力也出类拔萃，他授课的地点是一处散发着霉气的房子的地下室，他自豪地称那栋房子"在轨道错误的一边"[i]。诚如此言，那座小屋饱受日晒雨淋，周围杂草丛生，与我们镇上更大、布局更好的中产阶级住宅区隔着一排铁轨相望。两位老师那儿我都去面试了，前者算是同意了接收我，让我先跟着他的研究生助手学习，后续有机会的话再由他亲自指导。另一位老师也录取了我，他不雇用助手，所以我可以直接跟他上课，用不着被打发给什么年轻的徒弟。我选择了后者，因为我担心如果成了大作坊的一员，我将会沦为背景，最终对钢琴丧失兴趣，半途而废。

一段终生的友谊就此开始，它不仅对我的音乐能力产生了巨大影响，还深刻作用于我在这世界上更广泛的兴趣，包括对书籍、对文学及其他一切艺术的兴趣，还有我的幽默感、我的自我认知，以及我的音乐道德——即统辖我们与音乐之间关系的深层次是非观念，它引导我们做出各种各样的选择，是追求完美还是合格，勤奋还是放纵。约瑟夫·芬尼莫尔（Joseph Fennimore）毕业于茱莉亚学院[ii]，师从罗西娜·莱文内（Rosina Lhévinne），莱文内的老师是瓦西里·萨法诺夫（Vasily Safanov），萨法诺夫的老师是西奥多·莱切蒂茨基（Theodor Leschetizky），莱切蒂茨基是卡尔·车

---

i　"the wrong side of the tracks"是一个美式习语。它起源于当初美国开始铺建铁路的时候，这些铁路一般都设在城市的中间，把这个城市划分成两半。铁路的一边往往成为富人住的地区，而另外一边就成了到处是工厂、库房的贫民窟，"错误的一边"指的就是贫民窟的那一边。

ii　茱莉亚学院（The Juilliard School）始建于 1905 年，是世界上顶尖的艺术院校之一，培养了众多音乐大师级人物。

尔尼的学生，而车尔尼的老师是贝多芬。当初我跟着乔[i]上课时，并不知道这一连串的关系，不过等我成年以后，我和他曾彻夜长谈，这些渊源自然而然就浮上了水面。乔对自己的血统颇为自嘲，到了晚年，他常常说起他打过交道的那些大人物的趣事，甚至是粗俗的八卦，连令人敬畏的罗西娜也不能幸免——范·克莱本（Van Cliburn）、大都会歌剧院的总监詹姆斯·莱文（James Levine）和给《星球大战》（Star Wars）配乐的作曲家约翰·威廉姆斯（John Williams）都是她门下的弟子。

这种谱系传达出的意义更多是一种与传统的情感联系，而不是什么真正的知识或实践的薪火相传。倘若我胆敢自称贝多芬的第六代传人，相信他老人家听了一定会倒抽一口冷气。然而追溯谱系并不只是音乐家关起门来的自娱自乐，也不是要从过世的伟大诸天才那里援引某种虚构的使徒统绪[ii]。不妨说，它强调了艺术世代相传的历史过程，并展现了当艺术受到人性中最恶的力量加害时如何存活下来。它鼓励学生认真对待教育学的概念，因为在艺术领域，教育的意义远不止传授一堆事实这么简单。音乐教育不仅涉及人与人之间的亲密关系，涉及心理学，还与是非观念、品格和使命感密不可分，与其他形式的教学相比，它对老师和学生都有着更高的要求。

---

i　乔（Joe）是约瑟夫（Joseph）的昵称。
ii　基督教会中主教继承制度的教义，主张主教职权由耶稣基督的使徒传承下来，圣职和教牧职的合法性依赖于这种统绪。

乔是个单身汉，一年中有很大一部分时间都住在纽约市，以郊区人的眼光来看，他衣着奇特，举止怪异。他在暖和的季节也戴着无指手套，围着围巾，说起话来很无厘头，既喜欢自我贬低，也爱玩世不恭地吹牛皮，叫人不禁怀疑他是不是以把玩语言为乐。我第一次进他的工作室时吓了一大跳。他在一间地下室里塞了两架大三角钢琴，并用帘子和挂珠把它们和一墙的手工工具、园艺钉耙、绿篱修剪器和其他家用器具隔开。后来我才知道，镇上好管闲事的卫道士们都在私底下议论他的"生活方式"，还警告过我母亲不要让十几岁的儿子和他单独待在一起。起初，她会在上课的时候留下来旁听，不知道她的监视有没有让乔感到不快，即便有，他也从未表露出来。当她出现在我的第一堂课上时，他指了指钢琴对面的沙发，邀请她"沐浴我激情的荣光"，她挪到远处的角落坐下，他又说："别太远了，传不到那儿。"他建议她做做笔记，她如实照办了。

她全神贯注地听他讲话，被他的玩笑逗得哈哈大笑，甚至一整周都把他那些更令人回味的俏皮话挂在嘴边，其中很多我都领会不了。母亲会吹毛求疵，对我认识的许多人都抱有强烈的敌意，包括我很喜欢的好朋友和老师。那些年她的恐同倾向很严重，甚至比罗纳德·里根代表的基督教保守势力定下的总体态度还要偏激。但她迷上了乔的演奏，也可能因为他游离于她小心翼翼维护却又在心里憎恶着的传统观念之外，让她有种惺惺相惜之感。有一阵子，她对课程的兴趣导致她比往常更关注我的练习，让我很是烦躁。她总想监督我练习音阶和琶音，还要盯着我完成老师在克莱门蒂的《名手之道》ⁱ里布置给我的作业——《名手之道》是一本用来锻炼指法的练习曲集，其音乐趣味性远远高过一般的指法训练书。乔常常打破以前的老师们灌输给我的所谓常识，即音阶训练必须缓慢地弹，循序渐进地进行。乔建议我尽量用最快的速度去弹它们，以锻炼手指的灵活性和速度。有一次他给我示范我自己在家应当如何练习，他一面用双手平行地扫过键盘，一面戏谑地冲我大叫："把那些音阶抛上去，抛上去！"此后的几个星期，每当我练习音阶时，母亲总会在另一个房间用差不多的声调向我呼喊："把那些音阶抛上去！"

我不喜欢她插手我的学习，也不乐意见到她这么热心，这等于侵入了我的生活，而我的生活正在变成我的私人领地。每次她忙得没空送我去上课而让姐姐代劳时，我总是如释重负。回家后她会询问我课上的情况，乔有没有说什么好玩或机智的话，给我布置了什么样的作业，而我总是用一两个字来回答。她渴望分享我的快乐，我却一点儿也不愿分享。后来乔搬到了二十几英里外的另一个工作室，她去课堂的频率就没那么高了，我也总是怂恿她不去。等我学会开车以后，母亲就再也没有去过了，我很高兴

---

i *Gradus ad Parnassum*，英籍意大利作曲家、钢琴家穆齐奥·克莱门蒂针对钢琴演奏中所出现的各种技巧编写的一册钢琴练习曲集，是钢琴艺术发展史上最重要的作品之一。

终于摆脱了她。这些年我和老师的关系算不上融洽。后来他说我："你从来没有下苦功练习。"然而这段关系却成了我逃离生活中其余部分的避风港，一个成年人的空间，在其中我对自己的行动全权负责。

他有时候是一位苛刻的老师。一天下午，我对细节的漠视让他很懊恼，然后他试图向我演示该如何练习。我们在一个小节上磨了整整一个小时，弹了一遍又一遍，每次我弹错一个音，或在一个音上停留的时间太长，或是忽略了演奏法与力度，我们都得从头再来。我猜他是想让我明白，即便是最细碎的乐曲片段也包含了一个音乐事件构成的世界，而意识只有通过剧烈运动才能吸收音乐如此丰富的内容。可当时我的心情很沮丧，我的脑子去了别处，只感觉这堂课上得特别煎熬。又过了至少十年，我才对那次课的意图有了直观的理解。

还有一次，我在弹一首还没有充分掌握的曲子时不断失误，接连漏掉音符。"对不起。"我开口说道。他叫停了我。

"不接受道歉。"他回道。接踵而来的是一套有关意图、行动和道歉的言论，他总结了自己对人类行为严苛的理性化看法——时至今日，他依然秉持这种观点，而我现在也相信他在很大程度上是对的。简而言之：意图无关紧要，重要的只有行动。我们在这个世界上的一举一动都不是偶然事件。"我不是故意的"这种说法没有任何意义。尽管我们可能会因为缺乏坦诚或清晰的自我认知而拒绝承认自己的真实动机，但我们的行为却总是与愿望完全一致。我漏弹音符是因为我没有练习，没有练习是因为我不想练习。也就是说，我是存心交给他一塌糊涂的作业，因此我绝对不能为此道歉。对于一个十几岁的男孩来说，这么机械化的行为论简直不可理喻。我觉得自己没有进步的理由完全站得住脚：学校有考试，我要赶一份报告，家里准备去度假，我身体不舒服。然而这些借口说穿了都是一种套路，不但乔看透了，到最后我也明白了：我有更重要的事要做。

他直言不爱浪费自己的时间。而我经常在去上课之前就知道自己做的功课不够，不值得他付出一小时的精力。怎样才能不浪费他的时间呢？我左思右想，最后想出了一个自认为很聪明的策略：与其从头到尾弹完一首曲子，不如中途一些具体的问题，在某些段落上请求他的帮助，把他的精力分散到局部的小问题上。毫无疑问，这种伎俩逃不过他的眼睛，但他却放任了我的行为，并不是因为我多有音乐天赋，而是出于别的什么原因。也许他凭直觉意识到我需要智者的陪伴，或是与成年人交流。所以我们的课程继续了下去，有时候围绕音乐进行，更多时候偏离正轨，转入关于人生的探讨。我零零碎碎取得了一些进步，在每年的独奏会上演奏了几首更复杂的曲子，包括李斯特的一首波罗乃兹、肖邦的前奏曲和练习曲，以及门德尔松的一首钢琴协奏曲。偶尔的成功给了我动力，但与那些命中注定要成为职业音乐家的学生不同的是，失败会让我泄气，阻碍我的前进。弹不好对于更优秀的学生而言是耻辱，能激发他们的斗志，却只会让我陷入一种无助感，削弱我的意志。演完一场差劲的演出后，我常常噘着嘴，左顾右盼寻找各种原因，却偏偏对那个一目了然的事实视而不见——我没有尽自己最大的努力。

"你是个容易紧张的孩子。"多年以后，乔说道。

我紧张地坐在火车上，从纽约市出发，一路向北去往我曾经生活过的小镇。乔是我在那里的最后一个朋友，许多年来，他一直是我回到斯克内克塔迪的唯一原因。经过一个月《哥德堡变奏曲》的密集训练，出于连我自己都说不清道不明的原因，我决定将这套曲子弹给乔听。我隐约想象到会在他那儿上一堂课，就像35年前一样，而这一课将会带来一次突破。也许他能传授给我一些智慧，能够把薄弱的知识神奇地转化为某种更实在、更可靠、更稳固的事物。我的音乐学习正处于令人抓狂的"若即若离"阶段，大部分内容都快记熟了，我的手指也得到了充分的训练，有时候真的能弹出调子来。但只要有一点点干扰，不管是节奏上的小变化，还是突然闪过的一丝情绪，都会让我的心思飞到别处，我的演奏立刻就会变得迟钝、马虎，失误连连。当我提出要去给乔弹钢琴时，他说不管我弹什么他都乐意听，但绝不会收钱给我上课。所以现在一切已成定局：他很高兴倾听，但我们的关系不会回到过去的那个阶段了——那时候我是学生，他是老师。我们做朋友的时间太长，再也做不成师徒了。

　　火车上有个姑娘注意到我在研究《哥德堡变奏曲》的乐谱，然后问我是不是音乐家。这一下问得我猝不及防，说实话，我不知道该怎么回答。我是个作家，以写作为生。但在学会读书之前，我就已经懂得如何演奏音乐，音乐从我生下来就常年伴我左右。我差一点就脱口而出："不，我只是个音乐爱好者。"可是这种说法至少在两个方面与事实不符。首先它会让人以为我主要的兴趣是听音乐，而不是创造音乐。事实上，我并不常听音乐。我偶尔会去听音乐会，但从不戴着耳机走路，也不会在干其他事的时候把音乐用作背景。另外，我也不确定自己究竟爱不爱音乐，至少不存在人们常说的"我爱巴黎"或"我爱寿司"的那种喜爱。音乐不是"爱"这个词传达出的任何一种简单意义上的快乐。它是义务，是一种责任、一种痴迷，是我生命中不可磨灭的一部分。它占据了精神每一个空虚的瞬间，无论是走路、站立、等待，还是开车、运动，甚至在我尽力投入社交、应酬他人的时候，只要有空隙，它都会填进来。我在半夜醒来，发现自己的肌肉和筋骨都在无意识地抽动，回忆着前一晚练习的节拍。当北上的火车经过哈德孙河岸的青草地，我满脑子想的全是还剩下多少音乐功课要做，还有多少变奏曲只记住了一半，明天早上我的表现将在多大程度上依赖手指半自动记忆的纯粹惯性。那堆卡农里面还有很多地方我都未曾费心把两个线条拆开，让每一条线都真正独立地存在。我想起乔对人性坚定不移的看法，不禁怀疑自己此行是否为了失败而来，是否为了再一次证明我无法完成自己给自己设定的挑战。随着火车带着我逼近我长大的那座荒凉小镇，我开始厌恶自己，怨自己为何在许许多多的夜晚把音乐抛在一边，只是想着，*这个问题可以等以后再解决*。

"是的，我算是音乐家吧。"我对邻座的女孩说道，有一瞬间我心想她会不会属于公共交通系统里常出没的那种女预言家，无所不知，唯独不懂礼数，不知道她会不会用心知肚明的狡黠目光注视着我的双眼，然后说："不，你不是。"然而让我心惊肉跳的灵魂拷问对她而言不过是一场谈话的开场白。她看着我合起来放在大腿上的乐谱，接着说道："巴奇。波奇。这个词怎么念来着？"于是我尽力摆出慈祥的长辈风范："事实上，这个词念巴赫，他是从前一位非常有名的作曲家。"

"巴赫。我听说过这个人。"

♩

巴赫在三十五岁左右曾到过汉堡，为当地的名人政要演出，他的观众中包括年近八十的作曲家约翰·亚当·莱因肯——如果参照同时代的一份文字资料，当时他甚至不止八十岁。巴赫早在学生时代就很崇拜莱因肯，还多次从吕讷堡前往汉堡去听这位德高望重的管风琴师演奏。莱因肯在圣凯瑟琳教堂担任了数十年的管风琴师，这一职位很受尊崇，而且圣凯瑟琳教堂还有一架非常精密的大管风琴，在当时远近闻名。它毫无疑问是整个德国最璀璨的明星乐器之一，莱因肯在这台管风琴上的表演对少年时代的巴赫产生了深远的影响。巴赫的弟子们都记得他们的老师曾盛赞莱因肯的演奏和圣凯瑟琳的管风琴——他终其一生都将这两者奉为卓越的标准。

莱因肯是一个入世之人，他音乐知识渊博、学识丰富，作曲技术娴熟，是德国北部音乐圈举足轻重的大人物，人脉很广。在一幅1674年的油画中，莱因肯身着一袭华丽的和服式红色晨袍，系着腰带，在一群男女乐手和一位黑人奴仆的簇拥下坐在一台羽管键琴前。画面里的气氛很悠闲，透出高雅和精致。如果巴赫在少年时代的汉堡之行中曾与莱因肯本人会面——可以合理推测他俩见过面——他一定会觉得莱因肯就像某幅"老大师"画作里的东方贤士ⁱ一样富有异国情调。无论巴赫对莱因肯的个人风格或浮夸的性格有何看法，他都会深深折服于后者的学识之高深、见解之广博。

所以对于巴赫1720年的演奏，莱因肯显然给予了相当令人欣慰的反应。彼时的巴赫已是德国乃至欧洲顶尖的管风琴大师。作

---

i 据《圣经·马太福音》记载，耶稣出生时，东方有三位贤士看见伯利恒方向的天空上有一颗很大的星星，于是便跟着它来到了耶稣的出生地，带来黄金、乳香、没药来朝拜他。他们也是18世纪前圣经主题的绘画中时常出现的形象。

为当时数一数二的管风琴顾问之一，他在德国境内四处游历，就教堂管风琴的建造和翻新向各地的市政当局提供建议，赢得了当之无愧的声誉。他不仅创作出了自己最重要的一批管风琴作品，还以繁复精湛的即兴演奏闻名，这也是作为教堂管风琴师的一项必备技能。面对包括莱因肯在内的观众，巴赫一连演奏了两个多小时，包括一段持续了将近半小时的即兴表演——应观众要求，他弹了一首当时流行的合唱曲。巴赫对这首合唱曲非常熟悉，而且按照公认的说法，他拥有一双令人惊叹的慧眼，善于从摆在他面前的任何一个主题或乐思中发现复调的潜力。因此，他对《巴比伦河畔》(*An Wasserflüssen Babylon*)的即兴创作并不完全是自由发挥。事实上，这首合唱曲可能对他具有特殊的意义。巴赫父亲的堂兄杰出的音乐家约翰·克里斯托弗·巴赫(Johann Christoph Bach)曾根据这首赞美诗写过一部管风琴作品，另外，巴赫知道莱因肯也曾对它的旋律做了大量复杂的阐述和扩展，编写了一首变奏曲。2005年，一份可能出自巴赫本人的手稿重见天日，其内容表明巴赫在十五岁左右的时候拥有过一份莱因肯变奏的抄本。这首赞美诗的主题是关于失去、流亡以及在悲痛中被迫制造乐音的痛苦，对于少年巴赫来说可能尤其触动人心——他已失去双亲，从兄长家出走，离乡背井，远走吕讷堡，作为一名派遣生靠侍奉乐队养活自己：

坐在巴比伦的河畔

我们流下泪水，

因为想起了你啊

锡安。我们把竖琴

留在那里

高高悬挂在

故土的树林。

因为他们从那儿将我们

掳走，然后要我们

歌唱，在沉痛中把旋律

奏响：给我们唱一曲

锡安人的歌谣。

可我们怎能在异乡

把主的音乐歌唱？

　　巴赫 1720 年在汉堡即兴演奏的逸事有可能是编造的。提议他即兴改编这首赞美诗的人只是碰巧选中了莱因肯广为人知的早期作品素材吗？还是他们有意要让巴赫与前辈大师较量，给他招来嫉恨？又或是早就知道巴赫相当了解这支乐曲，给他放了一个容易接的高球？无论如何，在那一刻巴赫很有可能创造了一件惊世之作，那场即兴表演的诞生基于他对音乐的深刻理解、对音乐可能性的毕生思考、对莱因肯版本的熟悉，以及他自身与这首歌的情感联系带来的灵感。还有一点：巴赫的第一任妻子刚刚在几个月前过世，撇下了他和一屋子年幼的孩子，这对他来说是一个沉痛的打击。于是，正处于创作巅峰的巴赫在悲痛的刺激下，回顾了自己青少年时代的音乐，并将它献给了一位他觉得和自己有不解之缘的老人，崇拜、回忆和师生情谊就是联结二人的纽带。莱因肯已然超脱了嫉妒，他的震惊不亚于其他人，对于巴赫的即兴演奏，他的反应可以用欣喜若狂来形容："我原以为这门艺术已经死了，不料却看到它还活在你身上。"

莱因肯的赞誉必定深深铭刻在巴赫心头，尤其是在他的意图和音乐遗产特别经不起质疑的时期。他在热爱音乐的安哈特 - 科腾宫廷里稳坐乐长之职，并以为自己会在这个位置上一直待到死。成功，再加上一定程度的安全感，也许会让这位雄心勃勃的作曲家开始好奇，**接下来会发生什么**？然后在一个夏天，他暂时卸下侍奉亲王、创作音乐的职责，从德国最世界化的城镇之一、温泉镇卡尔斯巴德（Carlsbad）回到家，发现心爱的妻子已长眠地下。或许他会问自己，**她有什么东西还继续活在我身上**？接下来也许他又提出了一个更大也更令人不安的问题：**生命中难道没有任何事物可以长存**？这时，巴赫从少年时代就崇拜着的尊贵长者站了出来，告诉他：**艺术，在你身上**。

巴赫将这件事记在心中，而且肯定在晚年复述过它。卡尔·菲利普·伊曼纽尔（Carl Philipp Emanuel）和约翰·弗里德里希·阿格里科拉（Johann Friedrich Agricola）把它写进了巴赫殁后发表的讣文里。在他们笔下，莱因肯成了年近百岁的老翁——"当时（他）快一百岁了"——他们可能犯了一个无心的错误，却成就了一个有说服力的细节，戏剧化了垂暮之年的大师和他异军突起的后继者之间薪火相传的历史时刻。可是，如果1720年春风得意的乐长巴赫为莱因肯的赞美感到自豪，那么在接下来的30年间，"它活在你身上"这几个字一定承载了更微妙、更悲伤的含义。纵观巴赫整个职业生涯，他一直是一位出类拔萃的教师：作为莱比锡圣托马斯教堂的合唱指挥和音乐总监，他与学生通力合作；作为作曲家，他依靠大学生将自己众多作品付诸表演。他还当过私人教师，给人授课以补贴收入，扩大自己的朋友圈和人脉，他最重要的作品中有一部分是为了教学和展示音乐百科知识而创作。巴赫教学尽心尽力、有条有理，专注于传授音乐创作的实用性要领。但在作曲方面，他却越来越墨守成规，不仅要依靠学生来帮助他跟上时代的步伐，就连他自己的音乐理念也得通过学生来维系，尽管他的理念越来越跟不上主流的品位。

他收过几十个学生，其中很多都走上了正式的职业音乐道路，有的当上了音乐家，有的成了专门研究音乐理论与科学问题的学者和作家。他教自己的孩子们学习音乐，至少有三个儿子继承了他的衣钵，作曲生涯成就斐然。但即便把他最优秀的子嗣卡尔·菲利普·伊曼纽尔、威廉·弗里德曼和约翰·克里斯蒂安（Johann Christian）也算在他的弟子之列，他的遗产依旧难有定论。出自他门下的作曲家大都名不见经传，而且，巴赫作为老师的影响更多表现在学生对他的忠诚与爱戴，而不在于他给学生的音乐风格打上了什么直接的印记。巴赫身后并没有大批大批的模仿者追随他的脚步，而是留下了一个分布广泛且训练有素的音乐家网络——他们崇敬自己的老师，却没有继承老师所代表的音乐传统。巴赫永远不可能像莱因肯评价他那样评价他的学生："我原以为这门艺术已经死了，不料却看到它还活在你身上。"

♫

每次回到我从小生活的小镇，我都能感觉到身体的肌肉在收缩，仿佛要将我缩小到当初离开时的体形。我感觉失去了所有的防备，浑身不自在，生怕一不小心遇到故人，虽然这样的事在我远走高飞之后的 35 年间一次也没发生过。我记忆里的风景永远定格在灰色的冬日午后，锁在一片阴霾之中，然而现实却拒绝被记忆同化，这片土地就像地球上的任何一片土地，在四季里轮回。有几处地标依然是我记忆中的模样，火车道口，河上的桥，还有多年前我参加过一场演奏会的图书馆。我年少时住的房子还在那里，然而整个街区却发生了奇怪的逆转：当年崭新的房屋如今已经有了年岁，周围的大树枝繁叶茂，而40年前看上去更温馨、更有烟火气的老屋，如今却显得荒凉而破败。有一个街角，母亲曾在那儿教我区分左右——向左下山通往铁轨，向右上山回家——现在成了一个交通环岛，就算想去左边，也必须往右走。曾经的诊所和里面声称我"病态"的枯槁老人都消失了，取而代之的是柏油路和几小片草坪。我以前给一位上了年纪的鳏夫干过园艺活，他的房子幸存了下来，但他扔空酒瓶的垃圾桶却不见了。"他是个酒鬼，不要和他说话。"母亲曾告诫我，所以每次给他修剪草坪时，我都乖乖地拒绝了那位心地善良、孤苦伶仃的老人递来的柠檬水。

我原以为已经把这个地方抛在身后，可事到如今我才明白，过去几十年我一直在拖着它前行。其实从离开的那一刻起，我背负的这座城镇就已消逝，只是在我心里它还继续存在着。只有我一个人知道曾经在这条通往我们家老房子的双车道公路上，母亲把车开到路边，狠狠踩下刹车，对我大叫："你是什么东西，基佬吗？"她动怒是因为我没有舞伴一起去参加校园舞会，而她惩罚我的方式极为奇特：不准我去地方教堂履行我的职责——我在那儿担任礼拜日的风琴手，以攒钱上大学。因为旷工，我羞愧难当，当我向唱诗班指挥道歉时，她没怎么生气，反倒被逗乐了，她故作神秘、语带刺探地问我："你做了什么？"我不知道该如何跟她解释，只是答道："不好的事。"

这一次回去看乔恰逢盛夏时节，城里绿意盎然，野外萤火虫漫天飞舞。小时候，父亲常在6月的夜晚开车载着全家去乡间，我们把车停在路边，在那里看流萤的明灭，这样的夜景会让母亲的心情变好。多年来我一直没有注意到这一点，而且这段记忆也不合乎她一贯给人郁郁寡欢的印象，所以在抵达故地的当晚，在我从火车站开车前往落脚处的途中，仍把这段记忆留在了路旁。第二天早上，我的紧张加剧了，有好些年都没有这么紧张过。我上一次在昔日的老师面前触碰钢琴已经是好几十年前的事了，再者，我们虽然经常谈论音乐，却几乎从不提起我跟着他学琴的那段时光。他安排我去了当地音乐学校，让我在一个宽敞的房间里用我熟知的一台钢琴演奏。这样一来，我们都离开了各自熟悉的场所，来到了第三方领土，这里的空间也足够大，他可以坐远一点儿，不引人注意。他对我的紧张有所防备。

钢琴在我的手指下迟钝地发出声音。咏叹调进行到三分之二的时候，我不得不翻开乐谱，重新唤起我的记忆，这时乔插了一句："不要太着急。"他的话起了一点作用，但即便如此，我依然畏手畏脚，弹得很费劲，而且诚如他所言，有些着急。有几首我苦练了好几个月的变奏曲进行得还算顺利，可剩下的全都支离破碎。我凭记忆弹完了咏叹调和前十首变奏曲，最后在小赋格曲结束时停了下来。"我应该打住了。"我说，因为我的注意力已经四分五裂，弹得也越来越敷衍。

"你想让我告诉你什么呢？"我的话音一落，他便问我。接着他开始发表意见，鞭辟入里地点评音乐，细致入微地评价我的演奏，说我弹得比我们当年一起学习时有进步。另外，有一个音我弹错了，本应还原 C 的地方弹成了升 C。他的耳朵向来灵敏得惊人，不过这也是在宽宏大量地暗示他能听出我在激烈奋战中漏掉了或弹错了哪个音符，而这样的错误和没有正确地学习音乐是两码事。"我想我大概学到了三成我想要的。"我说。"你要是学到了三成，那就好了。"他回道。

"你试过把自己的演奏录下来吗？"他问。我说没有。"我建议我所有的学生都这么做，无论是哪个年龄段的。你需要听听自己的演奏。那是无价之宝。"他继续道，"你没有在演奏法方面下什么功夫。"他的意思是塑造旋律线，把长串的音符分解成小串，有些音符串流畅地连接在一起，有些需要分隔开来，或者插入急促的顿挫。这不仅仅是流于表面的小细节，好比刷墙是选亚光漆还是亮光漆。它从根本上决定了音乐的修辞力量，从某种意义上来说，它造成的差别类似于听一个受过专业培训的莎剧演员和一个未经任何训练的新手演讲。衔接断句、声调变化和发音不只是用来朗诵五步抑扬格的专业技巧，还对理解最基础层面的词语至关重要。

确实，我没有花多少功夫去练习演奏法，只有在几首我足够熟悉的变奏曲里，我才会放心大胆地去练而不必担心迷失方向。还没有消化音乐的主要内容就去琢磨细节，这么做似乎有些本末倒置，而他的建议也有悖于我从很久以前就陷入的音乐学习的误区。人们总是倾向于认为对一首乐曲的认识是按层次搭建的，要先把音符弹对，再加快速度，然后记忆，最后再加入表现手法、局部强调及其他微妙的细节。但越早将机械的层面与情感、表现力方面的特征结合起来，乐曲就能掌握得越快。"越懂演奏法，就越容易记忆。"他说。事实的确如此，尽管不一定符合直觉。相比死记硬背一串随机组合的事件，记住以条理化或逻辑化方式组织信息的演讲稿或诗歌显然要容易得多。音乐基本上也是同理。与一串不加区分的音符相比，一条环环相扣、富有表现力的旋律线往往更容易在记忆里留下痕迹。

我们探讨了一会儿演奏法，提到巴赫在《哥德堡变奏曲》的印刷版乐谱中留下的极少几处关于如何塑造乐句的明确标记。除此以外，他在这类问题上几乎没有给出任何指示，完全相信演奏者自会懂得风格的基本要素，并根据各自的品位作出合理的决定。我们从历史文献中可以了解到同时代的羽管键琴师弹奏这部作品的指法，由此推断出乐句大概在哪些地方自然分割。另外，巴赫之子卡尔·菲利普·伊曼纽尔写过一篇关于键盘演奏的论文，可当作与他父亲现存的作品配套的指南书。不过接下来的几代音乐家都制定了自己的规则，不只关于衔接音，还对各种关键性问题都作出了规定，比方说如何演奏巴赫的装饰音，是在拍子上还是在拍子后开始，一共包含多少个音符，以及结束时是否有小小的回转、弯曲或弹跳。在那些被奉为圭臬的规则中，有一条规定颤音必须从被标记音符的上一个音符开始颤，但有几个地方我想打破它。

"你觉得我这么弹会被人听出来吗？"我问道。我刚刚在第二首变奏中弹了几个欢快的小颤音，一反历史惯例，它们都是从本音开始颤。

"谁会听出来呢？"乔反问道。这个问题问得好，而且直击我学习《哥德堡变奏曲》的核心动机。为了自娱自乐，还是娱乐他人？为了打动音乐鉴赏家，还是为了向自己证明什么？只要是对巴洛克风格有详细了解的人都会觉察到我的小花招，我答道。

"去他们的。"乔的大原则一贯是：先了解规则，然后随心所欲地打破它们。我小时候跟着他学习那会儿，从来也没有好好履行这两句格言的前一句。现在看起来，我好像太迷信前一句了，以至于不给自己发挥后一句的自由。而我钟情的钢琴家们却常常肆无忌惮地对风格和装饰音的规则作出千奇百怪的变化。

"以前我从来就不擅长把音符弹对，可现在我好像只在意这个。"我对他说。

"你已经不是从前的你了。"也许只有老师才能作出这样的论断。家长离孩子太近了，总是专注于捕捉把某一时刻定格的静态记忆，或者说将亲子关系的某种理想化意义保存下来的无意识意象。好老师必然对一种常常叫家长闻之色变的东西感兴趣，即年轻人的自由。只有当学生离开了老师，在自由的世界生活了一段时间之后，为人师者才能判断这段师生关系成功与否。可能对于学生来说道理也是一样：只有获得自由以后，他们才能评判教导过自己的人智慧与否。在这次不能算上课的课堂上，乔在人际沟通方面极其灵活的控场能力让我叹服，他把该说的话都说到位了，同时既不会打击到对方的积极性，也不会让人觉得冷酷无情。教书育人的目的在很大程度上是为了巩固学生已经懵懵懂懂意识到的知识；是为了给予学生进入下一阶段的通行证，为了让他们抛开疑惑、不受阻碍地前进。乔则做到了用几种不同的方式，一次也不重复地表达了同一个意思：你早就懂了。

我们之间存在一个心照不宣的事实：我来找他的目的是寻求认可。我俩都对大众心理学不屑一顾，更受不了自欺欺人。但他巧妙地给了我想要的答案：让我感觉到了这件事不是徒劳的，也并非异想天开。在一小时多一点的时间里，他传达了三个基本要点，也就是他一直以来的基本教学原则：倾听自己的声音，做需要做的事情，自由自在地向前走以及做自己。后来我们出门散了一会儿步，两人走到了河边，在西沉的落日下，我们并排坐在长椅上，我给他讲了火车上那个"听说过"巴赫的女人。他哈哈大笑，笑了好久。然后他开口说道："我大部分学生都不愿意学巴赫。"学巴赫是个太艰巨的任务，需要投入太多精力去学习一种通过复杂的修辞手法来传递感情的音乐，而这样的音乐在今天显得过于拘谨，让很多听众敬而远之。河面上漂浮着一只纸杯，正在向上游移动，看起来有悖于常理，我指出了这一点，乔解释说这一河段的水流比较特殊。因为河的主航道流向 150 英里外的大西洋，所以边缘的旁支就会倒流。这时候我本想说："我花了 30 年时间才真正爱上巴赫。"但空气潮湿又燥热，慢慢吞吞的河水就像我一样倦怠，于是我也就懒得开口了。

9

救助服务机构告诉我们，我们要领养的小狗是一只纽芬兰犬，长大后体重可能会达到 140 磅左右。体形虽吓人，性情听上去却近乎完美：纽芬兰犬不仅亲人、冷静、忠诚，还容易训练。在他们发过来的照片里，它的样子无疑是一只纽芬兰幼犬，一个无定形的毛团长着一个突出的鼻子，然而几周时间过去，它的体重却并没有正常增加。我从网上下载了一张成长曲线图，每隔几天就会把它抱起来放在秤上，得到的数字却一次比一次更令人担忧。我们的狗狗是个大胃王，也没有任何不健康的表现，可如果它真的是一只纽芬兰犬，那它的体重就严重不足。

原来内森是某个品种的边境牧羊犬，性情几乎与我们预期的截然相反。它很滑头，聪明得可怕，不是很冷静，而且据我的观察，任何形式的训练都对它无效。它还有一个显著的性格缺陷彻底颠覆了我的生活：它讨厌音乐。讨厌音乐也就罢了，它还特别讨厌古典音乐，不仅鄙视巴洛克时代的音乐，还憎恶一切用钢琴弹奏的音乐，对巴赫的音乐尤其抱有敌意。瓦格纳会让它暴躁，刺激它发出一阵阵痛苦的低吼；用钢琴弹肖邦会让它跑出房间；听到莫扎特它会呜咽，用恼怒的目光指责我们。可一旦我弹起巴赫，它就会恶狠狠地嚎叫起来，仿佛在遭受酷刑。

于是我在家附近雇了一个女孩，当我需要练习钢琴的时候，她便把它牵出去遛一个小时，我也隔三差五地怂恿我的朋友们带它去玩几个小时再回来。然而在内森和客厅里的老式施坦威三角钢琴之间经年累月的持久战中，实际上的赢家还是内森。它在家的时候我绝不会碰钢琴，而是退而求其次，使用一台基本型号的雅马哈电子琴练习，这样我可以戴着耳机，以免惊动狗狗。见过内森冲着弹钢琴的我狂吠的朋友都猜测它可能只是嫉妒：它嫌我太专注地对着那台漂亮的黑色木头箱子及其雕花木腿和乐谱架，所以用吠叫来吸引我的注意力。然而事实并非如此。当我用电子琴练习时，它会蜷在我的脚边，睡得非常香甜。还有的旁观者提出了一个合理但又有些恶意的推断：它不喜欢我漏洞百出的演奏。"它是个乐评家。"他们笑道，这个玩笑我听过不止一两次。可是内森甚至会对着车载收音机吠叫，只要它在播放巴赫的音乐，不论出自多么伟大的钢琴家之手。

也有人认为它只是不喜欢噪声，但它对分贝很大的噪声并不会有恐惧或不适的反应。流行音乐就不会对它造成什么困扰。它厌恶的是古典音乐，尤以古典乐泰斗宗师的作品为甚。狗狗能识别巴赫吗？伟大的阿拉伯数学家、学者伊本·艾尔-海什木（Ibn al-Haytham）有一部散佚之作《论旋律对动物灵魂的影响》（*Treatise on the Influence of Melodies on the Soul of Animals*），根据其中留存下来的一些片段和引述，音乐可以"影响骆驼的步伐，诱使马儿喝酒，迷惑爬行动物，引诱鸟类"[25]。达尔文观察到鸟类对人类所谓的美学特质非常敏感，并认为鸟儿拥有"强烈的情感、敏锐的感受力和对美的鉴赏力"。针对个别物种的研究表明，海豚不仅能识别不同的旋律，还能分辨相同旋律的不同变调。棉冠獠狨普遍好静，特别讨厌快节奏的音乐。巴赫在世期间印刷出版的最大部头的德语词典称，鹿对铜管乐器的反应最敏锐，而螃蟹对长笛的声音极其敏感。法国作曲家卡米耶·圣-桑（Camille Saint-Saëns）是个顽固不化的厌女分子，同时也是狂热的动物爱好者，一生致力于观察动物，研究音乐，他曾养过一只名叫达利拉的狗，它讨厌钢琴；他还声称自己养的另一只狗喜欢钢琴，但讨厌肖邦："八小节还没弹完，它就耷拉着耳朵、夹着尾巴离开了房间。"[26]内森绝对认得出巴赫的音乐。有一次我在看《沉默的羔羊》（*The Silence of the Lambs*），它陡然从沉睡中惊醒，然后从房间另一头跑过来，横在电视屏幕前对汉尼拔·莱克特狂吠不止——不消说，汉尼拔当时正在听巴赫的《哥德堡变奏曲》。

有时候，我看着内森仰面朝天躺在钢琴下，得意地用肚皮对着被它消了音的乐器，我不禁好奇它在我弹琴时究竟听到了什么。

它的大脑可以有效地识别巴赫，正如讨厌香菜的人可以敏感地从一碗汤或调味汁里吃出香菜的味道。可它真的能理解音乐，或者说认识音乐吗？疼痛和反感是一种认知，也许都属于我们小时候触摸火炉时获得的那种最初级、最基本的认知。可是除了让它感觉不愉快的噪声，内森还听到了别的什么吗？还是说它就像一台机器，听到某种类型的音乐就会机械地叫唤起来？

我们可以把同样的问题抛给自己：当我们听音乐的时候，*我们*听到了什么？归根结底，"认识"一首乐曲究竟意味着什么？这个问题听上去倒是简单。在电视节目里，如果有人能在三个音符内听出一首曲子，就能赢得奖金。每当收音机里响起我们"认识"的音乐，我们总是会点着头说："我认得它。"由此推断，认识一首乐曲无非是以某种方式辨识出它。然而常听古典音乐的人对"认识"这个动词的用法可能略有不同。他们也许曾听过，甚至记住了一部长达一小时的马勒交响曲，却会称自己不像认识其他作品那样真正认识它，换句话说，他们还没有花足够的时间把它理解透彻。以前我还没想过要学《哥德堡变奏曲》的时候，可以毫不心虚地跟别人说我熟知这部作品，因为听过太多次了——比听我所知道的其他很多作品都要频繁。我也自认为了解巴赫的小提琴曲《恰空》，就算我这辈子都演奏不了它。这样说来，认识一首乐曲即意味着明白接下来会发生什么，即对音乐的发展过程心中有数，能够预料并享受即将到来的所有曲折变化。贝多芬的《第五交响曲》是全世界最家喻户晓的音乐作品之一，但你若不知道在谐谑曲[i]的最后将会迎来一个以雄壮的C大调和弦结束的宏伟高潮，你就算不上"认识"这部作品。等待那一刻，知道它正在来临，可以说是聆听这部音乐的一大乐趣所在。不过，即便获得了这种认知，怀有这种期待，也只不过是片面意义上的认识交响乐罢了。

对于音乐家而言，认识一首乐曲的概念要复杂得多。在我的启蒙老师麦范薇看来，只要我能将一首曲子不间断地从头弹到尾，就算是认识它了，哪怕我的视线不得不在乐谱和我笨拙的手指之间来回移动，迟疑不决地在键盘上寻找一个个音符。不过其他老师的标准就没这么低了，他们要求我必须凭记忆弹完一首曲子，这样才算学了它。有时候为了检验我的熟识程度，他们会在我弹到一半的时候把乐谱从架子上拿走，然后我会发现自己已在不知不觉间把它记在了脑海里。这样的时刻就好比小朋友学自行车，骑着骑着忽然发现父母早已松开了手，而自己已在没人扶着车的状态下独自骑了好一阵子了。但是当我开始受到怯场的折磨以后，发现记忆是分层次的，反复弹一首乐曲生成的肌肉记忆跟呈现自信的表演所必需的精神记忆完全不是一回事。而且精神记忆也分为不同的层次。一个是听觉的层面，即在脑海中提前听到下一个音符的能力，还有一种必不可少的视觉记忆，即预见到手在琴键

---

i 谐谑曲是一种生动活泼、情绪幽默诙谐的器乐体裁，由小步舞曲演变而来的。贝多芬最早把谐谑曲加入奏鸣曲、交响曲或四重奏等套曲形式内，替代小步舞曲作为套曲中一个固定的乐章，《第五交响曲》的第三乐章就是谐谑曲的典范之作。

上应该如何摆放，以完成需要它们完成的工作。

可是，如果有人把我留在一个房间里，对我说："把你刚才背的贝多芬奏鸣曲写出来。"那么就算有上述的深层次记忆可能也不足以让我完成任务。那样的话，我就会尽力去回想每个音符在页面上的位置，回想节奏如何构建，休止落在何处，以及其他林林总总的细节。我偶尔会尝试去做这样的练习，经过实践，我发现唯一的办法就是把音乐从视觉和听觉记忆中"转录"出来，就好像大脑的一部分在聆听和观看另一部分弹奏乐曲，同时记下笔记。这是一种相当费劲的练习方式，我也从未完成过一份完美的抄本。

我们依然没有深入这个问题真正的核心：认识音乐究竟意味着什么。即使音乐家可以把一部作品演奏得完美无瑕，记得滚瓜烂熟，甚至能将记忆全部誊写在纸上，有一个问题依然没有解决，即作曲家为何将曲子谱写成它现在的模样？为何要用这些和弦？为何要这样变奏、并置、发展、重复？这些都属于音乐的建筑结构和句法知识，它们也有不同的层次。为了分析一首乐曲，我们可以描绘一幅详细的音乐发展示意图，展示和声的进行，搭建各主题及其相互关系的分类系统，并在前景细节和背景结构之间建立联系。有的演奏者将这种解析视为演奏的基本指南，因为它能帮他们在一首曲子整体的戏剧性发展中定位关键时刻，并按照重要程度将所有事件分级排列，有时候还能引导他们发掘隐藏的宝藏——可能是伴奏音型中埋藏的一个小线条，如果予以强调，就能强化乐曲的张力或细微变化，抑或是凸显某种情感内容。其他演奏者则认为这种练习太学术化了，而音乐创作在本质上是一种直觉的活动，无关与此。这两种音乐家都能创造精彩绝伦的表演。

这一层知识还包括对历史风格的感知以及对作曲家个人风格特点的深入了解。优秀的音乐家在翻阅莫扎特奏鸣曲的印刷版乐谱时，总能一眼发现其中的错误，比如漏掉的升降符号或错印的音符，因为他们可以凭自己绝对可靠的感觉推断出莫扎特不会那样写。对于巴赫的音乐来说，历史、句法和结构因素尤为重要，因为他就像那个时代的其他作曲家一样，没有留下太多明确的线索来指导演奏。而自从巴赫去世以后，音乐创作的规则发生了极大变化，在新规则的指导下，大量新乐曲应运而生，从本质上唤起并迎合了大众新的期待，所以对于今天的人来说，如果不了解巴赫音乐的结构和历史背景，演奏起来就会难上加难。如今有一种趋势是将他的音乐"浪漫化"，或者过于明显地将其与现代主义思想联系在一起。如果不了解巴赫采用的基本形式概念，不了解他对赋格和卡农的精通，我们很有可能就会浪费大量时间去研究他的复杂性，而事实上，只要从对位法和复调的角度去看待他的音乐，而不是纠结于旋律或和声之类，那些错综复杂的结构就会迎刃而解。

在巴赫生活和创作的年代，有一种音乐传统已接近尾声，它着重于将多个独立的音乐线条编织在一起，并进行不同程度的细化、变化以及自由发挥。巴赫是登峰造极的赋格大师——在这种音乐形式中，各个声部互相对答，不时引入新的材料，在碎裂的旧乐思上堆叠新的乐思并将它们重新组合，表现形式通常是主题、对题和答题 [i] 之间亲密关系的逐渐显现。卡农的形式甚至更加严格，每个声部都重复同样的材料，但可以变调，也可以上下颠倒，这样一来，当一个声部上行时，另一个声部就会下行，这一形式被称为反向卡农。(《哥德堡变奏曲》的变奏 12 和 15 都是反向卡农。) 如果一个声部从前往后演奏材料，而另一个声部从后往前演奏相同的材料，这种乐曲就叫作逆行卡农 (retrograde canon)。在此基础上可以做出无穷无尽的排列组合。有量卡农 (mensuration canon) 则是将同一段材料置于不同的节奏区间，让一个声部以比另一个声部快一倍或慢一倍的速度演奏旋律。不同形式的卡农还可以相互组合。桌面卡农 (table canon) 就是一种反向的逆行卡农，仅用一条旋律线写成。它的演奏方式是：两位音乐家隔着一张桌子相对而坐，桌上放着一行乐谱，两人都按惯常从左到右的顺序去读那行乐谱，这样一来，他们各自看到的音乐既左右相反，又上下颠倒，同一段材料衍生出的两个不同声部就这样组合成了一个迷人的整体。

从某种层面上来说，这些都是锻炼思维和乐感的游戏，但它

---

i 主题、对题、答题是赋格曲的三个元素。在赋格开始的地方，第一个声部进入时出现的短的旋律或乐句称为赋格主题，是短小的一句旋律，仅仅具有简单的线条。第二个声部通常在高一个五度或者低一个四度的地方进入，在属调上重复主题，称为答题；而刚才的第一个声部演奏对位的旋律性伴奏声部则称为对题。

们同样也被认为是一门科学、一种规则严谨的复杂学习方法，提出了问题，并要求解答。莱比锡的老市政厅里有一幅伊莱亚斯·戈特洛布·豪斯曼（Elias Gottlob Haussmann）创作的巴赫肖像画，画中的作曲家（他看上去完全符合 18 世纪的文献描述："面颊圆润，肩膀宽阔，额头上有皱纹。"）拿着一张小纸片，上面写着三行音乐。这是一部未完成的卡农，它呈现的是一个谜题，其中每一行音乐都需要诠释者给出一条与之匹配的旋律线，这样一来，当所有旋律线合在一起演奏的时候，就会诞生一首六声部的三主题卡农。巴赫写下了这首简短的音乐智力题，并作为礼物送给了一个名为音乐科学协会（Society of Musical Science）的团体——该团体由他的一个学生创建，他们为巴赫的加入倍感荣幸，但从不迷信音乐理论的巴赫显然加入得不太情愿。这段卡农在豪斯曼的画像上可以看得清清楚楚，它来源于为《哥德堡变奏曲》搭建根基的低音线，从它开头的几个音符衍生而来，这也许暗示了巴赫在自己所有作品中尤其看重《哥德堡变奏曲》。

写赋格和破解卡农谜语的"科学"听起来可能有些高深莫测，但了解这些作品的基本结构对于音乐家而言是必不可少的实用性知识。在《哥德堡变奏曲》中，变奏 10 被标记为"小赋格"，或曰"短赋格"，在这里它是一首简短、轻盈的四声部赋格。它以平稳、均匀的速度前进，节奏上并没有什么复杂之处，有时候各个声部从下到上整整齐齐地叠在一起，宛如一首四声部的赞美诗。但如果你根据曲谱上音符的排列，把它当成具有主调音乐织体的赞美诗来学习，那你永远没有希望掌握它。只有当耳朵捕捉到了各个线条相互独立的水平移动时，整个乐曲才会现出逻辑，而只有摸清逻辑以后，才有可能完全"认识"它，从而胜任它的演奏。无论何时，只要你感觉巴赫的音乐开始变得随意或毛躁，或是一个主题好像只完成了一半就没了，一个线条进行到中途忽然断掉了，其问题几乎总是出在你没有注意对位法，即多个声部的水平运动，一旦你把它放在心上，不但这些明显的疏失会不攻自破，你还能获得更强大的精神控制力，更得心应手地掌控手指的活动。

通过福克尔的传记和巴赫为了辅助教学而设计的作品里留下的蛛丝马迹，我们得以一窥巴赫的教学方法，可以看出他会以很快的速度从基础的指法训练过渡到实实在在的作曲技巧教学。巴赫有一部短曲合集名为《创意与交响曲》(*Inventions and Sinfonias*)，其中收录的都是教学作品，有些是他为自己的孩子所写，巴赫在该曲集的扉页上写道，他创作这些作品的目的是教给键盘乐器演奏者"一种清晰明了的方法，一是为了让他们学会把两个声部弹清楚，其次是在技术进一步提升之后，能正确、娴熟地处理三个伴奏声部；与此同时不仅要抓住好的*创意*（乐思），还要将它们漂亮地展开"。据福克尔的传记所载，巴赫要求他刚刚入门的学生先做"连续几个月"的指法练习，然后"立即让他的学子们去学习他相对宏大的乐曲"。巴赫追求的教学方式似乎是 18 世纪标准惯例的极端严格化版本，几乎从学生刚开始学习乐器就给他们教授理论和作曲。

这与今天通行的音乐教学理念大相径庭。如今我们很难想象互联网时代的孩子们会一动不动地坐在那里，听人讲授如何从一条通奏低音线推导出恰当的和声，或是和声进行或声部导引的基本原理，他们真正想知道的只不过是创造音乐的方法而已。理论和作曲是学生实质性地掌握了乐器以后才会去学的东西，不然就是音乐表演研究的附加要求。我上大学的时候，它们实际上已经成为独立的学科。有的乐器演奏者会因为硬性要求而被迫去上理论课，准音乐学家们也会学习钢琴，但绝不是打算上台表演，而是将它当作一种有用的工具。乔也一度打算教我乐理，我自然是避之不及，但从那以后，我不得不付出额外的努力去弥补这一缺陷。

音乐教学方式的变化引出了与"何谓认识音乐"相关的另一个问题。随着时代的推移，"认识"音乐的意思发生了怎样的演变？我们对音乐的历史知之甚详，但对于聆听音乐的历史我们又了解多少呢？不同历史时期的不同音乐家和听众都重视音乐的哪一方面，我们有史料可循。然而关于人们如何聆听音乐，或者聆听时的心理活动，我们几乎找不到什么可以参考的证据。在巴赫生活的年代，精通音乐的听众在听他的赋格和卡农时会不会在脑海中追随每一个线条的轨迹？他们能不能听出赋格里的每一个主题、对题和答题？当时的人对巴赫音乐的描述往往侧重于他的伟大，他令人惊叹的灵巧指法、炉火纯青的技术、艺术造诣以及强大的创造力。但那些记录主要是在罗列对他的溢美之词，对我们了解人类感受音乐时的心理状态毫无启发。不过 17 世纪 30 年代末发生在巴赫人生中的一段罕见小插曲却给我们提供了一丝线索，揭示了人们实际上如何处理他的音乐声音。

1737 年，巴赫有一名似乎心怀怨气的前学生约翰·阿道夫·谢布（Johann Adolph Scheibe）发表了一篇匿名文章，抨击了他老师的音乐，称其为"浮夸"，充斥着"过了头的艺术"。这篇檄文激得巴赫的朋友和学生们纷纷站出来，为他做了强有力的辩护，继而引发了谢布新一轮的攻击，双方你来我往，一场争论持续了好几年。从谢布的冷嘲热讽以及巴赫的代言人们义愤填膺的冗长回应中，我们可以感觉到当时的德国音乐正处在一个十字路口，而巴赫音乐风格的复杂性已经超出了许多人的理解能力。

谢布显然也有同感。在 1739 年的一篇讽刺文章中，他采用第一人称视角扮演了一位专门创作复杂音乐的作曲家，虽然他嘴上否认是在影射巴赫，但他心中所想的那个形象无疑就是巴赫："我所作的曲子如此繁复、精妙，以致听我的作品会让人晕头转向。千丝万缕全部交织在一起。所有材料都受到了彻底的加工，没有人能将不同的声部区分开来。"谢布不仅是音乐评论家，还是一位作曲家，他自己的作品要比巴赫的简单得多，有时候不乏稚拙的魅力，但更多时候显得笨拙，乏善可陈。而他对巴赫的批评在一定程度上间接鼓吹了新兴的*华丽*音乐风格。巴赫的主要捍卫者约翰·亚伯拉罕·伯恩鲍姆（Johann Abraham Birnbaum）对谢布第一轮攻击做了长篇大论的回应，解释了巴赫复调的复杂性问题：

> 顺便说明一下，毋庸置疑，在这位音乐巨匠的作品中，各声部在彼此间绝妙地穿插缠绕，并不存在一丝一毫的混乱。它们或齐头并进，或在必要的时候反向而行。有时候它们会分开，但一定会在适当的时机再次相遇。尽管它们常常互相模仿，但每一个声部都有自己独一无二的变化，与其他声部清清楚楚地区分开来。它们时而互相逃离，时而互相跟随，而当它们努力超越彼此的时候，不会让人看出一丁点失序的迹象。

伯恩鲍姆反驳了谢布所持的巴赫的音乐令人困惑的主张。他的文字处处都在暗示他理解这一切背后的复杂艺术：各声部"在适当的时机"再次相遇，并互相跟随，同时"不会让人看出一丁点失序的迹象"。与谢布相比，伯恩鲍姆聆听音乐的方式似乎截然不同，他对音乐的复杂性保持警觉，却不会被任何的混乱吓退。然而他的语言却不可思议地接近对复杂的声部创作一窍不通的当代听众——后者可能也会用类似的语言去描述聆听巴赫的体验。有些声部似乎在互相应答，时而相悖，时而同步，有时候像是从彼此身边逃离，有时候又互相跟随。这些对于音乐体验的空间性描述平淡无奇，让人不禁对伯恩鲍姆所谓音乐在展开过程中没有"一丝一毫的混乱"的说法产生怀疑。事实上，谢布有一点说得很对，即巴赫已经把对位练到了声部之间有时候区分不开的程度：在《哥德堡变奏曲》里，听众常会发现包括低音线在内的几个声部互相模仿得丝丝入扣，达到了一种水乳交融的效果，很有可能这也是创作者本来的意图。

谢布的攻击表明，巴赫已经把复调音乐发扬到了登峰造极的地步，连他同时代的人都无法百分之百确定自己理解得了。至于巴赫时代的乐迷聆听他的方式是否在本质上比我们今天更复杂，伯恩鲍姆的回应几乎没有给我们什么启发。当时有很多听众都在转投另一种音乐范式的怀抱，它所遵守的规则和人们对它的预期都不同于以往；其余的人则拼命为超出听觉理解能力的音乐寻找新的隐喻和描述语言。在有关巴赫艺术的这场持续近一个世纪的早期论战中，关于聆听音乐的描述逐渐变成了恣意的宗教性和神学性叙述，以至于我们很难搞清楚人们在听什么。1827 年，歌德回忆起多年前听一位管风琴师演奏巴赫的情景，他是这样描述的："我与自己对话，如同永恒的和谐在自身内部共鸣，如同创世之前在上帝的怀抱中就已完成。同样，它亦进入我灵魂最深处，就好像我既不拥有也不需要耳朵，其他一切感官全无用处——最最多余的就是眼睛。"

这些话读来发人深省，却并无多大用处。歌德对音乐很感兴趣，也很努力提升自己的音乐素养，但他对音乐的理解却没有多么博大精深。他对于聆听巴赫音乐的记忆体现出的更多是一种幸福的恍惚状态，而非真正的理解。不过正如19世纪其他听众一样，歌德把巴赫的音乐上升到了"永恒的和谐"和"上帝的怀抱"的高度，认定它伟大到远非常人所能理解，除非通过修辞，把它比喻成上帝的思想，否则根本无从认识。然而，随着巴赫的思想在许多虔诚的听众心目中成了上帝思想的功能性代名词，他实实在在的技艺却受到了轻视，甚至被彻底忽略不计。巴赫本人应当会对他拥有超人或神的能力这种说法不以为然。据福克尔所写，巴赫"似乎不看重自己超乎常人的天资"。巴赫的自我评价也不一定是虚伪的自谦作祟："勤奋是我应尽的义务，任何与我同样勤奋的人都会获得同等的成功。"

相比歌德的体验方式，我宁愿从更基础的方面去了解巴赫的音乐。我想了解他脚踏实地的一面，而非他虚无缥缈的精神追求。我希望我能足够了解它，然后可以演奏它。但不知为何，我越是努力钻研音乐，就越意识到作为演奏者"从手指上"认识音乐和作为结构的观察者"在头脑中"认识它的意义是不可分割的。要学习一首乐曲，你必须从实质上"解构"它，即便在努力掌握音符的时候，你也得把它的组成部分一一拆开。你必须遵从传说中巴赫教育学生的方法，从手指移动的机械机制快速过渡到结构和句法要素的分析。每一首变奏曲的学习都会在手忙脚乱中开始，直到你逐渐厘清头绪，发现规律，将更大的结构分解成小一级的结构，并觉察到很多变奏都摆脱不了的历史和风格模式。比方说如果有人坐下来学习变奏26，首先他会看到黑压压的一簇不祥的音符，以六个为一组，就好像巴赫写了一首先用右手再用左手弹的练习曲。与此同时他又写了一支萨拉班德穿过了练习曲，从那条线的上方行进到下方，它紧紧追随着开头咏叹调那支萨拉班德的轨迹，一个人甚至可以同时弹出这两支萨拉班德，中间只会出现少许几个明显错位或不协和的音符。

还有的音型被局部化了。在不少阿拉贝斯克变奏曲中，最初由一只手弹奏的音型到后面会换到另一只手重复进行。在变奏26中，重复出现的音型几乎没有任何差别，例如，在该变奏的前半部分，右手弹的一串装饰音在八小节之后由左手再弹时只是稍微有一点变动，以便与基础低音线决定的和声保持一致。但在其他变奏里，比如变奏14，重现的音型颠倒了过来，于是前半部分的左手下行运动到了后半部分变成了右手上行。有些装饰音通过几种不同的模式发生演进，譬如先从三度音程开始，根据下方的和声发展变化，然后按音阶级进。如果对这些不同类型的运动之间的连接点加以注意，可以大大加快大脑记忆音型的速度。已知在巴赫的音乐中存在几种诙谐的形式，譬如他有时候会恶趣味地处理这些音型：先有规律地运用一种运动方式，然后在一个新的音乐事件即将发生之际，突然变换音型。这些变化总是以意想不到的方式到来，让人感觉他把它们横插进来的目的只是为了让演奏者保持警觉。

在认知心理学中，这一段学习过程被称为"记忆群组"，即把一系列互不相关的东西按不同的模式分组，以便记住它们。如果你知道 1685 年 3 月 31 日是巴赫的生日，那要记住数字 03311685 就会容易得多。能演奏莫扎特协奏曲的钢琴家并不像自动钢琴从一卷打孔的纸上读出音符那样，对着乐谱文本成千上万次单击键盘。相反，她弹奏的是一系列音阶、琶音、重复进行的伴奏音型和反复出现的旋律线，这些内容并不是作为一大堆离散的手指动作存储在记忆里，而是作为一块一块的音乐信息有逻辑地组合在一起。演奏一首复杂乐曲的过程包含大量的"弹道式"动作，比如颤音或音阶等音型的快速连击手法，学会了以后，就会像计算机编码里的子程序一样不受认知控制，无意识地执行。有越多这样的技能成为第二天性，艺术家的实力就越强大。

然而对于学钢琴的人来说，习得第二天性是一件劳心伤神的事，不会有任何绿灯亮起，告诉你某个音型已经烙印在你的脑袋里，从此可以万无一失地运用。让动作弹道化的过程本质上就是巴赫让他的学生去实践的办法：指法训练和重复练习。不动脑子的重复会延长这一过程，有时甚至是无限延长，而用心的重复则会将它缩短。一次又一次缓慢地重复同一个音型，用眼睛看，用耳朵听，然后你会不自觉地开始期盼操控全局的未知之物——你的大脑——在这一过程中重组思路。自由与控制之间自始至终存在一种张力。你在严格的制约之下练习棘手的乐句，一个音符一个音符地攻克它，直到能够加快速度，进入合适的节奏。接下来，你可能会更自由地去演奏它，弹出颤音、琶音、音阶，把它放回乐曲中它本该在的位置上，按理所应当的方式去演奏，有时候能成功，有时候不能。钢琴练习最折磨人、最令人挫败的阶段莫过于此，你似乎已经对这音乐完全了解，却还未到驾轻就熟的程度，好像你在不经意的时候就能弹好，而越是把它放在心上，就越弹不好。什么时候才能做到得心应手呢？

神经科学善于从事件发生在大脑的哪些区域，哪些细胞被激活，以及大脑的不同部位如何相互作用等方面描述人们学习音乐的过程，并通过科学观察证实了许多从巴赫时代以前就已形成惯例的做法是行之有效的。例如对音乐学习至关重要的"抑制功能"（inhibitory function）。这一功能的发展过程类似我们看到的婴儿学习如何只挥动一只手臂，而非同时举起两只手臂做镜像运动，或是用一根手指而非一个胖乎乎的小拳头去按按钮的过程。在音乐演奏中，抑制功能让钢琴手能够压抑其他四根手指的本能运动，以使每一根手指都可以独立地做出精准的动作。一份文献研究指出："成人大脑中约有90%的突触连接是抑制性的。"[27]在学习一门乐器的过程中，视觉也是一种基本要素。关于巴赫教学方法的叙述资料显示，他经常给学生们演奏，让他们在一旁观看，有一次，他将《平均律键盘》第一卷的全部 24 首前奏曲和赋格弹了三遍，如果他是一次性不间断弹完的（似乎不太可能），那么这次演示就会持续五个小时以上。事实证明，观看是学习乐器必不可少的环节，能够激活"运动共同表征"。根据一项音乐和神经科学方面的调研，许多音乐家在脱离乐器时所做的心理训练在旁人看来可能有点像强迫性行为，但也与掌握乐器直接相关："坚持做几天的心理训练之后，相关的大脑区域会表现出能屈能伸的适应性。"[28]

在勤学苦练的音乐家听来，这种言论有点像听一位工程师描述一个他懂得原理但不懂操作的引擎，一点儿也不像技师会说的话，后者掀开引擎盖就能估摸出问题所在，然后脱口而出："你需要换一个新的风扇皮带。"神经科学可以给一个问题命名，在图纸上找到它的位置，但如果你是一个苦苦挣扎、努力摸索解决过程的音乐家，它还不足以给你一个满意的解释。掌握了乐器的职业音乐家通常不会谈论自己掌握乐器的过程，对于他们很多人来说，这一过程可能是无意识的，也可能被遗忘了，或被有意识地压抑到了意识之下。好莱坞凭着一贯的特权神话了学习艺术技艺的悲惨过程，蒙太奇式地描绘了漫长而孤独的练习时间，然后是令人目眩神迷的顿悟以及随之而来的辉煌成功。这样的剧情重炒了美国人的精神特质，吃苦耐劳和听天由命：艺术家一边在自己的学科里投入劳动，一边耐心、谦卑地等待，直到神的赏赐降临。

但事实上，一个人从实践到精通的过程远比这些叙述来得复杂，也比科学目前所能给出的解释要复杂得多。哲学家路德维希·维特根斯坦（Ludwig Wittgenstein）在其《哲学研究》（*Philosophical Investigations*）中就曾努力解开一个相关的难题：我们何时才能说自己拥有了某一项技能？为此他提出了一个基于阅读的比喻。他想象人类（"或其他种类的生物"）正在被训练成为阅读机器，然后他提出了问题：在哪个时间点我们可以认为他们开始了阅读？起初，学生在看到一个词的时候可能会碰巧发出正确的读音，但那能称之为阅读吗？然后他开始念对越来越多的单词，可他真的开始读了吗？维特根斯坦问道，我们能不能说出他读对的"第一个单词"？如果人类是读书机器，我们就可以盯着内部的机械装置，观测真正的阅读开始的时刻。然而我们毕竟不是机器，所以维特根斯坦指出："当学生开始阅读的时候，发生变化的是他的行为，而在这里提及'他进入新状态的第一个单词'是没有意义的。"[29]

学会了一种技能，比方说念单词或读乐谱，并不等于能使用这种技能去完成一项特定的工作，比如学习一首复杂的乐曲。不过维特根斯坦的例子及其提出的问题却命中了关于音乐的一条真理：不存在任何确定的时刻让你可以在那一刻说，"我刚刚掌握了"。即便你花了好几个小时琢磨一首乐曲最微小的细节，也只有等到事后追溯起来才能确定自己学会了它。练习确实能让动作变得无意识，或者说弹道化，但掌握事物的时刻却是无法察觉的，而真正让你意识到自己已经大功告成的可能是行为上的某种变化。时间长了，你渐渐发现自己在弹它的时候**好像已经驾轻就熟**，可能从这一刻开始，你才能判断自己真的懂了。从某种意义上来说，遗忘也是这个过程的一部分：随着你掌握了一部作品中越来越多的细节，你会渐渐忘记前面犯过的错误曾带给你多少麻烦，遗忘会减轻出错引起的焦虑，而焦虑的缓解又进一步给你的行为带来更多积极的变化。

很多关于音乐学习的大众心理学文献都持阳光版的维特根斯坦观点。其中传达的基本信息是：你已经做到了。音乐已经在你的体内，只待转化成行为表达出来。像懂得如何演奏一样去演奏，自然就会水到渠成。然而这种模式只对应了一半的学习过程，在自由与控制之间的基本张力中，它只涉及自由的那一边。纵观学习一首乐曲的整个过程，从一开始的重复练习到让音符自然而然地流动起来，再到公开表演的那一刻，学习与遗忘、熟悉与生疏之间存在着错综复杂的辩证关系，仅靠大众心理学模型远远无法理解。

即使能把一个很难的段落弹得一气呵成，也不妨回过头去，打断整个过程的无意识性，引入一些新的元素或细节破坏原曲的熟悉感，然后重新学习它还未无意识化的新形态。格伦·古尔德学生时代跟从过的一位教师设计了一个乍一看有些奇特的练习技巧，名为"敲手指"。古尔德遵照其指示，先将一只手放到键盘上，然后用另一只手挨个敲击正在按下琴键的手指，再奏出相应的音符。这有点像左手把右手当成打字机的键盘来敲，等于是在敲击琴键的心理意图和身体行为之间引入了一个机械的中介物。我尝试过这种做法，它能立竿见影地暴露出音乐中一切记忆不牢靠的地方。

机械的演奏和乐手希望在演奏中获得的自由——自由发挥，专注于情感表达和沟通，尽情享受音乐的乐趣等等——之间的辩证关系远不止如何练习或掌握一首乐曲这个问题。它关乎个性，关乎一个人将自己定义为怎样的音乐家。破坏熟悉之物的稳定，强迫意识进入更高层次的熟练和安定状态，即"遗忘学习"（unlearning）的过程，需要穷尽一生的努力，随之而来的是堕入不幸的极大可能性。每得到一分钟的自由，就要相应付出一小时的自我批评、分析和怀疑。

最优秀或者说最幸福的音乐家，都能从容不迫地在生活的这些方面取得平衡。巴赫是一个完美主义者，也尊重他人的完美主义。他最刻苦的学生之一约翰·菲利普·基恩伯格（Johann Philipp Kirnberger）学对位法学得"太用功，把自己累倒了，染上了一种热病，一连18周都出不了门"，结果巴赫主动提出要顺道上门指导自己学生的课业，此举无疑让年轻人受宠若惊，虽然不一定有利于他的康复。还有一次，在一个大型的社交聚会上，有一位乐手丢下一个不协和音没有解决就从羽管键琴前站了起来，巴赫一下子恼了，他"径直从前来迎接他的主人身边走过，冲到羽管键琴边解决了那个不协和的和弦，完成了一个恰当的终止式"。他对其他音乐家的监督也很严格，在指挥的时候亦是如此。巴赫去世一个世纪后出版的一本名作讲述了他在一次排练中大动肝火的故事："圣托马斯教堂的管风琴师总体来说是位值得尊敬的艺术家，有一次在排练一首康塔塔时，（巴赫）因为他弹错了音而勃然大怒，一把扯下了头上的假发，向管风琴师头上扔过去，同时大吼道'你应该去当鞋匠'。"但据记载，巴赫同样也是一位"安静平和、性情沉稳"之人，除非"有人轻视艺术，艺术对他而言是神圣不可侵犯的"。

不过，尽管他追求完美，却没有证据显示他曾为自己的能力陷入苦恼，受到自我怀疑或不自信的折磨。有一份文献很罕见地记载了巴赫如何面对自己在音乐上的失败，从中可以得到一个印象：他对失败的反应是揶揄以及困惑。据说巴赫曾对一位朋友讲过自己的看法："他是真的相信，不管什么曲子，只要他看一眼就能毫不迟疑地弹出来。"朋友决定考验一下他，于是有一天当巴赫来拜访时，他在羽管键琴上放了一份很难的乐谱作为诱饵：

巴赫看到了这首注定要颠覆他信念的曲子，并开始演奏它。不过还没弹多久，他就在一个乐段前停了下来。

他瞅着乐谱，重新开始，最后又停在同一个地方。"不，"他一边对躲在隔壁房间偷笑的朋友喊道，一边起身离开，"不是所有的曲子都是看一眼就能弹，不可能的。"

这个故事对于怨恨上天分配才华不均的人来说是一个小小的安慰。如果确有其事，很可能巴赫碰到的那首曲子写得很差，而且不符合键盘的演奏习惯。

基恩伯格谈起过他曾经的老师，说他秉持"一切皆有可能"的观点。鼓励学生时，他会指出他们每个人都有手指，就跟他一样，所以他们肯定能掌握好音乐。有人夸奖他的管风琴演奏，他回以自嘲："没什么了不起的。只要在正确的时间敲正确的琴键，乐器就会自动演奏起来。"一如关于米开朗基罗如何雕塑大卫的那个老笑话："很容易的，只要把不像大卫的石头削掉就可以了。"这笑话之所以令人玩味，不仅因为它最大限度地省略了"在正确的时间敲正确的琴键"所需的超高技术，更因为它暗示了演奏的机械性根基，而这恰恰是音乐家们既要追求又要反抗的东西。

巴赫的惊世才华并不是一夕之间展现出来的。他早期的作品可能让人感觉沉闷又无趣。他也一直孜孜不倦地校订自己的手稿，不断改进、完善它们，甚至还会向已出版的作品比如《哥德堡变奏曲》里添加重要的细节。如果公开发行的《哥德堡变奏曲》乐谱中那14首卡农是他在其他变奏曲完成之后才创作的（很有可能在他开始动笔写《哥德堡变奏曲》之前就已经存在于"他的脑海里"），那么我们就更有理由将这部作品看作一组正在进行中且巴赫恐怕永远也完不成的音乐问题，而非一整套已完成的音乐作品。这对有志于学习这部乐谱的人来说，也带来了些许安慰：如果在这套变奏曲出版之后，巴赫对其材料的理解还会继续进化、积累，那么演奏者对它的认识很可能也是变动不居的，永远可以改进、补充和反思。

傍晚时分，我弓身坐在键盘前，耳朵因为戴了好几个小时耳机而隐隐作痛，内森安静地躺在我脚边，我正在与小赋格里的一个小节较劲：次中音部最后一次进入时，第二个音符上出现了颤音。此时四个声部全部加入，距离整首变奏结束只剩下四个小节，低音部勾勒着从咏叹调衍生出来的基本线条，高音部从其音域的顶点降落，而中音部正在结束一个乐思，准备开启另一个乐思。在这一织体中，次中音部插入了对主题的最后一次陈述，颤音的位置和巴赫在别处重复该主题时加入颤音的位置完全相同，只是这一次它落在了手指间最最别扭的地方，要想弹出它，唯一的办法似乎是将线条分成两半，由两只手接起来，也就是说，左手的拇指和食指一完成颤音，右手的拇指就必须立即跳进来，完成这一段音乐效果。我已经想出了一个解决方案，却无法想象要花多少时间才能弹出一气呵成的感觉。

此时此刻，我可以宣布我认识这支变奏曲了，虽然我的认识不同于巴赫的认识，也不同于任何一个伟大钢琴家的认识，但如果省去这一个装饰音，整首曲子就能很顺畅地完成。这也是全作中我所钟爱的一个时刻——巴赫在他一成不变的和声系统里，在他熟悉的疆域里塞进了一段紧凑的小赋格，甚至还让它服从了一分为二的变奏曲式，在中间重新开始，而且未对乐曲的整体进程造成任何不应有的损坏。如果说巴赫伪装了他的卡农，让它们在某些地方听起来不太像卡农，那么在呈现这首小赋格的时候，他决心让它的每一寸听上去都是赋格：四个声部清晰有序地进入，主题显而易见是为了赋格的展开而设计，简直可以放进教科书有关赋格主题的章节作为一个范例。所以何不舍弃区区一个颤音呢？这样一来，我就可以把这支变奏曲加入我的拿手曲目里，给别人表演了。

"赋格"一词源自拉丁文，意为逃跑，它一般用来形容各声部仿佛在互相追逐的感觉，正如伯恩鲍姆描述巴赫复调里的不同声部之间关系时所言："它们时而互相逃离，时而互相跟随，不会让人看出一丁点失序的迹象。"可我如果把那个装饰音置之不理，就等于逃避了我强加给自己的音乐任务，这种事是我无法忍受的。我不能这么做，所以只得将这首曲子搁置下来，归入我还未能通晓一切细节的变奏曲行列。就这样，在只差一丁点就要学会一首乐曲的时刻，我发现自己从这支变奏曲中获得的快乐全都化为肉中刺似的挫败和缺憾感。

内森在我的脚边动了一下，完全不识这种自我鞭笞的滋味。音乐也使它痛苦，但它的痛苦显然与人类的痛苦并不相通。就算音乐会让我想起一些悲伤的往事，让我重回人生中痛苦的时刻，就算它像《哥德堡变奏曲》中的不少变奏一样，会用沉重的义务感和平庸感压得我直不起腰来，我依然会回来继续接受惩罚。音乐不是一种乐趣，却对我在某一方面的自我反思能力产生了至关重要的影响。音乐不是某种情感按摩或温水浴，而是一种认知工具。它赋予了我一种看待自己生活的视角，无论那个视角是否让我舒服，是否让我的虚荣心膨胀。然而内森在听到音乐的时候，却不具备那种跳脱自我的能力。如果音乐让它感到痛苦，那么痛苦一定是直接作用于它，中间不经过任何媒介。

可它的痛苦为何来得撕心裂肺？原因其实从一开始就明明白白。我们领养它的时候，它才三个月大，才刚到可以从窝里抱出来交给人类抚养的年龄。它是在我刚开始学习《哥德堡变奏曲》的那几周接回家的，我在客厅练琴时，它就睡在厨房的板条箱里。它来到了一个陌生的家，身边全是没见过的面孔，突然之间孑然一身。就在它生命中最刻骨铭心的分离发生之际，巴赫成了背景音乐，伴着它的迷茫和悲伤奏响。于是每当听到这部作品，它就会思念母亲。

10

在我四五岁的时候，祖父带我去看莫霍克河沿岸的老水闸，伊利运河的繁荣时代已经过去了一个半世纪，这里依然是一条热闹的航道。祖父对所有的基础设施都怀有浓厚的兴趣，铁路啦，桥梁啦，水坝啦，还有运河。我很喜欢祖父，不仅因为他幽默，富有冒险精神，还因为我作为他长子的独生子给他带来了快乐。可是那天我们到了水闸跟前，他想越过它封闭的门到里边去，那里是一条狭窄的通道，只有一道脆弱的护栏。闸口的巨门耸立在浑浊的河面上，裹挟着泥沙的褐色河水流得湍急，我很害怕掉下去。这种行为纯属蛮勇，但他是一个无所畏惧的人，并不是说他特别有勇气，而是他压根儿就不具备害怕的能力。

我一点儿也不愿意跟他一起翻过去，尽管他乐呵呵地哄我，向我保证不会有事，我还是哭了起来，然后开始尖叫，那分贝一定高得吓人，因为水闸管理员出现了，询问我们发生了什么事。我不记得自己有没有让祖父难堪，但我的哭闹和管理员的担心最终让他打消了翻过去的念头。当天晚些时候，我的烦恼更进一步，因为我把这件事讲给了母亲，引发了一场家庭骚乱。在我们家的历史上，那段时间父母的争吵都是关起门来进行的，所以我唯一记得的就是有戏剧性的事在远处发生，声音就好像从水下传来一般闷闷的，朦朦胧胧，却丝毫无损其激烈。我当时还小，不明白发生了什么，不过根据事后拼凑起来的种种证据，再加上合理的推断，不难猜出我母亲对她的公公大为光火，要求父亲去交涉，让他以后不要再危害她孩子的安全。那次争执之后，祖父再也没有邀我去做什么冒险的事，我们在一起顶多也就是钻过铁轨旁的旧护栏去把硬币放在轨道上而已。

恐惧，再加上疾病，两者一道赋予了母亲一条最原始的纽带，让她超越了对母亲身份的一切矛盾情感，与自己的骨肉连在一起。精力旺盛的活泼小孩让人心烦，但受了惊的孩子总是能得到安慰。她自己也是一个极其容易恐慌的人。她最初的记忆和我一样，都是关于恐惧的记忆：潜藏在旧衣柜深处的蜘蛛，威胁家庭存亡的严重疾病，还有战争时期盐湖城的空袭演习——整个过程中一旦有人家的百叶窗缝透出光线，就会遭到陌生人叱骂。她还记得她姐姐的腿被黑寡妇蜘蛛咬伤之后坏死的肉，记得自己有多害怕在公共泳池感染小儿麻痹症，还有她和我父亲的第一次约会，他们一起去攀岩时和她四目相对的一条蛇。她给我们讲她的犹太祖父动身来美国的时候把金币缝在了他的外套下摆里，然后又总是告诫我们绝对不要把这个故事讲给任何人听。她的叙述方式让我搞不清楚她最害怕的究竟是什么，是暴露了我们家的财产中有几枚金币，还是有一个犹太祖先的事实。她也害怕天气，害怕道路，害怕雷雨天打电话，害怕山洪暴发和龙卷风、双车道高速公路、冰风暴、帆船、流浪汉、各种群体、瘟疫、杀人蜂、阿拉伯人、肮脏的马桶座圈，以及任何一种彩色炻器，因为它们的釉面几乎毫无疑问都含有铅，会让孩子变傻，口齿不清。

　　危险和死亡是她最爱谈论的话题，它们总是近在咫尺。她常常在饭桌上谈车祸、火灾、洪水、屋顶塌陷以及凶险的市中心——虽然我们从未去过那儿，但她从电视上看来的形形色色恐怖的事都在那儿活生生地上演。她不相信上帝，如果有人说她信魔鬼，她也会嗤之以鼻，可她的世界充满了恶魔的身影，他们怀着恶意徘徊在人类中间，散播着疾病、痛苦和不和睦。病人生病绝不只是因为偶然或衰老。伴侣离婚的原因不在于两人渐行渐远，或是成熟地意识到双方的差异不可调和。孩子掉进冰面下淹死也并非纯粹的意外。导致衰败与毁灭的另有其物，某种不为人知、无法言喻、很不美国的东西。心脏病发作、中风和癌症都属于丑闻的一种，是黑暗的代理人用心险恶的活动——它们把目光投向郊区，盯上了体面人，专门狙击那些为了获得幸福而努力工作的良善本分的家庭。"她的手指割伤了，生了坏疽。现在她整条胳膊都没了，老天爷。"她会在我们扒拉着汤碗里半生不熟的土豆时如是说。

人类以智慧战胜巨大危机的故事总能深深地打动她。最让她乐此不疲的就是母性的直觉战胜潜藏危险的那类传说。有一位她认识的母亲，某天晚上回到家，看了一眼隐没在暮色中的房子，然后说什么也不让她的家人们进去。有些事情不对劲，她说不上来，但就是能感觉到有什么地方跟平常不大一样。她无法指出具体是哪里不对头，没有门半开半掩，也没有窗户大开，可她还是抱着双臂，一步也不退让，执意要求："我们别进去。"她打电话报了警，警察来了以后责怪她不该害怕莫须有的东西，但他们还是搜查了屋子……然后在里面找到了一个连环杀手。还有一位母亲怀疑医生对她孩子的诊断有误，决定不遵照医嘱用药，没过几分钟，医生便慌慌张张地打来电话，告诉她药开错了，给孩子服用会有致命的危险。"她就是知道。"我母亲意犹未尽地说，她对这个故事如此着迷，并非因为它证实了母爱的力量，而是它又一次证明，在一个充满非理性风险的世界里，非理性的直觉是唯一的防御。

她的恐惧构筑了我们的生活。干酪火锅沸腾时冒的气泡溅到了窗帘上，可能会引起火灾，所以我们家再也没有用过它。电视机打开的时候，我们总是坐在离它很远的地方；微波炉在加热食物，我们得远远地避开它，因为有辐射。她听说我们镇上清理街道的扫雪车曾经活埋过一个孩子，所以只要地面上的积雪超过一层灰的厚度，就禁止我们在前院玩耍。因为肉毒杆菌，我们从不生吃罐头食品；因为旋毛虫病，我们只吃煮柴了的猪肉。从我们居住的小镇到纽约市只要两三个小时，但我们却从未去过纽约城，因为那儿犯罪猖獗。在那座大都市里，一家人会连同汽车和行李一起人间蒸发，事后一丁点线索都没留下。

在我的童年，她给我读过一些关于恐惧和危险的诗歌，从此它们伴随了我的一生。在我年少时，我们的小镇开始衰败，老工厂纷纷倒闭，工业园区逐渐萧条。我至今还能背诵我从一本残破的美国最伟大诗歌合集里读来的瓦切尔·林赛[i]的诗句：

> 工厂的窗户总是破的，
>
> 总有人扔砖头，
>
> 总有人丢煤渣，
>
> 玩讨厌的野蛮人把戏。

> 工厂的窗户总是破的。
>
> 别的窗户都是好的。
>
> 无人向小教堂的窗里投
>
> 怨恨的、咆哮的、冷笑的石头。

> 工厂的窗户总是破的。

---

i 瓦切尔·林赛（Vachel Lindsay，1879—1931），美国现代诗歌史上有意识吸收民歌和爵士音乐并使诗歌具有美国特色的第一代中西部诗人之一。

有什么地方出了差错。

有东西腐烂了——在丹麦吧，我猜测。

工厂窗户之歌到此结束。

她不厌其烦地给我解释"冷笑"的意思，石头怎么会咆哮，还试图说明诗里对哈姆雷特[i]的指涉。每次我们穿过锈迹斑斑的铁桥进入附近城市的中心地带，看到成群的旧工业厂房上密密麻麻地排布着成百上千扇破碎的窗户，那首诗的真意便显现了出来。然而回想起来，当时我俩谁都没有领会到这一层讽刺，大部分时间我们都在谈论野蛮人的把戏。野蛮人是谁？他们住在城市里，没有人教育他们向善，他们家里没有钢琴这种漂亮玩意儿，而且他们非常非常危险。

我母亲遗传给孩子们的不是她对特定事物的恐惧，也不是将这种恐惧活生生展现出来的奇怪鬼神观念。但我从她那里继承了一套恐惧的模式，一种用恐惧的眼光来看待世界的习惯，因此从很小开始，我就不得不耗费巨大的精力去克服恐惧一切事物的倾向。在古代的油画里，骷髅头提示了死亡，常出现在某个神色恍惚之人面前的书桌或桌子上，在烛火里闪闪发亮。对于那些性情趋于放纵、贪图享乐的人来说，其中严肃的神学隐义给他们的灵魂敲响了一记警钟，提醒他们人的存在是有限的，死亡总是转瞬

---

i 《哈姆雷特》的故事背景是 8 世纪的丹麦，借以反映 16 世纪末到 17 世纪初的英国社会现实。

即至。我从来都不需要这种醒目的象征物来提醒我死亡的存在，因为我每天都带着这种恐惧生活，就好像它是我口袋里的一个小玩意儿，母亲在教训我不要忘带钥匙和午餐钱的同时，也将它放了进去。

恐惧在很多方面都成了我值得信赖的向导。当我离开家独自生活，我痛恨自己胆小怕事，倘若克服不了恐惧，可以预见我未来的人生将彻底禁锢在母亲的世界那般局限的牢笼里。如果我害怕去做某一件事，那它恰恰就是我需要做的事。我开始尝试徒步旅行，时常孤身一人，在荒山野岭跋涉数日。我拿到了护照，去世界各地旅行。我在新西兰搭过便车，坐大巴横穿澳大利亚，在牧场打工，还在养羊场干过活儿。我曾在南美洲一家破破烂烂的旅馆过夜，整个房间除了地板上一张床垫，空空如也；我也曾搭乘火车的二三等车厢环游亚洲。有一次，我上了一条快要散架的独桅帆船从非洲海岸出发，不料途中晕船，我病蔫蔫地靠在船舷边上不由想，**要是她能看到我现在的样子就好了**。我搬到了城市居住，尽管极度害怕和陌生人说话，我还是当上了新闻工作者，这个职业逼迫你每天都不得不跟陌生人说话。当工作为我带来了去阿富汗和（内战前的）叙利亚的机会时，我欣然抓住机遇，兴冲冲地告诉她我要去。我一辈子都无法摆脱恐惧，只能算是成功地压抑了它，以践行一种生活方式。可哪怕人到中年，我依然热衷于向母亲证明我的无所畏惧，并从中获得罪恶的快感，因为这么做不仅能给她添堵，最重要的是，我希望自己真的什么都不怕。

唯有少数几种恐惧我永远克服不了也隐藏不了，其中之一就是在人前演奏音乐。在我与怯场的持久战中，我一度打算研读一下关于这种现象的资料，然后找到了一本出版于 1947 年的奇书：《表演者与观众：调查在观众面前演奏、唱歌或演讲时产生焦虑和紧张的心理原因》(*Performer and Audience: An Investigation into the Psychological Causes of Anxiety and Nervousness in Playing, Singing or Speaking Before an Audience*)。那是一本弗洛伊德派的小册子，作者是一位钢琴家，他在题献里许诺给予我梦寐以求的东西："本书献给所有在外界引导下认定自己的焦虑或紧张是内在或与生俱来的因素因而无法改变或根除的人，因为笔者相信他们的想法几乎百分之百是错误的。"[30] 一个人只要调查一下神经紧张的根源，揭开潜藏在其中的原因，这种现象自然就会消失。那么，原因是什么呢？作者大量借用弗洛伊德《文明及其不满》(*Civilization and Its Discontents*) 中的观点，谴责了人类对原始本能的压抑，特别是"盎格鲁－撒克逊国家"，它们"成功地踩下刹车，效果太卓著，不仅抑制了原始的、社会化或反社会化的情感冲动，还对这些冲动加以修正，赋予它们社会价值，使它们被社会接受，结果导致每一种情感表达的全部自由和自主性都受到一定程度的抑制，甚至是完全的抑制"。

简而言之，我们为了在文明社会获得归属感而压抑自我，但这种压抑远远超过了必要的程度，导致其他无害的本能也受到牵连。压抑表现为几种不同的形式。有的音乐家害怕自我表现欲过剩，于是故意破坏自己的表演，作为自我惩罚或补偿的手段。而另一些人则表现出受虐倾向，陶醉于搞砸演奏会之后的耻辱之痛。"玩""触碰""手"这样的词语和概念与童年期性的表达方式一脉相连，导致人们成年以后每逢在公共场合玩乐器都会因为这些概念产生焦虑。恐惧总是能在不同的原因之间传递，就像在地下流动的火山熔岩，突然跃入视野的事物可能发源于数英里之外，藏在受过创伤的最原始自我深处。弗洛伊德的阐释一如许多宏大又严密的理论，涵盖了所有的可能性，并细数了导致同一症状但截然相反的原因。

就像很多同辈人一样，我在上大学以及毕业后的那几年花了大量时间阅读弗洛伊德的书。后来我终于攒了一点闲钱，决定去接受精神分析，然后每周花四天坐在沙发上进行自由联想，等待移情[i]的发生，尽管到最后什么也没有等到。当我告诉母亲我在看心理医生时，她火冒三丈。这是在浪费钱，她说。"难道我们就没教会你一点道理吗？"她上大学的时候读过很多书，深谙俄狄浦斯情结，"为什么你要相信那些扭曲变态的玩意儿？"又过了许多年，就在她确诊癌症后不久，我在她的药里发现了一瓶抗抑郁

---

i 移情一词是精神分析学说的一个用语，指患者将自己对以往人生中某些重要人物的情感投射到分析师身上的过程。

药。她还有几年寿命，尽管经受了那些折磨，她的精神还算不错。家里其他人也注意到了她的变化。她好像没有以前那么神经过敏，也没那么容易动怒了，思维也更加清晰，还变得前所未有地沉静。我问起了药的事，她说那是医生开的安眠药，她每天晚上吃一粒，似乎有些效果。我瞅了瞅瓶子里的东西，是一粒粒蓝色的小药片，比我小指头的指甲盖还小，我不禁想象如果她半个世纪前就开始吃这种药，我的人生又会是怎样。当她得知这其实是一种可靠的抗抑郁普效药之后，她再也没有服用过。

♫

我们对于巴赫恐惧的事物以及他情感生活的暗面知之甚少。自从巴赫在 19 世纪变得家喻户晓并在天才的众神殿占据一席之地以后，他的传记作者总是着重展现他有实据可考的信仰和虔诚，对他的内心世界则倾向于一笔带过。他们由此得出结论：巴赫与折磨着现代人的焦虑不安基本绝缘。他忠于上帝，忠于他的艺术，无论死亡给他的家庭带来怎样的伤痛，他都把它放进更宏大的基督教世界观去理解，怀着基督徒的谦卑之心逆来顺受。近代的传记作者和历史学家试图更深入地探索巴赫的感情世界，他们从他同时代人的自传性叙述中揣测他的精神生活，对他所处的历史和社会背景做更广义的解读，以描绘出一幅令人信服但纯属虚构的精神肖像。有些作者甚至冒大不韪地将一种激进的常态转嫁于他：巴赫也不过是个凡人，必然体验过落在其他凡人身上的痛苦与快乐。

通过巴赫自己的文字，我们对他的性情有了大致的了解，但关于他具体的情感反应却鲜有线索可循。他的书信大部分都局限于为同僚和学生写的职位推荐信，或是给管风琴制造师和他们的乐器写的担保信，抑或是谋求晋升或某个职位的申请，它们通常篇幅冗长、措辞严谨生硬，尤其是写给他生命后半段的雇主即莱比锡市议员的信件。从这些信中，我们看到巴赫对待下属同僚，尤其是对待他认为值得帮助的人时显得尽职尽责，甚至慷慨大度；而对于真正或假想的竞争对手，他又吹毛求疵，近乎偏执；面对权贵，他阿谀逢迎；而与雇主打交道时，他则极力捍卫自己的特权。有少数信件让人更具体地感受到了他真实的情绪，比如在他1748年写给当地一位租走了他一台羽管键琴却迟迟未归还的旅馆老板（或旅馆老板的儿子）的便笺中，他的怒气呼之欲出。"我的耐心已经耗光了，"巴赫以此句开头，最后他说，"五天之内，你必须把它完好无损地还回来，否则我们绝交。"

在写给桑格豪森市一位政要的信里，巴赫表露了更加私人化的苦恼，他本来在桑格豪森为他儿子约翰·戈特弗里德·伯恩哈德（Johann Gottfried Bernhard）谋得了一个管风琴师的职位。那个年轻人的天赋显然绰绰有余，但不知是自甘堕落还是怎么，至少在精神上他还不具备保住一份工作的能力，总之才获得举荐没多久，他就丢下一屁股债，从城里逃了出去。巴赫谨慎地拒绝了偿还任何债务，直到确定它们确实是儿子欠下的，但作为父亲，他的痛心和尴尬不言而喻。"我还有什么可说，还有什么可做的呢？既然再多的劝告，甚至再多关爱和*提携*都不够，我只能忍耐，背负起我的十字架，把我桀骜不驯的儿子交给上帝处置吧。"这封信写成几个月后，可能是为了逃避家族行当，也可能是为了逃离父亲的阴影，约翰·戈特弗里德·伯恩哈德进入了耶拿大学学习法律，最后在二十四岁英年早逝。

从巴赫同时代人的信件、法庭文件、他的投诉信得到的官方答复以及其他证据中，我们可以感觉出他是个暴脾气，但受到众人爱戴；他在职业生涯初期的特点是天赋有余，但成熟可能还欠缺；在他无比高产的一生中，他的自信和自尊都在不断增长；他热爱生活，尤其热爱美食、啤酒，还有葡萄酒；他饱尝丧亲之痛，接连失去了他的父母、他的第一任妻子和他 20 个孩子里的 11 个。我们知道，巴赫刚满二十岁就已在阿恩施塔特担任管风琴师，当时他与一个名叫盖耶斯巴赫的巴松管演奏师发生了争执，两人在一个夏天的深夜大打出手。巴赫可能掏出了一把匕首。有些人认为他狂妄自大，他的支持者则认为世界从未充分认识到他的天才以及他对德国音乐作出的贡献。

更宽泛地说，我们知道巴赫的一生跨越了德国历史上一段急剧动荡的变革期。他出生的时候，"三十年战争"[i]结束还不到四十年时间，那场大战导致数百万人死亡，酿成了饥荒和猎巫运动，并摧毁了巴赫所在的德国地区，图林根有高达50%的人口因暴力、营养不良和疾病丧生[31]。那大概是一幅满目疮痍的景象，史料显示，即便过了半个世纪，各地的城镇依然满是赤贫的寡妇，遍地都是饥民，尤其是偏远的农村地区。然而巴赫成年后有一半时间都是在莱比锡度过的，莱比锡是一个繁荣的商业中心，聚集了各族裔的外国商人，还有一所重要的大学坐落于此，图书贸易发达，中产阶级正在崛起。从某种意义上来说，巴赫生于中世纪，死于启蒙时期。他出身于闭塞的穷乡僻壤，像他之前好几个世纪的年轻人一样子承父业，日后却成了一位富有生意头脑的殷实市民，出版自己的音乐，经营自家的乐器租赁生意，还掌管着一个由音乐家和作曲家组成的小王国，其中既有他的徒弟，也有他的子孙。周围世界的剧变对他的感情生活造成了怎样的冲击，我们只能凭主观臆测。所以，除了他可能会因为直接和间接的个人经历而产生恐惧的事物——战争、饥荒、瘟疫、疾病、乘马车旅行（在1750年，巴赫去世仅仅几个月之后，他德高望重的同辈亨德尔就在一次马车事故中受了重伤）、街上的恶棍和巴松管演奏师、监狱（巴赫三十出头的时候蹲过一个月监狱），以及拒不归还羽管

---

i "三十年战争"（1618—1648年）是由神圣罗马帝国的内战演变而成的一次大规模的欧洲国家混战，也是历史上第一次全欧洲大战，它推动了欧洲民族国家的形成，是欧洲近代史的开始。

键琴的缺德旅馆主人——身边瞬息万变的世界可能也曾加深了他的焦虑,对音乐和艺术持不同态度、期望以及意识形态的新阶层应运而生,开始成为新时代的宠儿。

在他的音乐里同样有迹可寻,他留下了数百首教堂康塔塔,其中有很多都蕴含了浓烈的绝望情绪,其强度可能超越了宗教情感,譬如伟大的《B 小调弥撒曲》(*Mass in B minor*)、他现存的两部受难曲里撕心裂肺的四旬期音乐,还有一些器乐作品,其中包含的小调插部之凄楚不亚于更大型声乐作品里的任何段落。《哥德堡变奏曲》含有三支小调变奏曲:变奏 15 用一种踌躇、拖长的双音符音型象征不断的唉声叹气;变奏 21 向低音线中引入了半音级进的运动,这是巴赫常用来暗示痛苦的小机关;变奏 25 则在全作接近尾声时开启了一个情感黑洞,其中,高音线与更激进的半音音簇交缠在一起。巴赫可以游刃有余地创造出一个感情的中间地带,容纳忧郁、隐忍的悲伤和阵阵甜蜜的渴望,然而他的音乐一旦走到暗处,其黑暗、其冷酷堪比任何艺术家以任何艺术形式创造的任何事物。

这样的感情浓度似乎迫切需要在传记中得到解释,虽然很多学者并不愿意将巴赫个人的生活经历与他的音乐作品联系起来。作为一名颇有天赋的小提琴手,阿尔伯特·爱因斯坦也反对 20 世纪巴赫研究的一个流行趋势,即向心理学靠拢的倾向,他建议道:"去听,去弹,去爱,去崇拜,闭上你的嘴。"[32]然而另一部分人却主张，要想建构巴赫内心世界的景象，就没有理由把他的音乐抛在一边，他们还试图通过疑点重重的证据去理解他的性格。最有条件这么做的人要数约翰·艾略特·加德纳（John Eliot Gardiner），一位指挥了一辈子巴赫的音乐家兼历史学家，他在2000年（巴赫逝世250周年）花了一年时间穿梭在欧洲和美国的城市之间进行了一趟马拉松式的巡回演出，演奏巴赫所有的教堂康塔塔。十几年后，他出版了一部巴赫的传记，这本书的写作在一定程度上基于他对巴赫音乐的沉浸式体验获得的认识，尽管加德纳承认"音乐即自传的浪漫化观点"之类的告诫全都没有错，对于巴赫的感情生活他还是赞成以音乐本身为基础去获得更稳固的理解。相对而言，他塑造的巴赫形象更小心眼、锱铢必较，而在另一方面，失去至爱也给他留下了更深的创伤。加德纳笔下的巴赫是颠覆者，将自己神学化的世界观编成密码写进音乐，用音乐上的怪癖来掩饰自己对庸俗又愚钝的雇主的憎恶。他还找出了证据证明巴赫因为失去双亲而深受打击，伤心欲绝，然后凭借意志力和大智慧才重新振作起来。"他可能有一些痛苦得不堪去回想的记忆，它们却与他的音乐——连同其文本——偶尔一现的暴躁同属于一块背景。巴赫背负着他不可磨灭的幼年记忆活着，必然会深思其中那些事件的意义。"[33]"死亡伴随着他的一生——父母、兄弟姐妹、他的第一任妻子，接着是那么多个亲生孩子——或许导致他封闭了自己的感情，又或许因为体会到爱生来就蕴含着失去的可能性，导致他活得战战兢兢。"音乐是一种补偿，并不是因为它像我们平常把它当成的镇痛药膏一样，给了他琐屑意义上的慰藉，而是因为它把他的人生变得宏大，让他在充满了未知的生命里得到了一件可以把握的东西："也许音乐给巴赫带来了现实生活在很多方面给予不了的东西——秩序和冒险，快乐和满足，以及他在日常生活里无法找到的更强大的依靠。"

♫

如果说我们只能去猜测巴赫遭遇过的恐惧，那么对于由他引起的恐惧以及更广泛的文化焦虑，我们则有更多的把握。作为举世公认的音乐之父，巴赫奠定的音乐传统孕育了莫扎特、贝多芬和瓦格纳，他在集体记忆里以大家长的身份盖棺定论，给后世留下了令人敬畏的权威印象。巴赫音乐的伟大已经和可怕、高难度这样的感觉连在一起。他活着的时候，他的反对者们指责他写的音乐过于繁复，在他死后，理性严谨成了他广为流传的名声。他的作品成了经典意义上的崇高化身：它们蕴含的力量让普通人自惭形秽，仿佛随时都会吞噬我们，却也将我们人类在宇宙中的存在提升到了一种近乎神性的自在状态。

这一神话的构建可以追溯到他生前以及刚去世那段时期，其间的一些传闻着重表现了他的超人能力及其激起的恐惧。1747 年

5月，普鲁士国王腓特烈大帝邀请巴赫为他演奏，这次会面让巴赫的惊世才华声名远播。巴赫服从了他的要求，即兴演奏了一首繁复的赋格，他的表演好到"让在场所有人都目瞪口呆"。故事发生的地点是波茨坦的王宫，出场人物除了国王本人，还有他的宫廷乐队，其中不乏当时最有名的顶尖演奏家和作曲家，为此次戏剧性的会面增添了特别的力量。那个年代还没有大型钢琴独奏会，这段插曲让巴赫在一个最为公开的场合展示了自己的键盘演奏实力。除此之外，它也续写了30年前巴赫以乐长身份侍奉魏玛宫廷时的另一段逸事。在那次事件中，巴赫受到怂恿，向当时最负盛名的管风琴师之一路易·马尚（Louis Marchand）发出挑战，要跟他一决高下，两人分别根据对方提出的一个乐思或某种形式即兴创作。正在德累斯顿访问的马尚是出了名地傲慢，而这次对决搞不好是事先设计的一个圈套——幕后黑手不是巴赫，而是德累斯顿的音乐家们——以给那位法国大师难堪。巴赫发出了挑战，马尚接受了，可是到了约定的时间，后者却始终没有露面。巴赫的讣文中对此事有展开叙述："最后，裁判怕马尚忘了这件事，特地派人去他的住处提醒他，是时候证明自己是条汉子了。结果传回的消息却令众人大跌眼镜，原来当天一大早，马尚先生就搭上一辆特派马车离开了德累斯顿。"

于是巴赫不战而胜。这是18世纪末流传最广的巴赫逸事之一，也开创了有关音乐决斗的一整个故事门类，包括莫扎特与克莱门蒂、贝多芬与丹尼尔·施泰贝尔特（Daniel Steibelt）以及弗朗茨·李斯特与西伊斯蒙德·塔尔贝格（Sigismond Thalberg）之间的史诗级对决。它们的结局有的被认为是平局，有的以一方获胜告终，据说在贝多芬的故事里，施泰贝尔特从房间里落荒而逃。然而音乐实力强大到让主人公直接拒绝出场的却只有巴赫一人。这个故事在口口相传的过程中经过反复润色，最终用来证明德国音乐高于法国音乐，勤奋耕耘、才华横溢的地方英雄胜过游历世界、魅力四射的世界人。但它更大的作用是促进了一种观念的形成，即音乐不是一门学科，也不是自我表达的形式或一门艺术技艺，而是树立自信的手段。艺术是一场比赛，唯有强者才能生存。

把音乐贬低为斗争是一件有悖常理，甚至有些悲哀的事，然而我们与艺术形式之间的关系有很大一部分都是由这种观念构建的，从大作曲家的决斗到冷战时期的钢琴比赛，再到激励年轻人训练的常规性学生竞赛，无不如此。即使不把音乐当成与他人的竞争，人们也会把它看作与顽劣不化、缺乏自律的自我斗争，或是与音乐本身的斗争。你要与巴赫决斗。许多人都败下阵来。到了巴赫的晚年，音乐是确立自我的工具这种观点又有了新的社会意义，而音乐素养则沦为文化丛林中的又一个竞技舞台。

《哥德堡变奏曲》乐谱出版的时候，扉页上写着这些乐曲是"约翰·塞巴斯蒂安·巴赫为了行家而创作，为了振奋他们的灵魂"。"为了振奋他们的灵魂"也可以解读出更多宗教性的弦外之音——

"为了灵魂之喜悦"——这是当时的一句惯用语，但并非毫无意义。在巴赫之前，莱比锡托马斯教堂的上一任唱诗班指挥出版了一套键盘曲集，他在序言中写道："我创作了这组新的组曲，并亲自出版它们，希望那些为学习其他东西而身心俱疲的人能在键盘上振作起来。"[34] 还有一位作曲家也对他的听众说过类似的话，暗示通过练习"能重振他们被其他学习和有价值的活动榨干的灵魂"。音乐被视作一种健康的消遣，能让人从更有价值但也更消耗精力的追求中转移注意力，往坏了说，最坏也不过是一种小小的不良嗜好，可能会让人在追求更严肃的事业时分心。

　　然而，随着不断壮大的中产阶级享有了更加丰富的精神与文化生活，音乐却逐渐被定义为更适合女性从事的活动，对男性来说纯属浪费时间和精力。男人应当对他们的音乐有所了解，应当有能力评判生活中更高雅的事物，包括音乐。但学习乐器似乎就没有必要了。在 1705 年，青年男性受到了如下警告：

　　　　要学好一门乐器并在体面人面前演奏，需花费太多的时间和精力。如果弹得不好，让听众的耳朵受罪，就更得不偿失了，因为这会对你的名声造成实实在在的损害……最好是掌握一定的音乐知识，足以辨别不同类型的声音，听得出好演奏和坏演奏的区别，并能分辨技巧和质量。这样一来，当你与同伴聚在一起，当有人奏起优美的音乐……你就能头头是道、游刃有余地谈论音乐。[35]

时至今日,与音乐有关的一系列焦虑与不安依然伴随我们左右,如下所列：害怕浪费时间,害怕当众出丑,失了身份,害怕让自己看上去很无知。了解音乐知识是一种社交礼仪,但创造音乐却不属于社会财富。这样的看法在整个 19 世纪一直存在,并重现于托马斯·曼加在他笔下最可悲的角色之一汉诺·布登勃洛克 i 身上的自我厌恶。作为德国显赫的商人世家最后一位男性成员,汉诺体弱多病、胆小怕事、性格懦弱,只有创造音乐才能让他找到意义,这一嗜好却让他的父亲为之羞耻。今天的年轻人也受到同样的敏感情绪影响,很多人都会在上大学之后放弃自己练了很多年的乐器,然后用同一套说辞为自己的半途而废辩护：我永远弹不了那么好。

为什么要弹那么好呢? 这种不知所谓的说法背后隐藏的是小资产阶级对待音乐的矛盾心理,它由来已久,早在巴赫时代就有了苗头。一个人如果贡献不出精彩的表演,那就干脆别表演了。至于说巴赫的音乐,还有一种更深层的恐惧潜藏其中。因为他的音乐是崇高的,所以就应当超越娱乐的范畴,升华听众的灵魂。

---

i 《布登勃洛克一家》(*Buddenbrooks*) 是德国作家托马斯·曼 (Thomas Mann, 1875—1955) 创作的一部长篇小说,首次出版于 1901 年,描写了吕贝克望族布登勃洛克家族四代人从 1835 年到 1877 年间的兴衰史。

它必须非常严肃，必须具有划时代的意义，必须震撼人心。这种高高在上的姿态注定会让广大听众扫兴，进而在更广义的层面上削弱我们文化里的音乐素养。这不是巴赫的错：他写《哥德堡变奏曲》是为了振奋我们的灵魂，而不是约束它们。可有第二个作曲家能激起这样的焦虑？

有一段插曲显示了这种焦虑如何发挥作用，它发生在 19 世纪 20 年代，也就是巴赫的伟大获得世人追封的重要历史时刻。到了 18 世纪末，"巴赫"这个名字已成为巴赫家族下一代人的指称，即约翰·塞巴斯蒂安的儿子卡尔·菲利普·伊曼纽尔、威廉·弗里德曼和约翰·克里斯蒂安。巴赫本人则被称作"老巴赫"，虽然他的音乐受到了行家的研究和欣赏，但演奏者却相对很少，而且留给世人的普遍印象是过时、枯燥、难度高。风向在 1829 年 3 月开始发生转变，当时费利克斯·门德尔松在柏林指挥了巴赫的巨作《马太受难曲》(*St. Matthew Passion*)，完成了一个世纪以来该作的首次公演。后来乐团的一位独唱歌手兼门德尔松的朋友和崇拜者将此事记录了下来，在他的笔下，这是一个一波三折的英雄故事，具有好莱坞电影的戏剧性发展。为了复活这部作品，门德尔松起用了两支管弦乐团、一个老练的唱诗班和一组顶尖的独唱歌手，可他所做的努力却受到了一位老顽固的抵制，此人名叫卡尔·弗里德里希·策尔特（Carl Friedrich Zelter），他年事已高，性情暴躁，时任柏林歌唱学院院长。作为音乐社团，歌唱学院在 19 世纪初为巴赫作品的流传作出了贡献，作为它的院长，策尔特是必须说服的对象，但他对巴赫的传统之虔诚是不容置疑的：如果演出进行的方式称不上巴赫的恢宏，那它压根儿就不应该进行。不过门德尔松和他的朋友们没有气馁，他们力排众议，义无反顾地去征服这部音乐，终于取得了胜利。观众在"死一般的静默中"侧耳聆听，神圣的"庄严"气氛笼罩全场，一位"快被遗忘的天才重见天日，此时此刻人们感受到了一种划时代的意义"。从很多方面来说都是如此。在这焕然一新的德国精神诞生之时，黑格尔就坐在观众席上。自此以后，巴赫的大型合唱作品就再也没有离开过经典之位。

　　每次我坐下来练习巴赫的时候，老策尔特的阻力都会以微妙的方式发生作用。细想一下留待你完成的工作有多么复杂，再想想你胜任这一挑战的可能性几乎为零，你就会觉得整个任务似乎没有任何达成的希望，而且我还发现，每向前进一步，要完成的事情就越多。更有甚者，即便一切都在朝着正确的方向前进，倒退和崩溃的危险依然无时不在。因为在音乐上存在一种奇怪的现象，当一个人学习并掌握新的知识时，已经习得的旧知识就会失去稳固性。可能你以为能够对学到的技艺精雕细琢，犹如画家在快要完成的画作上增添色彩。然而意识在接受新的挑战、发掘音乐不同层面的同时，也会一一暴露先前久攻不下的弱点和缺陷。好比拼一幅令人抓狂的机械拼图，你不可能单独移动一块零片而不动其他。放弃是很容易的选择，有时候无限诱人。

放弃又有什么不好呢？我们从生下来就一直在放弃。在我们的想象中，人生就是在选择做什么事，决定采取何种行动，不断踏上新的冒险之旅。然而定义我们的同样有我们选择不去做的事、放弃了的追求、有始无终的努力和腐坏变质的野心。从更大的层面来讲，为了保持生存空间的洁净，我们需要在某些事物变成负累之前抛弃它们。唯有全身心投入我们能在适当的时间内合理完成的事，才能过上一种*潇洒* [i] 的人生。年纪越大，我们越要细心进行一种双重训练——学着割舍自身的一些方面，以便有余力开发新的方面。

母亲的一生最令我难以释怀的一点就是她强加于自身的卑微，到了她临终之际，她这种表现尤其让人心酸。最后那段日子，她强撑着一口气，给我讲了很多故事，其中大部分我都听过。那些往事没有一件是快乐的，全都是有关恐惧和失去的记忆，包括与她父亲的一次对峙——她所爱的那个蛮横又任性的男人。有一次，海军把我父亲派驻到海外，而她准备带着年幼的女儿搬到得克萨斯州科珀斯克里斯蒂的一个拖车房 [ii] 居住，在那儿她只能自己一个人照料孩子。她的父亲严肃告诫她说："你生命中有一个责任，就是确保她的安全。"半个世纪以后，她在复述这句命令的时候声音都在颤抖，此事显然给她留下了很深的心结，因为多年来她反反

---

i　Galant，与前文中的华丽风格（galant style）呼应，由于语境不同故译法不同。
ii　由汽车或卡车拉动的厢车，内部改造成居住空间。在美国，拖车房常常被低收入人群用作住所，大多停驻在公园、郊区绿地等偏远地区。

复复把它叙述了无数遍，尤其是到了晚年。我想，她或许是为了解释自己为什么会成为那样的母亲，那么严厉，动不动就发火；或许也为了让孩子们记清楚她所做的牺牲——她的确牺牲了很多；还想要提醒我们另一个毋庸置疑的事实：我们确实被保护得很好，在遮风挡雨的屋檐下衣食无忧地长大成人。可她父亲警告的对象却是一个风华正茂的女人，她面前还有大好的人生，而他却将它削减到只剩一件事可做，然后让它在恐惧之中搁浅。

这种恐惧犹如一套古董汤匙或一本皮面装订的《圣经》一样代代相传，如今在我身上残存下来。它扎根于我心中，不再表现为母亲对于世界的普遍化恐惧，也不再是我年少时努力制服的多样化恐慌，而是成了一种持续性的忧虑——害怕自己的生命会在一事无成中走向终结。许多人都会有同感。这世界如其所是，我们所有人都免不了会在某些时刻产生这样的感觉，尤其是当我们放弃了宗教的慰藉以后。我一直竭尽所能隐藏这种恐惧，但也许很多年前的那位弗洛伊德派作者说得没错：被压抑的终将归来，于我而言，它似乎在我与音乐苦战的时候卷土重来。音乐是一个奇怪的场所，在本该带给人快乐的事物里藏匿人们的焦虑。但或许因为它也是一种在时间中展开的艺术形式，让人敏锐地意识到开始与结束，所以才使我深陷不安，唯恐我的生命会在达到圆满之前戛然而止。如果能够忘却生命中的一件事，那我一定选择忘却这种恐惧。数年前我刚开始学《哥德堡变奏曲》的时候，它被我看成是一种在悲痛中激发生命活力的途径。然而随着日子一天天过去，我逐渐从悲伤里走了出来，这音乐便成了一道警示，提醒我人生常常像是在与时间赛跑，我也曾有许多次在夜里想到这项计划太疯狂，觉得还是放下为好，也算是在宿命面前又一次不失优雅的撤退。不知为何，恐惧又助了我一臂之力，那古老、平庸、恒常的对于失败的恐惧来到我身边，要我去尽最后一次努力。是时候作出决断了，要么学习这部音乐，要么放弃。

11

母亲去世七年了，七年很长，足以让内森度过它一半的生命，也足以让我止住悲伤。有时候我会给我姨妈打电话聊天，她的声音听起来和母亲出奇地像，曾经，我每个星期天都会听到母亲的声音。屋子里总有一些零零碎碎的东西让我想起她，那把厨房剪刀和滤盆，是我头一次在外安家时她送给我的；那盏台灯，是从我长大的老房子里搬来的，以前它就搁在我们家的钢琴上。偶尔当我触碰到它们时，便会勾起对她的回忆，尤其是在有东西坏掉了而我考虑要不要扔掉的时候。有一次，由于我个人的疏忽，导致母亲在很多年前为我移栽的一株蕨类植物差点儿死掉，我心急如焚地花了好几周时间照料它，终于让它活了过来。还有一次，我坐在书桌前翻阅旧文件，突然在一份 30 年前填写的保险申请表上发现了她的笔迹。那些字是为了提示要询问的保单细节而写下的笔记，我不知道具体所指，可是那熟悉的手写字体却让我心头一惊，它们如此工整，如此老派，我不由得将这张纸与我的信件和照片放在一起保存起来。

　　并不是这些偶尔让我想起她的事物本身令人痛苦。恰恰相反，刺痛人心的是这些时刻的消散，是它们越来越低的出现频率，是一种确定的预感——我知道每一次与她的记忆不期而遇，都意味着接下来要过更长时间我才会在这个物质世界再次邂逅她存在过的痕迹。随着想起她的次数越来越少，我开始害怕终有一天我会成为世界上唯一记得她的人。只存在于意识里的记忆是一种脆弱的东西，脆弱到我们甚至不堪去回想，而随着这样的旧物越积越多，我们再也无法在自己的记忆里随意行走，害怕一脚下去它们就会灰飞烟灭。可想而知，让我们担惊受怕的脆弱正是我们自身的死亡。

　　母亲去世后，我开始学习巴赫，希望通过这样的努力回归生活。然而不可思议的是：生活自然而然地回到了原来的轨道。此刻，这部音乐让我想起了一些故交，在我重游故地期间，昔日的友情也随之复苏，然后又淡入生活的背景，这些关系永远不会消逝，也永远不会成长。于我而言，练习钢琴和锻炼身体一样，不再只是为了培养技能，增强体力和控制力，这么做同样是为了评估不断减退的才能。母亲去世后的几个月乃至几年间，有一种强烈的紧迫感驱使着我学习《哥德堡变奏曲》，激发它的是一种初发的抑郁倾向，以及一种恐惧——我害怕自己会像她一样背负着沉重的遗憾面对死亡。不过随着生活回归正轨，巴赫在我的生活中也回到了一个更加合理的位置上。

然后轮到我自己在医生那里走了一遭，抽血，拍片，做活检，等待检测结果，做最坏的打算。那是一场虚惊，与疾病擦肩而过的一次历练，当事的那一刻痛苦不堪，但当一切结束时却似一种恩赐——如果你有幸能留下一部分从恐惧中艰难得来的智慧。然而当恐惧"警报解除"的时候，却并不像过去的恐慌那样全面"解除"，这一次它只是"暂时解除"。不过这也是一种赐福，因为托它的福，我才能在阴郁中保持决断力。决断之一就是与钢琴做最后一搏，如果可能，我要重振我的技艺，并发挥大脑和肌肉的最大潜能去学会这部作品。而在我看来，达成这一目标的唯一途径就是远离尘嚣，将俗世的种种干扰拒之门外，专心致志地去做这一件事，至少去做一段时间。

于是我打包了电子琴，把狗放进车里，一路向西开到谢南多厄河谷。接下来有大半个月的时间我都住在一座由德国殖民者在巴赫逝世后不久建造的老房子里。这是弗吉尼亚州这一地区最早建成的坚固房屋之一，坐落在老玉兰树和古洋槐连成的一片绿茵茵的淡漠风景中间，周围山丘连绵起伏，森林的残迹郁郁葱葱，还有平静无波的河流，待到暴雨频繁的夏季就会破堤而出。整座房子里只有我一个人，而那几个星期我见过的其他人也仅限于几辆过路车里的几张模糊脸孔。除了巴赫的唱片，我什么都没带，虽然房子里有电视机，但到了第二天我就看不下去了。我在一个安静的小房间睡觉，厚厚的石墙上嵌着几扇窄小的窗户，床边有一个壁炉。不知几代人曾在这座房子里生活过，在这里出生，在这里死亡，其中肯定有人死在这个房间，临终时说不定还透过同一扇窗户望着同一片灰蓝的天空、同一簇繁茂的枝叶。由于无人做伴，我开始想象他们的模样：沉默寡言、身体健壮、缺乏幽默感的一群人，总是忙忙碌碌，勤于劳作，但想着想着，我脑海中的这些老德国人却开始谴责我，因为在他们眼里，我一定是在莫名其妙地浪费光阴，整天不是独自坐在键盘前，就是躺在沙发上茫然地盯着天花板，脑子里除了零星的音乐片段以外空空如也。

在我住进这座房子的第一天清晨，除了睡在脚边的内森，我只剩孤身一人，躺在床上，沉入了幻想。自从母亲过世以后，我为了更深入地理解她的消逝，常常会去幻想我自己的死亡。我预想了死亡的所有阶段，让自己跟随想象一直走完生命最后一程的最后几个小时。每一次我都要回到一个基本问题上：当自我消亡时，是否会让人更强烈地意识到它的存在？还是说，当人们在这一普遍、共有甚或庸常的经验中与他人融为一体的时候，自我亦会随之消解？人生究竟是会"从我们眼前一闪而过"，从我们的记忆里提炼出精华，还是仅止于"逝去"——借用大众对于人类死亡体验的矛盾表述方法？如果人生会变成蒙太奇影像在我们眼前闪现，这蒙太奇又是由谁创造？是对生活事无巨细的浓缩，还是一串随机捕捉的高光影像，抑或是利己心企图将自我的碎片连贯起来的最后一次努力？我希望能有智者为我解答这些问题，不过即便有人曾获此智慧，在他们抵达的一瞬间智慧也随之烟消云散。我的母亲无法给我任何启迪，不只是因为她已不在人世，更因为在生命尽头引渡她的是吗啡。

如今的我差不多到了三十多年前辍学离家时母亲的年纪。每当我为自己所处的人生阶段感到迷茫，我便会想象她在生命同一时刻身处何方，是什么模样，所以我仔细观察她的老照片，想搞明白人到三十岁、四十岁、五十或者现在的五十二岁究竟意味着什么。随着年岁增长，我们对父母的理解和共鸣也在不知不觉中加深，这并不是任何精神上的努力或有意识共情的结果。相反，是身体让我们明白事理，我们开始体会到疲劳如何作用，疼痛如何发生，也越来越难以偏离饮食和睡眠习惯。我把电钢琴从车里搬出来的时候，弄出的声响和她以前从地上捡东西或移动重物时制造的噪声一模一样。母亲晚上休息的时候，总是要求别人全都上床睡觉，这规定似乎有些蛮不讲理。如果我违抗她的命令，逗留在起居室里学习或读书，到了夜深人静的时候我就得蹑手蹑脚地溜回自己的卧室，手脚并用，一个台阶一个台阶地爬到二楼，楼梯每一次的嘎吱声都会让我停下来不敢动弹。不管我爬得多么小心，哪怕一丁点声音都不出，第二天早上她照样会狠狠抱怨一番，怪我吵醒了她，害她之后一整夜都没有睡着。而现在，在这个陌生的房子里，我发现必须等内森在房间里睡着以后，我才能静下心来入睡。

直到这一刻，我才隐约看透了一个一直让我困惑不解的谜：她为什么放弃了音乐？我还记得小时候看她拉小提琴，而且拉得很开心的样子；甚至到了我十岁左右，她还是偶尔会从架子上取下她的乐器，伴着我正在练习的音乐合奏起来。然而随着我的年龄继续增长，钢琴水平继续提高，她拉琴的次数就越来越少了。她的理由变来变去。起初，她不拉琴是因为缺乏练习。然后是她的左手按琴弦会痛。到了最后，她的右手骨折了，或者受到了某种损伤，导致她再也握不紧琴弓。在我们最后几次合奏中，有一次她在一个乐句正中间停了下来，骂骂咧咧地抓着小提琴的琴颈，像往常甩我们耳光一样用力甩了出去，但在就要砸到钢琴边缘的那一瞬间停住了，然后慢慢地、轻轻地把琴放回到架子上。

独自蛰居乡下的那几周，我有时候出门散步，走到很远的地方，有时候弹巴赫，也时常躺在夜空下看漫天繁星，我努力去理解母亲，以前她活着的时候，我似乎从未像这样真诚、这样坚持不懈地去理解她。有些小事本该一目了然：她最快乐的时刻总是出现在远离日常生活的时候；她也曾努力在生活中寻找某种纪律或秩序，还不遗余力地制定了各种规章制度以提升自我；当她无法为生活的某一方面赋予秩序，就会歇斯底里地把它强加于其他方面。她身边的每一个人都被卷了进去，身不由己。

小时候，我和姐姐每个月都会被叫进厨房，看母亲展示她细致入微的账本。里面一条一条记录了花在每一个孩子身上的每一笔开销，包括我们的衣服、鞋子和课本，还有学习用具和参加女童子军的费用，以及我们的午餐费总额。这无疑是她在大萧条时期的成长经历留下的后遗症，而面对账单的夜晚又在她的孩子们之间种下怨恨：他们想不通为什么有人花得比其他人多，看皮肤科医生是为了变美还是不得不去，或者单簧管课程是属于教育还是娱乐支出。念账目的时候，她会逐渐丧失冷静。"我们不能再这样下去了。"她的嘴唇因为竭力压抑内心的恐慌而不住颤抖。我们站在一旁，郁闷地盯着那本线圈笔记本，而她则看着我们家的废墟在里面越堆越高，有时候她会哭起来，然后斥责我们无动于衷。与此同时，父亲则定期将稳定丰厚的薪水带回家，按时还房贷，用现款买车，存钱养老，他差不多每周都要出差，回来的时候常给母亲带小礼物，也有足够的积蓄带我们去度假以及偶尔下馆子吃饭。

她的节食方式叫人称奇，有时甚至匪夷所思。连续好几个月的清汤寡水之后，我们会发现房子里到处都藏着糖果和其他快乐源泉，有的夹在一排书后面，有的塞在很少打开的抽屉深处，还有的装进了花瓶瓶底。她放弃了节食之后，过了很多年我们还能在家里找到风干的糖果，不少都已经停产了，变成了玉米糖浆和食用色素加工成的干瘪古董。她为减肥所做的努力在我们看来只不过是间歇性的挨饿，而她薄弱的意志力就像虚伪的一种可悲的表现形式，让我们憎恶。我们从来没有想过她的身体健不健康，她过得幸不幸福。在我的整个童年期间，她不停培养新的爱好，再后来她还尝试过追求她在孩子们年幼时无暇顾及的事，即家庭之外的生活。有时候她的热情是由恐惧驱动的，譬如她曾热衷园艺，在后院划出了很大一块土地种草莓、豌豆、蚕豆、西葫芦和茄子。尼克松时代的动荡局势、天然气危机、中东战争、三英里岛的局部核泄漏事件，以及比这一切加起来还要糟糕的吉米·卡特 [i]（她很讨厌他），诸如此类的问题让她对这个世界的看法越发悲观。菜园于是成了为她阻挡饥饿和混乱的藩篱。

她做其他的事情，比如锻炼和做义工，都是为了充实自己的生活，一想到我们没有给她的业余追求多一些鼓励，我就无地自容。为了保持身材，她学习有氧健身操，她的情绪也因此得到了改善，可是当她在起居室里给我们展示那些动作，一边大声数数，一边在红色毛绒地毯上蹦来蹦去，甩起手差点儿打到低矮的天花板时，我们全都哈哈大笑。我们不知道她为什么突然这么亢奋，没过多久当她放弃这门课程的时候，我们完全没有把这件事和我们对她的嘲笑联系起来，只是一味地觉得她缺乏决心和意志力。

她还在我们当地的法院系统见习过，学习当一名儿童辩护律师，她郑重其事地告诉我们说她宣过誓，要对她的案件保密，尽管如此，她依然会跟我们谈论那些事。那时候正值 20 世纪 80 年代初，她的思想跟整个国家的风气一样，越发趋于保守。她的法

---

i Jimmy Carter，美国总统（1977—1981 年在任）。

庭工作和她讲述的故事都让我嗤之以鼻，因为它们听起来就是在维护当时社会的普遍看法：少数族裔家庭不健全，底层人民好吃懒做。一天晚上，当她又开始讲一个类似的故事时，我烦不胜烦，终于忍不住打断了她："你不是不能随便谈论你的案子吗？"从此以后，她再也没有跟家人分享过那些案件，并最终辞去了给儿童辩护的志愿工作。我姐姐曾指出母亲上法庭去指导别人育儿这事很吊诡，因为她自己天生就不会为人父母。如今回想起来，我恍然意识到当年我们无法用语言表述的一件事实：因为她不是我们合格的母亲，所以我们也不让她成为别的任何身份。

♪

远离都市的第一天，我试着评估了一下自己对这部作品掌握到了什么程度。我一大早起床，煮了咖啡，把内森放出门去探索附近的田野，然后决定要制订一个计划。我需要擦亮眼睛，实事求是地去了解自己迄今学到的以及尚未学到的东西，我还要把准备练习的项目一条条列出来，这样就不至于脑中一片茫然或漫无目的地投入训练。我把电子琴架在石制露台的边缘，背对着房子，面朝一望无垠的绿色原野。接下来，我把整套变奏曲从头到尾弹了一遍，开头的六七首曲子我已熟稔于心，之后的六首也差不多学会了，但还不能弹得很稳。当太阳从远处山丘的树梢上升起时，我去散了一会儿步，酝酿着以更跳跃的方式过完后面一半曲目。我先是跳过了法国序曲，因为想不出该如何处理一簇簇粘连在一起的装饰音，接下来又跳过了几首我压根儿就没开始探索的阿拉贝斯克变奏。我这些年付出的努力从未转化成循序渐进的进步。就连我钟爱的咏叹调，我都没有记熟，可能因为我老是觉得它很简单，等哪一天真的需要了，我马上就能背下来。弹完一轮以后，我心里大致有了点数：经过五年断断续续的努力，我学会了整部作品的 30% 左右，其中完全掌握、达到专业水准的曲目寥寥无几。

我的待办事项清单里加入了以下内容：对于我完全不会的六七首变奏曲，要"读、弹、学、记"；其他至少还有十几首变奏需要"记"；除此之外还有很多工作要做，比如"整饬并找到节奏"和"查漏补缺"。几乎每一首变奏里面都有我从一开始就学错了的段落。在第一首变奏前半部分的结尾处——乐谱那一页已经被我翻得卷了角——我以前一直用左手在错误的方向弹 D 大调音阶终止式，这样一来，两只手弹出的线条就是平行的，而不是在同一个音汇合。我曾盯着这个小节看过无数次，听过无数次，还曾放慢速度、有针对性地练过无数次，原来我的做法自始至终都是错的。要忘记这种因长年累月的强化而在记忆中形成习惯的弹奏方式，会是一个异常困难、致郁的过程：从零开始正确地学会一件事很简单，纠正一个错误却需要大规模的心理重建。

在有些变奏曲中，我需要离开键盘，花一些工夫整理我在乐谱上留下的乱七八糟的记号，搞清楚它们是什么意思。练习就等于大扫除，不漏过任何一个脏乱的死角，不做任何未在纸上标记的变动。以前我有很多次都忘了更正乐谱里的旧指法符号，现在看来，那些指法别扭得要命，无法想象我当初怎么会觉得它们能行得通。更顺应自然的新方法早已取而代之，就像公园里常见的那种被无数人踩出来的小径，它们在漠视人性的设计师规划的砖石路之外自成一套便捷的网络。抹去旧的印记绝不是没事找事。很多时候，当你的视线瞥过一页本已练习得很充分的音乐，却突然想不起来该怎么弹，过去的指法就会像路标一样闪现，把你引向歧途。

　　然后是那些无从下手的疑难杂症，它们如同有生命的坑陷一样顽固地存于音乐之中，无论付出多少努力去铲除，裂口都会重新绽开。解决它们需要的是我最讨厌的艰苦脑力劳动，即在脑海中想象双手的动作，无声地弹奏每个音符，为整首音乐创造一幅听觉和声音的完整意识图像。偶尔当你思路清晰的时候这样去做，可能会感觉问题得到了解决。但所谓的解决不过是一块临时的补丁，并非颠扑不破，如果你小心行事，补丁也许可以保持下去，每一次成功的跨越都会让它变得更牢固一点，也许终有一天这个小小的知识漏洞将再也不会裂开。当然了，只有踩着油门高速从上面轧过去，你才能知道是否真的如此。整套变奏中散布着好几十个这样的陷阱，每一个都要用连续好几个小时的专注练习去填补，每一次努力过后，你都要带着训练的成果入眠，第二天早上重新来过，看看是否一切都已妥善解决。

在我远离普通生活、闭关修炼音乐期间，我努力遵照一份日程表行事。上午进行艰苦的心理训练，记忆新的知识，消除旧的错误；下午则用来做更机械化的练习，强化已经熟练但仍未形成惯性的段落和材料；到了晚上则开始学习新变奏曲，研究指法。然而事实证明，我太不自量力了。总的来说，我每天的有效练习时间不过三小时左右，我也很清楚人在疲劳的时候容易疏忽大意，练习会有风险。所以到最后我进入了一种奇怪的状态：一天中有大段时间都是空闲的，精神疲惫不堪，体力却有剩余，头脑一片空白，没法做太多事，身体却坐立不安。于是我出门去散步，走上很久很久，脑袋里装的全是音乐，几乎别无他物。

这样过了两三周之后，进展出现了。我能感觉到它的存在，尤其在清晨，当我带着一天之中最新鲜、最旺盛的精力投入练习的时候，从某种意义上我几乎可以丈量到它：每一段新的音乐在记忆的不同层次间推进所花费的时间在与日俱减。现在除了检查错误，其他大部分工作我都能不看乐谱完成。我也能以更快的速度从一开始的指法研究进展到脱离乐谱弹奏；以前我都按顺序把每一首变奏弹下来，每遇到一个坑就卡在那里不动，现在则不然，我已经把绝大部分反复出现的障碍点记在心里，从头到尾各个击破，再也不受乐谱干扰，也不会因为急着想听自己弹奏已学会的部分而分心。我知道有一些问题可能永远都无法解决，剩下的不知何时就会死灰复燃，但无论如何，很多问题都在慢慢消失。刚到这里的时候，我的午间散步常常像是一天中的一个转折点，把上午心怀警觉向前进步的进取者与下午小心翼翼评估进步的观察者分隔开来。而现在我开始意识到所有的碎片正在拼合起来，音乐变得更容易驾驭，而我自身作为一名乐手也不再有被割裂的感觉，不再像是被一条子午线一分为二，一边是积极追逐目标的主体，另一边是个走投无路的可怜生物，只能把手放在键盘上，试探自己学过的东西里面有哪些碰运气真的学会了。

这真是一幅奇怪的画面：坐在绿色的大自然中，微风吹拂，空气中弥漫着割过的青草气息，我一遍又一遍弹着一段将近三百年前写下的曲调，不再属于我们时代的音乐，在不少人耳中当如我身后的房子一样老朽、落后。我每天都在同一时间同一地点完成这一工作，久而久之，我俨然已化成风景的一部分，周围的兔子和鸟儿都对这个陌生人的存在视而不见，任由他在它们的地盘边缘无声地击打一个塑料箱子。只要有四条腿的活物靠近键盘，内森就会冲上去追赶，但他从来也没有抓住过一只，要想把他叫回来，我只需拔掉耳机，扬声器里放出的巴赫声音就会击碎野兔、田鼠和负鼠施展的一切魔力，他便立刻掉头回来，冲着音乐宣泄他的狂怒。随着日子一天天过去，鸟儿也变得越来越大胆，肆无忌惮地靠近我，几乎快要落到我的脚上，有时候它们群聚在三五米外的树下，活像亚西西著名壁画（一般认为是乔托 [i] 所绘）里的小鸟们聚在一起听圣方济各布道。也许这就是向它们布道的完美方式，没有言语，没有任何形式的内容，只是默默地分享着"圣餐"，这样它们就可以自由地去听它们想听的声音，我则自由地说我想说的话，彼此相安无事。

我体会到了这些时刻的荒诞性，也很庆幸自己能够逃离世俗生活，来到这里，追求如此自我、如此孤独又不切实际的东西。这么多年来，至少从母亲过世以来，我还是第一次像这样把几件美好的事物集合在一起，加进我所认为的精神生活里。奥登有一首诗，其中有一段描写了一个美妙至极的夏日夜晚，所有的焦虑暂时都烟消云散："悲伤像狮子从阴影里大步跑来，用下巴枕着我们的膝盖，死神放下了他的名单。"我不清楚别人怎么定义"幸福"这个词，反正对我来说，幸福诚如此言，过去几周我不止一次感受到了它的存在。虽然在音乐上我只前进了一小步，在生活上我却开始获得了更强大的控制力，这种感觉或许类似于约翰·艾略特·加德纳以音乐为媒介赋予巴赫的"他在日常生活中无法找到的可靠"之感。

我对精神生活的感受很简单，甚至很原始。它是我们用来储藏意义的仓库，以抵御伤痛、失去、死亡，以及人类与生俱来的

---

i 乔托（Giotto di Bondone, 1266—1337），意大利画家、雕刻家与建筑师，被认为是意大利文艺复兴时期的开创者，并被誉为"欧洲绘画之父"。

孤独。我们可能永远无法解释为何有些事物会对我们有意义，或者有怎样的意义，但至少可以断定，凡是有意义的东西必定要经过培育，必须保存起来，待到需要的时候再派上用场。音乐和文学不一定在当下带给我愉悦，却成了我"放在那里"的东西，可以留住并长存，而日常经验则永远办不到。对这种最基本的内在世界的信仰是我生命中最重要的事，然而对于母亲的精神世界，我却连一件有意义的事都说不上来。我不仅对它一无所知，甚至连问都没问过她，而且我想即便我问了，她也肯定会矢口否认，讥笑我怎会以为她拥有那种东西。每次我试着去她的回忆里探寻意义，找到的总是恐惧，几乎只有恐惧。倘若她的记忆里珍藏着任何并非源自恐惧的快乐时光或有意义的时刻，那我就不得而知了。

我在努力回忆母亲的时候，常常发现自己创造了一个似是而非的陌生人，一位虚构的母亲，被我用来检验各种理论，以给我们充满了愤怒与误解的家庭历史寻找一个解释。为了赋予这位假想的母亲一张面孔，我回顾了老相册；为了了解我为她设定的人生轨迹，我仔细盘问了我的父亲、姨妈和几个姐姐；为了探明她的感情生活，我把她的旅程放进更大背景下的历史潮流，与大萧条、二战，还有 20 世纪 50、60、70 年代及其相应的文化风潮对照起来；为了自圆其说，我尽自己所能收集了各种书面证据，包括她在书里留下的批注、几十年前写的生日贺卡和零零散散的信件。当我完成这一过程——本质上就等于传记作者了解巴赫这种历史人物的过程——的时候，一位依然陌生的女性在我心目中的形象变得更加完整、丰满，更有血有肉。甚至有一瞬间，这个被建构的形象看上去就是真的，我通过归纳法创造的对母亲的记忆就像其他人对自己真正亲近、熟知并挚爱的母亲的回忆一样真实。

我的隐居生活逐渐进入了倒计时，尽管距离返回都市的日子还有几天，我已开始感觉到离别的哀愁一阵阵袭上心头，与此同时我忙于练习两首变奏曲，它们都属于整部作品中难度最高的梯队：变奏16，俗称法国序曲；变奏29，一支欢快的炫技曲，带着一刻也不松懈的高昂情绪一路冲向伤感的最终变奏以及再现的咏叹调。这两首曲子都暗示了巴赫对世界音乐的兼收并蓄：变奏16用的是法式风格——一种独特的附点音符节奏型，重音总是压在强拍上，多用装饰音，包括延长的颤音；变奏29的演奏技巧则跟意大利羽管键琴师多梅尼科·斯卡拉蒂（Domenico Scarlatti）颇有渊源。巴赫一生离群索居，一有机会就四处旅行，但从未离开过德国。然而这两首变奏曲却显示了他也在关注着更广阔的世界，不断拓宽着他的参照范围。关于巴赫一生最无解的假设之一就是：如果他在职业生涯中有机会游历各国，就像亨德尔和斯卡拉蒂，甚至像安娜·玛格达莱纳的笔记本里那些小步舞曲的作者克利斯蒂安·佩措尔德（Christian Petzold），他将成为一个怎样的人？如果他在伦敦、巴黎或意大利待过，他又将写出怎样的音乐？《哥德堡变奏曲》还会存在吗？其中汇集的键盘演奏方式会不会变得更加丰富，更加精彩？巴赫的天赋和他的与世隔绝之间是否存在任何关联？

就我对母亲精神世界的有限了解来看，它似乎一直都是那么狭隘，让我为之羞愧。我还在上幼儿园的时候，她回到大学去重修十九岁那年因为结婚而放弃的学位。但那两年在奥尔巴尼州立大学学习俄罗斯和英语文学的经历却没有给她留下任何美好的回忆。现代主义风格的校园荒凉贫瘠，风很大，天很冷，而且她似乎与 20 世纪 70 年代的大学生活格格不入。她会语带讥讽地模仿她的教授讲话，不过这种打趣大概是在掩饰她的难堪："肯尼科特夫人，你还记得《白鲸》第 237 页有什么重要的情节吗？"然后她会叙述一些过于微妙的隐喻，玄乎其玄，让成年人很难去认真对待。在我攻读文学和哲学期间，她又提起了这个故事和故事里嗷嗷叫的教授，我总觉得她是在指桑骂槐。然而这只是我的偏见。事实上，她纯粹是在讲述一段痛苦的回忆：年过四十的女人感觉自己被困于教授质询的焦点，卡在一个问题上答不出来，在满屋子岁数只有自己一半的年轻人中间无地自容、孤立无援。在我的青春期，她逼着我去读她那些年读过的书：贝托尔特·布莱希特的《伽利略传》、索尔仁尼琴的《伊凡·杰尼索维奇的一天》，以及安·兰德的《阿特拉斯耸耸肩》。数十年后，当我终于放下身段去读这些书时，她已经记不得它们了。她的床头柜上只有两类书，封皮上压印着浮凸书名的爱情小说，以及关于鸟类的书。

在后来的生活中，我们学会了不谈论任何严肃的事物，包括书籍，这是总体上达成和解的条件之一，其结果是父母和子女间通常谈论的大部分话题都被我们排除在谈话之外。我们尽可能避开政治，绕过我私生活的细节，并且从不触及我们过去盘根错节的共同记忆。这种暗潮涌动的休战状态是随着时间流逝慢慢形成的，我们的联系从好几个月通一次电话最终演变成固定于每周日下午进行的例行公事。我会问她在做什么，既然现在家里空了，孩子们远走高飞，她可以随心所欲地追求自己的梦想了。我会问她还拉不拉小提琴，她的回答永远都是一句话："我在干家务活。"每当星期天电话铃声响起，我都会放下手中的书，或从钢琴前起身，或中断与朋友的闲聊，开始试着想象她的生活，她在远方，如同西西弗斯似的投身于永远干不完的家务，有条不紊，一个房间接一个房间，一天接着一天，然后回到开始的地方，从头再来，周复一周，年复一年。我觉得这样的生活可悲至极，也毫无必要，甚至有可能是她报复家人的一种手段：既然我们不让她成为她想成为的人，那她就永远做我们让她成为的那个人吧。然而直到癌症击垮了她，让她再也走不出房门的那一刻，真相才水落石出，原来一直以来她把自己的生活局限在逼仄的空间里，是因为只有这样她才能掌控生活。当她躺在床上死去的时候，她记挂着房子其他地方，想到它们如今脱离了她的吸尘器和海绵的掌控，正在变得一团糟，这越发加剧了她的焦虑。她不相信她身后的生者能够将这座房子的清洁维持在她设定的标准，因为她明白自己如此热衷打扫的出发点从来都不是为了拥有一个干净整洁的家。打扫卫生看似一种条件反射的冲动，其实就是生活本身，彰显了她的存在、她的身份和控制力，而这一切正在从她身上流失。

她在这个世界奋起反抗，是为了让我能够自由地去更广阔的世界遨游，但我的遨游给她的感觉一定像一种背叛。在我的童年，她喜欢音乐，喜欢读书，我们一起去看芭蕾舞，看晚间音乐会，有一次一个小型巡演剧团巡回到镇上，我们还去看过一场歌剧。随着年龄渐长，我对这类事物的热情挑战了她的平衡感，冒犯了她的礼仪，就好像是我从她那里偷走了她的兴趣。我越是热爱她仅止于喜爱的事物，她的爱就越是消退，如同灵魂的一部分转移给了我，直到最后我们的生活都被这种怪异的、近乎玄学的灵魂转移界定。母亲送给孩子的音乐礼物最终成了横在我们之间的一道鸿沟，在她那边留下了一片空虚，而我这边在她看来一定是悬疣附赘。

这些揣测没有一句话是对我母亲完全公正的评价。通过假设去理解她是有帮助的，让我解答了一些令人痛苦的疑问：她为什么放弃了音乐，还有她的生活为何随着年纪的增长变得越来越封闭，越来越狭小。她的孩子们夺走了她所有的梦想，并在各自的人生中多多少少实现了它们。就算她的野心在她的后代身上延续下来，终究是受到了挫败。不过在这个重新构建的形象里还遗漏了一些重要因素，其中之一就是鸟儿。因为从我记事起，她就对鸟类情有独钟，而在几十年的家庭生活中，她在这方面的热情从未感染过家里任何一个人。我们对她关心的很多事都没有兴趣，甚至抱有敌意，也许正是这一点导致她抛下了其他许多爱好和追求。但她从未丧失对鸟儿的兴趣，退休以后，她不仅研究鸟，去观鸟，还在一家自然历史博物馆担任志愿者——在那里，她对一切禽类的兴趣终于有了价值并派上了用场。印象中我从来没有问过她为什么喜欢鸟，它们对她的意义究竟何在；在我们仅有的几次相关讨论中，我告诉她我很喜欢鸟儿，它们是审美客体、诗歌修辞手段和冥想对象。但除此之外，所有鸟不都是一样的吗？

所以在乡下的最后那几天，当我在一次午间散步中发现了一只鸟卡在路边的一块塑料网里，我完全说不上来那是什么鸟。小小的一只，羽毛是深灰色，翅膀带着一丁点红。由于隔着茂密的高草丛，我一开始没有看到它，但我听到了它痛苦的搏动，一阵狂乱的振翅，然后是气力逐渐衰竭的声音，一切安静下来。我拨开了草丛，那只小动物随即现出了身影，我花了几分钟解救它，与此同时它一直在死命啄我的手。突然间它获得自由，一下子飞走了，看来它毫发无伤，只有尊严受了一些损害。一般来说我不会把这种事写进书里，因为它太俗套了，属于我在写作中讨厌触碰的那类素材。但它却是真实的，也是我母亲会喜欢的故事，回顾我整个写作生涯，我还从来没有为她写过任何东西。所以我将它记录于此，以纪念一位热爱飞鸟的女性，因为鸟儿是她的家人未从她手中夺走的少数几样事物之一，让她得以拓宽自己的世界，为她的精神生活增添新的内容，无论她曾拥有过怎样的精神生活。

12

当我们陷入悲伤的时候，我们希望悲伤快点结束，当我们关怀伤心人的时候，我们迫不及待地向他们保证，他们终将从悲伤里走出来。我们希望尽可能减少悲伤在我们生命中的存在，尽量缩短悲伤持续的时间，在我们看来，美好的人生等于几乎没有悲伤的人生。然而，没有任何事物能像悲伤那样规划我们的世界。它把我们的个人事务分出轻重缓急，使我们无法忍受琐碎。也许它不能让我们从世俗的义务中解脱，却让我们可以不再关注那些无足轻重或没有意义的事。它将我们组成群体，让所有人都变得更善良，除非是坏到无可救药的人。等到我们年纪大了，更善于压抑感情之后，悲伤会重新唤起被抑制的记忆，让我们返回一种多愁善感的状态，忆起青春是怎样一种感觉。如果我们回首早已止住的痛苦和无害地停驻于过去的悲伤往事，然后发现自己的情绪不会对周遭世界的美造成任何损害或改变，那些光景可能会成为我们生命中最美好的时刻，尤其是最早的哀悼经历。

然而悲伤让人疲惫，终有一天我们厌倦了悲伤，如梦初醒，甚至会想：**悲伤太无聊了**。日常生活的诱惑重新显露出吸引力，我们又对琐碎的事物产生了兴趣。该怎么称呼悲伤轮回中的这一时刻呢？我讨厌"治愈"这种说法。尽管当我们思考悲伤时，几乎不可能不使用"过程"一词，但这个词也是不恰当的，听起来就好像有某种量化的悲伤必须通过烈酒来排解，这样我们才能继续前进。它也无关遗忘。遗忘太被动了。悲伤不会自己消退，除非我们被它带来的密集意义耗尽气力，于是选择了更轻松的生活，投身于日常的消遣、琐碎的烦恼，去寻求短暂的欢愉。好比听多了瓦格纳再听海顿？

也许伪科学给我们提供了更好的比喻。悲伤就像天堂的以太，就像可燃物的燃素 i，宇宙间看不见摸不着的神秘物质，无处不在，亘古不变，只有我们被迫凝神思考死亡的时候，才会对我们显现。悲伤会碎裂成微小的粒子，附着在一切事物上，揉进我们体内，犹如街道上的灰尘一样潜入我们世界的沟壑深处，成为无法去除也清扫不掉的顽垢，但我们将学会与之并存，学会适应这种无处不在的混乱。它就像棉白杨树的绒毛，春天蜕去了种子，过了很久我们发现它们还在几个月没有留意过的死角打旋。它从不曾消失，只是在生活中比较快乐的时刻隐匿不见，只有当我们渐渐老去，失去的东西越来越多，我们才觉察到它在这个世界里恒常闪

---

i 旧时人们认为存在于所有可燃物中的一种假想物质，燃烧时被释放。

烁着，无论晴天还是阴天。

　　一如作为全作根基的咏叹调，巴赫的《哥德堡变奏曲》越往后进行越有意思。就在十五岁生日前夕，巴赫从兄长家出走，与他的家族和他在图林根认识的世界分道扬镳。而在变奏 15 中，巴赫为整部作品引入了新东西，即第一支用小调谱写的变奏曲。这并不是我们第一次听到小调的调性，因为其他变奏的和声线条已有好几次蜻蜓点水地涉足小调，包括咏叹调后半部分一段模进的 E 小调终止式。追随咏叹调的脚步，之后的变奏亦不时短暂地突入小调，创造了整部作品中绝美的几个时刻，即便是最有活力、最欢快、最喧闹的音乐，也免不了被它的黑暗扭曲，有时候它喧宾夺主，有时候又像撒上了一点点盐，让巧克力的味道更加香甜。如果只能从每支变奏曲中选一个小片段带上人们常说的荒岛，那我就会选择巴赫想方设法出入 E 小调的这些时刻。

　　但到了变奏 15，巴赫长驱直入，直接进入小调，这是整部作品中仅有的三首起始并结束于 G 小调而非 G 大调的变奏曲之一，也是最早出场的一首。这三首变奏曲的设置并非随意为之，它们对全作整体的戏剧和情感结构以及哲学系统都至关重要。小调变奏曲或凸显了整轮乐曲进程中的转折点，或引人注目地回归初始的咏叹调，抑或是给我们留下了一种不可思议的似曾相识感，宛如我们已经听过的某段音乐的黑暗双生子或影子。它们都有越轨之处。除了高度感性化以外，它们还充满了各种古怪甚至诡异的细节、强迫性的弹奏手法，以及抛弃在半空中渐渐消失的陈述。虽然 30 首变奏曲中只有三首小调，但它们却拥有压倒性的力量，就算你不相信这种力量有其象征性的一面，纯粹从音乐性来讲它们也具有非同小可的庄严气魄。

巴赫一反常态地对弹奏变奏 15 给出了不少指示，将其标记为"行板"（andante），既意味着节奏要适当放缓，或者说以步行的速度前进，又代表了一种从容、清晰的演奏方式。他还在初版的印刷乐谱中标注了一些小小的衔接记号，以确保演奏者会把一个普通的音型分解成一组重复进行的双音符"叹息"动机。这就是"拖沓动机"，顾名思义代表了一种慢吞吞的拖沓进行，就像是某种艰难的跋涉，它在巴赫的其他作品中亦有出现，作曲家是想用它来表现对于前进动作的冥思苦想。连接这些双音符碎片的小连音线也在低音线条里标了出来，低音线同时从上面两个卡农声部里撷取材料，拒绝只做上层对话的和声基础。

无论是在变奏 15 还是在变奏 21 中，即使音乐变得越来越凄楚，贯穿全作的低音线也依然保持着它从大调承袭的基本形状，甚至连残余部分也有迹可寻。如果巴赫在此处怀有任何象征的意图，那他可能还需要好几次冲击才能破坏整部作品牢固的大调根基。无论是变奏 15 里的疲惫与挣扎，还是变奏 21 的悲恸对答（其中相隔七度的两个卡农声部纠缠在一起，互相作用，不断积聚、强化着悲伤的感觉），都没有彻底打碎全作所依托的基础。但到了变奏 25，即第三支小调变奏，亦即许多听众心目中整部作品的情感高潮，下方的线条已向痛苦屈服，淹没在了半音阶的进行之中——半音的运用是巴赫屡试不爽的表现技巧，反复出现在巴赫最悲怆、内省的音乐里。在乐曲的后半段，高音线没有走向降 E 调的关系大调，而是穿过了远处如泣如诉的降 E 小调，这种不同寻常的回避姿态暗示了所有光芒皆已熄灭。这支乐曲的织体，即高音线在下面两个声部之上演绎一段绚丽的坎蒂莱纳 [i]，听起来和甜美得多的变奏 13 有些相像——一个撕裂了的心碎版变奏 13。羽管键琴演奏家旺达·兰多芙斯卡称其为整套作品中的"黑珍珠"，演奏者演奏它时很容易获得巨大的自由度，把它拉长到七八分钟甚至更长，有时候几乎会达到其他变奏曲时长的两倍，这越发凸显了它与基础低音线显而易见的割裂，事实上也就是与《哥德堡变奏曲》其余所有部分的割裂。音乐在悲伤中迷失，在自我沉醉中几近静止，每一个动作、每一次事件都局部化，就好像演唱这首悲歌的主体除了眼前的痛苦之外再也看不到外面的世界。

转入小调后，巴赫得以明目张胆地扭转音乐的两极。如果说其他 27 首变奏曲中的天气大多是晴天，偶尔有云，那么小调则几乎都是阴云密布，仅在变奏 15 和变奏 21 中出现了屈指可数的晴朗瞬间。但即便放晴，这些时刻也蕴含着细腻的感伤与痛苦，譬

---

i Cantilena，中世纪末和文艺复兴早期的一种声乐形式，也是 15 世纪广泛用于世俗和宗教作品中的一种音乐结构。

如在变奏 15 的后半段，当音乐在降 E 大调解决，拖沓动机的一把老骨头变得灵活又有生气的那一刻。或许是受到背负十字架的基督像启发，这段音乐预示了一个叙事性的主题，其中含有深邃的灵性。虽然没有给出具体的情节，没有名字也没有背景，耳朵却感应到了一个故事的片段：巨大的疲惫一瞬间消散，心中顿时如释重负。某种事物在阴霾之中光芒闪耀，不曾熄灭。

变奏 15 是这幅伟大的音乐双联画上半部分的最后一首，是上半场演出结束的咏叹调，在《哥德堡变奏曲》的完整演出中，变奏 15 到变奏 16 的过渡总是最令人难忘的时刻之一。变奏 15 是一首卡农（五度卡农），它的结尾是两个声部中的较低声部向主音降落然后渐渐消失，而较高声部继续完成它的材料，一路上升到高音 D，直到独立出来，与低音线遥相呼应。两个相距甚远的音调构成了一个朦朦胧胧的"开放五度"，这是一个不安定、间隔不明晰的音程，可以暗示某种开放性、空间性的东西（当艾伦·科普兰 i 用它的时候），但通常而言它听上去就像在这里一样，单薄，游移不定，年代久远。上面的音调感觉尤其暴露，不堪一击，而且这支卡农似乎没有完全解决，就这样渐消了。紧随其后的变奏 16 一上来就发出了巴赫的羽管键琴所能发出的最大音量，左手先弹一个十分饱满的四音符 G 大调和弦，右手划出一串咆哮的上行 G 大调音阶，然后是装饰音横飞的大型炫技表演。如果巴赫让一

---

i 艾伦·科普兰（Aaron Copland, 1900—1990），美国作曲家，也是公认的第一位具有美国本土风格的作曲家。

支管弦乐队来演奏这首曲子，定音鼓和小号定会充满全曲。就这样，当整套变奏曲进行到一半的时候，拖泥带水的步伐转向了风格化的大步行进，两音符的拖沓动机变成一种坚定又大气的进行，激活了整个身体，仅仅在片刻之前还沉浸于痛苦的音乐开始迸发出新的激情。

在 1741 年出版的变奏曲乐谱中，巴赫明明白白地指出了这里是一个新的开始。他把乐谱的首行缩进，填上了"序曲"一词，而在乐曲的末尾，一段精彩绝伦的华丽插部接一段电光石火的赋格之后，他用大字号音符写下了最后的和弦，并在页面底部留下了一行空白。听众显然无从得知这些视觉线索，不过要听出此序曲是第一首更黑暗、更销魂的变奏之后的一次重生，也不是非得靠它们不可。虽然后半部分的变奏曲与前半部分的结构相同，但一些变化很快浮出水面，炫技的变奏曲难度更高了，欢腾的变奏曲闹得更欢了，看似质朴的曲子更不加掩饰地挥洒它们无忧无虑的魅力。古尔德对后半部分的变奏曲怀有质疑，觉得有些时候巴赫是在向观众表演，陶醉于自己的乐器演奏能力，展示技艺的极限。"纯粹"音乐的理想让位给了更近乎炫耀的企图。

不过，我们也可以将这些朴实、热切、激情四溢的变奏曲看成整套作品更高层面上的情感逻辑自然而然的发展过程。随着痛苦在人生中日渐累积，快乐变得越来越难觅。曾经我们以为，幸福虽然偶尔会被悲伤撼动，却是我们的自然状态，而现在这种想法却被另一种认识所取代，即幸福是我们努力实现的目标，需要建立和巩固，犹如一座抵御悲伤的堡垒，随着时间的流逝一砖一瓦地搭建起来。如果说变奏 15 到变奏 16 的过渡就像一个生性开朗的人将阴暗的思想拒之门外，那么变奏 25 则怀着一种极端疯狂的决心退场，给变奏 26 让路。变奏 25 的主题有时候夸张到令人窘迫，用尽巴赫所掌握的一切表现技巧去呈现一个饱受煎熬的听觉意象，先通过有些别扭的音程上升，再经由拖长的半音进行、跳跃和级进下降，反反复复地重演三全音——一个极不稳定的音程，素有"音乐里的魔鬼"（diabolus in musica）之称。到了结尾处，上方的线条经过六个几乎一模一样的音阶下降，不断重复的音乐下行运动模拟了死亡作为一种下沉或下落的概念。这是一种病态压抑、扣人心弦的音乐效果。从变奏 25 到变奏 26 的过渡不只是普通的乐思交替，这一时刻的戏剧也从两首变奏曲在音调、情绪和织体上的惊心反差延伸开来。变奏 26 的开场同样开启了向整轮变奏终点的冲刺，变奏 27 的卡农剥去了一切附加的修饰，只剩下流线型的灵魂，而变奏 28 和变奏 29 则展示了旗鼓相当的技术花样。

最后这几首变奏曲中洋溢着炫技的狂喜，预示了莫扎特最伟大的几部歌剧的结局，包括《女人心》（Così fan tutte），其中，刚刚对彼此的内心进行了严刑拷打的角色们齐声高呼："幸福属于在一切事物中看到美好的人"，以及"让别人哭泣的事情是让他发笑的原因，永远在生活的风暴中找到他的安宁"。然而在《哥德堡变奏曲》的最后几页，巴赫比其他任何时候都要严肃，在这里，黑珍珠般的深邃与键盘高雅的轻歌曼舞之间的不和谐并置被升华到了精神层面。如果把最后几首变奏曲的热烈奔放当作对变奏 25 的绝望做出的荒诞主义反击，那就脱离时代背景了，属于现代主义对 18 世纪美学的歪曲。不过巴赫故意凸显了这一反差，以强化最后一首变奏的哲学和精神力量，而最后一曲也是创造力和情感技巧的一处神来之笔，俗称集腋曲。

集腋曲是一种有技巧地糅合了各种流行曲调的乐曲形式，听起来是一个一个的片段拼在一起，组合起来就成了所有变奏曲中内容最丰富、最具完整性的单曲之一，其丰满的四声部织体有时候听上去就像一首颂歌。它的动机简单上口，尽管起源于我们现在所说的流行或民间音乐，却自带一种超群绝伦的高贵气度。虽然这首集腋曲中的音乐片段并不是全都能确定出处，学者们还是有信心识别其中一部分的来源。在 19 世纪中期，菲利普·斯皮塔就曾写道，他辨识出了两首歌曲的旋律，其中第二首更是被巴赫全曲照搬：

我离开你久矣，
我在这里，我在这里，我在这里，
跟这么个呆又土的木头女人在一起，
就在那里，在那里，在那里。

以及：

> 萝卜和甘蓝，
>
> 跟我的胃合不来；
>
> 如果我母亲炖点肉，
>
> 我二话不说留下来。

"卷心菜和甜菜让我离开"[36]是第二首歌的前两行歌词在当时更常见的翻译，它可以在第二到三小节中听到，先出现在中音声部，然后转到了高音声部。巴赫选用这两首歌曲，可能只是看中了它们强烈的音乐感染力，也可能是因为它们跟他的和声设计很搭。那巴赫有没有通过这几段旋律通常搭配的歌词来表达某种意图呢？在他所属的音乐传统里，撇开原文本，重新开发利用同一个旋律构思是司空见惯的做法，这也是巴赫在他的康塔塔中比较常用的做法，所以对康塔塔里面的二手旋律做过多的解读是危险的，因为在更早的语境中，它们所搭配的歌词、所表达的情感可能迥然不同。不过这里的两首歌都涉及了来源于巴赫本人生活的主题，即便我们对巴赫私生活的了解仅限于零零星星的野史，包括他年少离家以及早年受穷甚至挨饿的经历，我们依然可以从中找到一些证据。

巴赫本来无须给这一材料打上集腋曲的标记，他只用默默地把各个旋律片段嵌进变奏曲里，留待听众自己去发现其来源即可。但鉴于他极少给变奏曲贴标签，也极少留下其他任何解释性的线索，我们有理由推测他在这首曲谱里写下"集腋曲"的时候其实别有意图。用它把最后一支变奏曲与其他部分区分开来，他由此唤回了一种音乐克俭的历史传统，即通过创作新作品来保存并重述宗教以及通俗的音乐主题。文艺复兴以后的作曲家不仅会把一个背景里的旋律搬到另一个背景里使用，还会把多种旋律拼在一起，组成繁复甚至炫技的对位法表演。到了巴赫生活的时代，这种传统在德国已发展成了一种自成一派的音乐幽默形式，其特点是瞎胡闹，借用前人的旋律配上全新的歌词文本，内容往往粗俗市井。这类混搭作品可以即兴完成，这需要音乐家的技艺特别娴熟，或者愿意冒险尝试即兴拼接旋律，又或是能临时凑在一起为聚会助兴。音乐越不和谐，歌词越荒唐，效果就越好。我们从福克尔的巴赫传记中得知，这种娱乐活动是巴赫大家族最热衷的消遣方式，他们团聚在一起的时候，必定曾愉快地制造过一些轻松狎亵的过火表演。

当巴赫用一首集腋曲结束一轮变奏的时候，他所参考的正是这一传统及其附带的其乐融融的轻佻氛围。不过他写在《哥德堡变奏曲》最后的集腋曲在演出中听起来却不一定有粗俗或好玩的感觉。虽然它适合快速、活泼的弹法，也许再加点微醺的踉跄感也不错，但如果庄重严谨地去演奏它，效果也会很好。巴赫选择的旋律单独听都是欢快有余，但经过他的编排之后，它们变得稍稍有点缺氧，只要向节拍之中轻轻吹一口气，它们就会飞上云霄。不必让它听上去像19世纪的众赞歌或交响赞美诗那样，缓慢到凄凄惨惨的地步，只需注入一点空间感、一丝高贵气息，这首集成曲就拥有了贝多芬《第九交响曲》或勃拉姆斯《第一交响曲》结尾的几分荡气回肠的感情气魄。不同声部的间距似乎也在要求演奏者这样做，在这里巴赫考验了演奏者的能力——为了呈现流畅的演出，要么得用一只手覆盖跨度很大的音程，要么就得在两只手之间拆分线条，如此一来，从容不迫的节奏越发成了一种理性的选择。

　　我们永远无从得知巴赫的幽默感具体有哪些表现，尽管有充足的证据表明他不仅不缺乏幽默细胞，而且幽默细胞还很发达，甚至是他世界观的构成基础。他是个异常勤奋努力的人，所以可能会用无厘头的搞笑来宣泄压力？如同理性生活中偶尔一次的忘乎所以或酩酊大醉，就像老勃鲁盖尔 ⁱ 或扬·斯特恩 ⁱⁱ 的幽默。还是说他会讲19世纪哲学家乐于剖析的那种存在主义笑话？智者的笑话，高级的而非大众的幽默。无论是哪种，集腋曲的存在都是为了让笑与超越或哲学的接受概念联系起来。巴赫想把他最野心勃勃的一部

---

i　老勃鲁盖尔（Pieter Brueghel the Elder，1525—1569），尼德兰画家，以细致地描绘乡村和农民生活的现实主义画作而闻名。

ii　扬·哈菲克松·斯特恩（Jan Havickszoon Steen，约1626—1679），荷兰风俗画家，其作品以心理洞察力、幽默感以及丰富的色彩为特点。

音乐作品与家庭聚会的记忆关联，不是为了把前者拉回地面，而是要强调灵魂的轻盈和精神的伟大之间存在一种本质联系。

♫

甘蓝、萝卜、卷心菜和甜菜都不至于让我离家出走，茄子才是绝望之源。茄子在我母亲的菜园里泛滥生长，她对这种蔬菜很是偏爱。8月初是茄子丰收的时节，但它们总是藏在盛夏的西葫芦和南瓜藤的浓密枝叶里，被我们无视。你偶而会在荫蔽处发现一个被遗忘的茄子，它永远给人一种沉甸甸的感觉，肥厚的紫红色果实塞满了坚硬的种子和发柴的果肉。如果摘茄子的时候母亲不在旁边，我们就会把这些吊儿郎当的怪家伙拖到院子最远处一条排污水的小河沟边，一股脑倒进泥滩上的一排排杂草和灌木丛里。不过通常情况下，我们不得不把它们加进家里令人提不起胃口的蔬菜储备，然后作为我们一日三餐的主要食材定时送进厨房，收成一次就得吃上好几个月。

如今当我和姐姐们逢年过节聚在一起的时候，依然会吐槽母亲的厨艺。她完全有能力在节日张罗一桌讲究的大餐，但在一年中其他的日子，她总是带着怨气恶狠狠地下厨。每晚她都会在喝罢威士忌酸酒ⁱ之后走进厨房，锐利地扫一眼冰箱里的东西，把不

i whiskey sour, 威士忌加青柠或柠檬汁调制的鸡尾酒，有时加糖。

幸要成为我们晚餐的食材抽出来，就像挑出一群生了病的动物来宰杀。经过有限的准备工作，一阵震耳欲聋的噪声，大约半小时过后我们就会被叫到餐桌前，只听她说道："做得像屎一样，但不管怎样你们都得吃。"父亲必然会回答："闻着挺香，亲爱的。"随着时间流逝，她的菜谱全都向一个配方靠拢：蔬菜，可能再加一些嚼不动的老肉，用少许酱油烹调后舀在鸡蛋面上。到了最后，她甚至都不再记得去联系她想象中的实际菜式——蔬菜杂烩、匈牙利烩牛肉、白汁肉块煎饼、炖锅菜——每顿饭都只是简单地称作"烹菜[i]"。感恩节过后，我们要吃几周的火鸡烹菜，圣诞节之后是牛肉烹菜，其余大部分时间都在吃说不清是啥肉的烹菜，以及农忙季节的蔬菜烹菜。

然而在大同小异的烹菜中存在一个例外：帕尔马干酪茄子。它是用最年深日久的茄子切成厚片加一罐番茄酱炖煮而成，上面再撒一点用绿色小管装着的意大利干酪粉，所以很讽刺地与那道同名菜看有某种一致性。即使茄子的味道不至于勾起我的咽喉反射，看到那树一般粗的灰色髓质圆轮沉在很稀的番茄咸汤下面，我也是吃不下去的。那时候我还年轻，一天下来总是饥肠辘辘，可一听到晚餐是帕尔马干酪茄子，我眼泪都要掉下来。在我的印象里，母亲每到情绪特别阴沉、心事重重但又杀气腾腾的时候，就会把它定为晚餐。我们从来都没有拒绝主菜的权利，拒绝其他

---

i 原文"cook-up"的字面意思是烹饪食物，也有"杜撰、编造"之意。

任何菜也不行，如果我慨然表示要把我那份让给最亲爱的姐姐，因为她今天晚上看起来比平时还饿，母亲就会看穿我的小心思，然后撂下命令："你俩都要把这该死的玩意儿一口不剩吃干净。"

一场绝望的守候就此开始，我们盯着剩菜，直到它变凉，太阳落山，直到父亲吃完，母亲离开去看电视。我们想尽办法清空自己的盘子，但每一个计谋到最后都败露了。我们试过去外面露台吃，偷偷把茄子捏在手里，揉成一坨一坨从露台的木围栏间隙扔下去。我们还曾偷偷用餐巾纸把它们包起来，求得一个上厕所的机会，然后冲进马桶里。我们家的爱犬斯摩奇，一只玩具贵宾狗，大部分时间都被母亲关在地下室，总是跟我们一样饿着肚子，有一阵子它是我们的盟友，大快朵颐我们无法下咽的晚餐。可是一天夜里，它忽然决定以古希腊人的礼仪享用晚餐，把一大块茄子叼进起居室，跳上沙发斜躺下来，悠哉游哉地开始品尝美食，而母亲正在一旁津津有味地看她的娱乐节目。

当她看到眼前发生的这一切时，可怜的斯摩奇只得放弃自己的口粮，然后那块口粮被带回餐桌，摆在我们面前，活像扔在帕西法尔面前的死天鹅[i]。为什么狗在吃我们的晚餐？"斯摩奇抗拒不了你的帕尔马干酪。"我答道，但这只会火上浇油，让拷问迅速升级。借用母亲自己对这饭菜的形容词，我说出了我认为所有人

---

i Perceval，传说中古不列颠国王亚瑟的圆桌骑士之一，德语作 Parsifal，瓦格纳为其创作了同名歌剧，其中帕西法尔是位愚人，在国王祷告时射杀了一只被认为是吉兆的天鹅。

都心照不宣的事实："我再也咽不下这屎了。"然后一个冷冷的、颤抖着的声音命令我把刚才胆敢说出口的话再说一遍，我照办了，"我再也咽不下这屎了。"我的声调变得歇斯底里。就这样，我接受了童年最后一次洗嘴仪式，过程包括把一块打湿的肥皂强行塞进口腔，粗暴地戳来戳去，我的头不时磕到水槽上，直到满嘴泡沫才罢休。肥皂的味道会在嘴里逗留几个小时到几天，时间长短取决于肥皂的品牌。最糟糕的莫过于爱尔兰之春（Irish Spring）。接下来我被带回餐桌，斯摩奇吃了一半的饭菜又装回盘子里，放在我面前，她对我说，如果我打算用自己的晚餐喂狗，那么我也可以吃狗的脏剩饭。"但你刚把我的嘴洗干净。"我反唇相讥。然后我忍不住笑了，笑得停不下来，虽然惹得她勃然大怒，但从此她再也没有对我重施这一惩罚。

然而帕尔马干酪茄子依然是我要反复经历的创伤，直到我在生物课上学到了植物繁殖和授粉的基本知识，然后认识到只要在栽培过程中及时干预，整个茄子植株都会消失得无影无踪。于是在每年春天茄子开花的时候，我都会施行一项例行仪式。我会假装给茄子除草，然后把花里面的雌蕊、雄蕊以及其他一切看起来有猫腻的东西全都拔出来，这一招无人能识破。事实证明，这种阉割法百分之百有效，还引发了一场场持久、严肃、充满末日气氛的谈话，讨论究竟是茄子枯萎病，还是土壤污染，抑或是有其他局部性的瘟疫降临我们家的菜园——只降临在我们一家的菜园。

一直到年过四十，我才坦白了自己当年的所作所为。那是在一次家庭聚会上，全家人聊起了往事，母亲喝了点酒，酒精总是让她情绪高涨。我讲完我的故事以后，她冷不防打了我的脑袋，她是真的生气了，但她的力气已不足以给我造成任何疼痛。尽管她怒气冲冲地瞪着我们，我们还是笑啊笑啊，不停笑着追忆往昔岁月。

♪

人类是个奇怪的物种。我们一生大部分时间都在为了一件事去做另一件事，为了修复婚姻，我们生孩子；为了治愈精神创伤，我们跑马拉松；为了缓解悲痛，我们去学习音乐。哪怕心存再多的怀疑，我们也从未停止相信将这些迥异的方法与目的连在一起的魔法，或许因为它是人生至关重要的魔法，将生物学意义上的生命与一大堆关于个人成长、意义和目的的不相干概念关联起来，让生命变得可以承受。我们在人生中四处乱撞，以抵达某个目的地；我们经受苦难，是为了获得幸福；我们活着，则为拥有人生。

学习《哥德堡变奏曲》有没有帮助我爬出母亲去世给我留下的空洞？完全没有，甚至连这想法本身都是荒谬的。从情感上来讲，假如我去研究鸟类或从事一项体育运动，或者哪怕是玩"愤怒的小鸟"（Angry Birds），可能我的境况也会一模一样。人们给予音乐的最高评价莫过于说它是一种强大的替身，能将精神能量从有关死亡和失去的想法中转移开来；但它同样也让我们意识到自身的渺小、脆弱、多愁善感。投身于这部音乐作品的每时每刻都能让我把存在的焦虑抛在一旁，让我强烈地意识到一个可悲的事实：《哥德堡变奏曲》将成为一部未完成的作品，就像其他许许多多的事物一样。要花费多少时间才能真正学会它？我所拥有的全部时间，甚至更多。

不过我还是听从老师的建议，录下了自己弹奏迄今为止全部所学的录音。我酝酿了几天时间才有勇气听它，而听过以后，我感受到了两种截然不同的情绪。我一方面对自己的能力不足感到沮丧，另一方面又为学有所成而稍觉欣慰。经过了几十年的空白期，我曾经拥有的乐器特长在一定程度上失而复得；我的手指可能比经常训练的少年时代更加灵活独立；而且对于复杂的音乐，我的视觉和精神控制力似乎也变得更强。生活中有很多东西都可以伪造，但演奏巴赫你无法弄虚作假。尽管我永远不会号称自己掌握了这部作品，但我已经学到的都是真材实料。我认为，有六七首变奏曲已永久留存在我的指尖上，其中绝大部分都更清晰地在我脑海里归档，每一首都进入了一幅更广阔、更丰富的图景，与巴赫的意图和技艺融为一体。

可是我的录音很多时候听起来都很机械。有些特别难的乐段我虽然已经掌握了，但只有想清楚以后，保持注意力集中并稍微放慢节奏才能完成。而在其他掌握得不那么牢靠的地方，我总免不了急于求成，就像小孩拼一个困难的单词时总想一口气念出所有字母，快得无暇顾及准确性。在我耳中，我的演奏就像一部老电影，粗糙又失真，时间线完全失效，癫狂错乱。装饰音是永恒的痛苦之源，它们在我手里弹出来的效果总是与原作的意图背道而驰，听起来拖泥带水，很费力，一点也不优雅自如。我还发现有几十处地方，我错过了这部作品让我钟爱的元素，没有尽情发挥，否则我就可以向某个一闪而过的不协和音或某条旋律线悬停时的美妙瞬间投射更多的快乐，要是对这些地方的技术挑战一无所知，我就能更尽兴地享受音乐。从更广义上来讲，错失美好的事物是一种性格缺陷。当听到它如此清楚地在我的音乐演奏中呈现的时候，我吓了一跳。事实上，我在音乐上的缺陷就像一个缩影，很好地反映了我在其他方面的弱点：恐惧使我畏手畏脚，而我又矫枉过正；哪怕是在一个惬意的夜晚出门散步，我也忍不住走得如履薄冰。最近我努力将这一认知放在心上，演奏也开始有了起色。可是日子一长，我又会把它抛在脑后，然后水平又会下降。在这悠悠转转之中是否存在任何前进运动？这种事重要吗？

可我依然热爱这部作品，我无悔于花在它上面的每一分钟。越是投入地练习巴赫的音乐，我就越是感觉到我的潜意识也在围着它转，大脑将它多余的能量耗在这上面也是件好事，似乎远好过被别的很多东西浪费掉。每当我想到其他我还一次都没碰过的巴赫作品，那些组曲，还有《英国组曲》(*English Suites*)、《意大利协奏曲》(*Italian Concerto*)，我的头就要犯晕。翻开那些洁净如初的乐谱，我仍有希望以过去犯过的错误为戒，更有策略地去学习它们。即便是在《哥德堡变奏曲》里，我也能不断发现新的东西，发现令人满意的音型和相互关联，有时候甚至在我最熟悉的变奏里也不例外。变奏 4 中有一个小小的三音符单元贯穿始终，就在几天前，我又发现了两个新的，就藏在我眼皮底下。我高兴极了，想必阿基米德躺在浴缸里的快乐[i]也不过如此。从长远来看，这些小乐句的发现会让乐曲整体更上一层楼：我需要在短时间内做大量工作，重新编排这些乐段以填入新的细节，让它们全都融为一体。"一群鬼鬼祟祟的小混蛋。"我冲它们骂道，但语带爱意。

与巴赫为伴的时光让我成了一个高高在上的无趣之人。在聚会场合，我的自尊心太敏感脆弱，不会主动提这个话题，但如果有人问起来的话，算他倒霉。我乐此不疲地维护一个观点：这是一部伟大的作品，有史以来最伟大的作品之一，它将无限丰富你的生活。对于作品本身引出的一些核心问题，我的看法很强硬：它是一个连贯的整体，还是一系列零散部分的集合？毫无疑问是前者。咏叹调是在变奏曲中反复出现，还是如古尔德所说，是它们不在场的父母？我认为古尔德错了，整套变奏曲中处处都能听到咏叹调旋律线的 DNA。这究竟是一部纯粹、抽象的音乐作品，还是暗含隐喻、人生经历和象征性的内容？怀着对自己判断的不

---

i 传说古希腊数学家阿基米德在浴缸中洗澡时发现了浮力定理。

完全自信，我郑重其事地指出：我觉得这套变奏曲含有超越音乐实质的意义。关于巴赫其人，我们再也找不到比这更完整、更丰富、更全面的记录了，换句话说，就好比探索他的私人日记，不过其内容却是以一种永远无法翻译的语言写成。

我希望我弹的这部作品带给人们的愉悦，不亚于我不弹的时候我那遭罪的可怜狗狗内森所拥有的快乐。有时候，花这么多时间去学一部作品似乎是件荒唐的事。平庸的巴赫演奏水平还不如换轮胎的技术有社会价值。但我做这件事从头到尾都是出于极其自我的动机，激发它的除了丧母之痛，还有我自己对死亡的恐惧。早在上大学的时候我就已经明白，音乐注定不是我造福他人的方式。而这一切的一切都是关于一个无神论者希望绕过生活硬邦邦的现实，间接地在自身存在中寻找更高层次的灵魂价值或意义。到头来我却一无所获，也让整个计划更显得不知所谓。

当我深陷于黑暗的情绪无法自拔的时候，我常常看着自己的双手，想到等我死了，它们就只是两块需要丢掉的肉，里面没有任何音乐。母亲过世后，我和父亲去了殡仪馆处理遗体。按照州法律的规定，在火化前，我们需要有一个人去确认遗体的身份，父亲问我愿不愿意做这件事。我走进房间，只见她身上穿好了寿衣，头发梳得整整齐齐，脸上涂抹着化妆品。刚才一直费尽心机向我们推销各种花哨骨灰盒（但我们坚持表示只想要一个最简单的）的入殓师此刻在门口徘徊，想必是在等我们夸他的手艺。我恨不得说："对不起，我不认识她。"白白浪费那么多工夫去制造一个假象，我心想，也许是母亲通过我发出了声音，只听我自言自语道，**老天爷啊，你只不过是要把它塞进焚化炉而已。**

我太尊重音乐了，不敢对它的力量有半分夸大。这并不代表我在过去的年月里什么都没学到，虽然我的教训算不上振聋发聩，而且说不定通过别的方式也能得到。巴赫在我心里已经去神秘化，不是说我理解了他一生成就的伟大之处，我只是不再指望从他的音乐里找到奇迹之门，以进入更高级的意识。我曾盼望《哥德堡变奏曲》能成为一把钥匙，将我剩下的音乐天赋全部解锁，结果它并没有。我的演奏水平是比以前提高了，可是大彻大悟或脱胎换骨的奇迹却一次也没有发生。我现在更适应了学习过程的非线性本质。曾几何时，我也有过与这音乐一刀两断的冲动，恨不得把乐谱扔到屋子另一头去，恨不得用拳头砸键盘。如今我更善于辨别什么是偷懒，什么是把一件事暂时放下，休息一会儿，直到大脑能够更有效地处理这个问题。

最有力的一条教训说起来简单，付诸实践却异常困难。那就是：人必须永远向前看。前进是唯一的治愈之道。黑暗颓丧的变奏25结束了，喜气洋洋的变奏26登场。变奏26可能是我最爱的一首，当我需要加把劲活下去的时候，当我清晨坐在床沿、努力想起这一天必须做的事，当我读着报纸、为我们人类感到绝望，当悲伤从四面八方袭来，当我感觉自己无力从沙发上站起身或无法走出家门的时候，它就会在我的脑海中响起。我希望它能在我最需要的时刻出现，无论那一刻何时到来，它都存在于我的记忆里，我可以用它来激励自己，从容而迅速地脱身。

过去那些年里，我曾想要清理自己的大脑，以寻找一块阳光明媚的宁静空间，更方便我学习音乐。我曾希望母亲的声音永远消失，再也不会在我练琴的时候响起。然而这个愿望终究没有成真。如果非要说有什么变化，那就是我头上的噪声比以前更大了，想来这都是对世界有了更多悲悯之情的副作用，而这种悲悯又是悲伤的副产品之一。在我练习的过程中，我人生各个时期的故人们会随机来拜访我，扰乱我断断续续的注意力，我不仅能意识到他们的存在，还能看进他们的内心，感受到一种彻骨的悲伤——有些人的人生没有按照他们的期望展开；有人渴望陪伴，却只能孤独度日；有人为某个人或某件事付出自己的全部，却没有得到等价的回报；有人以这样那样的方式欺骗自己，阻碍自己的人生向前发展；还有人行走在刀锋之上，寻求一种会给他们带来毁灭的智慧。当我看着狗狗内森，思索着它生命的短暂、它对我的盲目忠诚，以及它凝望远方时那种独一无二的悲凉神色，仿佛回忆起了它的先祖早就被驯化了的野性，我心里也会生出同样的感觉。我感觉自己好像在很久以前就看透了母亲的生活，懂得了她的悲伤，只是一直无法承认自己看到的真相，这个想法让我不寒而栗。

如果她仅仅只有粗暴、反复无常的一面，我恐怕只会恨她。

可是她人生中的创伤我也自始至终看在眼里。我曾想从她身边逃离，成为一个独立的人，我曾想挽回我童年丢失的尊严，这种反抗有时候就像她下厨时一样狂暴、喧闹，只是越发加深了她的痛苦。当我坐在她的病榻前看着她的生命消逝，刺痛我的不仅仅只有对自身死亡的恐惧。还有一种无助感，眼睁睁地看着一条不幸的生命走到不幸的终点，却无能为力。

　　然而过久地沉湎于死亡是自以为是的冒昧之举。经历过这一切以后，我只有一个经验可提供，一个关于恐惧和痛苦的小看法。没有任何一种悲痛是无法承受的，我们承受不了只是因为害怕还有更大的悲痛会降临。有时候，当我们预感到了一种没有尽头的毁灭性痛苦，对它的恐惧会充满我们的生活，甚至剥夺我们消遣作乐、获得幸福的可能。我们知道那可怖之物，那让人心碎的灾祸正在前方等着我们，它的阴影似乎变得无处不在，仿佛随便刮起一阵微风就会让我们跌入其中。等到那巨大的悲伤终于来到眼前，把我们抛进音乐或任何一般艺术的治愈力都不足以填补的深邃痛苦，随之而来的是一种敬畏。你什么也做不了，只能凝望它，面对它骇人的壮美，震得动弹不得。无法退缩，无法视而不见。你别无选择，唯有站在那里，置身于它的存在之下，失去一切防备。在那个完全敞开的赤裸时刻，倒是有一件事能给人一点小小的安慰：意识到自身可悲的渺小。当我聆听巴赫的《哥德堡变奏曲》，跟随这趟西方艺术中最伟大的情感旅行之一走到终点，然后在咏叹调渐渐淡出之际，这种感觉就会出现。巴赫让我们直面一种情感的妥协，这种妥协超越了快乐或治愈，凌驾于任何能用语言捕捉的事物之上，也存在于一切寻常的时间观念之外。它早在我们所有人降生以前就已存在了几个世纪，在我们逝去之后还将继续存在，并且丝毫不把我们放在眼里。它精彩地穷尽一切，美得毫无破绽，如果你还没有听过它，那么在离开这个世界以前，你该去听一听。

致　谢

　　新闻工作是不讲人情的，2010 年母亲临终的时候，我不仅陷入了感情的旋涡，还耽误了截稿期。那时候我为《留声机》杂志写一个月度专栏，无论发生了什么都不能停，即使我的母亲正在断气，我的心思已飞到别处。我想不出什么好说的，只好谈谈我深深地爱上了巴赫的一首乐曲，再也听不进别的了。总之，我设法将这个主题扩展到了通常的八百字篇幅。令我惊讶的是，我的很多老读者说他们喜欢这个专栏，并认为它比我写的其他很多文章都有意义。作为批评家，我一直抵触第一人称叙事，但他们似乎很喜欢第一人称的直接性。十几年后，我想到那个专栏也许可以扩展成一本书，很感谢我的经纪人马库斯·霍夫曼，他不仅支持这个想法，还改进了它，以及第一章的很多版初稿。我也要感谢我在诺顿的编辑约翰·格鲁斯曼，是他冒险让我一试，并帮助一个第一次写书的作者找到中心。

　　我的伴侣马吕斯给予了我无限支持，也许他是对的：本书如果加入吸血鬼，会好看得多。但纠缠它的鬼怪是别的东西，更平凡，但对读者来说可能更熟悉。我的每个姐姐都对我们的家庭有自己的理解，但她们都支持这项冒险，虽然它只会向公众展示一个版本：我的版本。我的母亲已经不在人世，如果她在的话，我也会感谢她。她把音乐带进我们家，鼓励我们受教育，捍卫我们的兴趣，并庆祝我们的成功。

我的老师乔·芬尼莫尔是在世最优秀的钢琴家和作曲家之一，在我生命的五十多年里，我很幸运地跟他学习了差不多四十年。我在《华盛顿邮报》的同事给了我灵感和启发，我特别感谢他们所有人。感谢佩奇·沃伦，她允许我在完成本书的初稿时住在她美丽的房子里，并以不倦的热情招待了一帮我非常珍视的朋友。国会图书馆音乐部的工作人员一直在帮助我，我也很感激马里兰大学米歇尔·史密斯表演艺术图书馆的表演艺术特别收藏馆馆长文森特·J.诺瓦拉，他帮我解决了一个难题：我小时候究竟有多少人上过钢琴课？

最后，我想感谢我的父亲。虽然这主要是一本关于母亲的书，但我希望父亲偶尔的出场展现出了他性格中的精髓。他善良、体贴、诚实、舍己为人，是他把家庭维系在一起。

注释

[1] 第 006 页《恰空》是基于"恰空"（chacona）这种古老的舞曲形式：关于这种舞蹈及其名字起源的种种猜测的综述，参见 Richard Hudson, *Passacaglio and Ciaconna: From Guitar Music to Italian Keyboard Variations in the 17th Century* (Ann Arbor, MI: UMI Research Press, 1981), 4。

[2] 第 037 页"关于这部（作品）……我们必须要感谢"：J. S. Bach, *The "Goldberg" Variations*, ed. Ralph Kirkpatrick (New York: G. Schirmer, 1938), vii.

[3] 第 038 页"亲爱的哥德堡，请为我弹"：德语原文为"Lieber Goldberg, spiele mir doch eine von meinen Variationen"，出自 J. N. Forkel, *Ueber Johann Sebastian Bach's Leben, Kunst und Kunstwerke* (Leipzig: C. F. Peters, 1855)。

[4] 第 043 页"毋庸置疑的天赋之才"：Christoph Wolff, *Bach: Essays on His Life and Music* (Cambridge, MA: Harvard University Press, 1991), 213.

［5］第 061 页"**最初是为安娜·玛格达莱纳写的，毋庸置疑**"：
Philipp Spitta, *Johann Sebastian Bach: His Work and Influence on the Music of Germany, 1685–1750*, vol. 3, trans. Clara Bell and J. A. Fuller Maitland (London: Novello, 1899), 171.

［6］第 061 页"**几乎可以确定不是巴赫的**"：Frederick Neumann, "Bach: Progressive or Conservative and the Authorship of the Goldberg Aria," *Musical Quarterly* 71, no. 3 (1985): 281.

［7］第 064 页"**学钢琴曾经作为一种文化现象**"：在美国，钢琴课不只由私人教授，在 20 世纪的某段时期，公立学校也会免费开设。究竟有多少学生上过这类课程，我们无法获得比较可靠的数字，但钢琴产量的估测值让我们对家庭音乐练习的需求有了一定了解，此需求在 1910 年左右达到顶峰，在 20 世纪 30 年代（大萧条时期和无线电广播问世）有所下降，到了第二次世界大战之后再次激增。钢琴产量的估测值引自 Cyril Ehrlich, *The Piano: A History*, revised edition (Oxford: Clarendon Press, 1990), 222。

［8］第 066 页"**给儿童上头几次课的时候**"：François Couperin, *L'art de toucher le clavecin*, ed. and trans. Margery Halford (Van Nuys, CA: Alfred Publishing, 1995), 31.

［9］第 067 页"**因为手指是不听话的小动物**"：Carl Czerny, *Letters to a Young Lady on the Art of Playing the Pianoforte*, trans. J. A. Hamilton (Norfolk, UK: R. Cocks, 1848), 23.

［10］第 069 页 "如果上天赋予你……"：Robert Schumann, *Music and Musicians: Essays and Criticisms,* trans. Fanny Raymond Ritter (London: Ballantyne, 1891), 417.

［11］第 070 页 "我的手累得……"：Amy Fay, *Music Study in Germany: From the Home Correspondence of Amy Fay,* ed. Mrs. Fay Pierce (New York: Macmillan, 1922), 21–22.

［12］第 108 页 "没有什么阻止我们……"：Walter Benjamin, *Reflections,* trans. Edmund Jephcott (New York: Schocken Books), 56–57.

［13］第 120 页 "我从审美的极乐山巅……"：Clive Bell, Art (Oxford: Oxford University Press, 1987), 32.

［14］第 122 页 "修改乐曲……"：Heidi Gotlieb and Vladimir J. Konečni, "The Effects of Instrumentation, Playing Style, and Structure in the Goldberg Variations by Johann Sebastian Bach," *Music Perception: An Interdisciplinary Journal* 3, no. 1 (1985): 99.

［15］第 125 页 "如果将思想比作分为许多音符的钢琴键盘……"：Virginia Woolf, *To the Lighthouse* (Harcourt, Brace and World, 1927), 53–55.

［16］第 130 页 "眼睛分享了耳朵从中得到的快乐"：Cuthbert Girdlestone, *Jean-Philippe Rameau: His Life and Work* (New York: Dover, 1969), 24.

［17］第 145 页 "难道不能合理地认为……"：Barry Green with W.

Timothy Gallwey, *The Inner Game of Music* (New York: Doubleday, 1986), 14, 34.

[18] 第 151 页 "有些技艺对每个人都有实质性……": Immanuel Kant, *Education,* trans. Annette Churton (Ann Arbor: Ann Arbor Paperbacks, 1960), 19.

[19] 第 165 页 "让你可以在织体上培植出一定的清晰度……": 这句话摘自 Geoffrey Payzant, *Glenn Gould: Music and Mind* (Toronto: Key Porter, 1984), 37。

[20] 第 165 页 "从道德的层面来说……": 摘自 Paul Elie, *Reinventing Bach* (New York: Farrar, Straus and Giroux, 2012), 176。

[21] 第 166 页 "比起用棍棒或长矛搏斗……": 引自 Geoffrey Payzant, *Glenn Gould: Music and Mind* (Toronto: Key Porter, 1984), 120。

[22] 第 166 页 "他从……删去了 14 个小节": Kevin Bazzana, *Glenn Gould: The Performer in the Work* (New York: Oxford University Press, 1997), 26–28.

[23] 第 166 页 "巴赫基本功的大杂烩": 采访者乔·罗迪在这段话中引用或转述了古尔德的话，引自 Otto Friedrich, *Glenn Gould: A Life and Variations* (New York: Random House, 1989), 312。

[24] 第 171 页 "在我对它的解读中抹去一切多余的表达……": Ibid., 54.

[25] 第 201 页 "影响骆驼的步伐……": 引自伊本·艾尔 - 海什木

和达尔文，对棉冠獠狨的观察来源于 chapter 32, *Routledge Companion to Music Cognition* (Abingden-on-Thames: Routledge, 2017), 392。

[26] 第 201 页 "八小节还没弹完"：Camille Saint-Saëns, *Outspoken Essays on Music*, trans. Fred Rothwell (London: Kegan Paul, Trubner, Trench, 1922), 133–135.

[27] 第 216 页 "成人大脑中……"：*Neurosciences in Music Pedagogy*, eds. Francis Rauscher and Wilfried Gruhn (Waltham, MA: Nova Biomedical, 2007), 128.

[28] 第 217 页 "坚持做几天的心理训练……"：Ibid., 134.

[29] 第 218 页 "当学生开始阅读……"：Ludwig Wittgenstein, *Philosophical Investigations, trans. G. E. M. Anscombe* (New York: Macmillan, 1953), 62–63.

[30] 第 233 页 "本书献给所有在外界引导下……"：James Ching, *Performer and Audience: An Investigation into the Psychological Causes of Anxiety and Nervousness in Playing, Singing or Speaking Before an Audience* (Oxford: Hall, 1947), 23.

[31] 第 238 页 "……暴力、营养不良和疾病丧生"：引自 John Eliot Gardiner, *Bach: Music in the Castle of Heaven* (New York: Knopf, 2013), 22。

[32] 第 239 页 "去听，去弹，去爱……"：Ibid., xxv.

[33] 第 240 页 "他可能有一些……的意义"：Ibid., 544–545.

[34] 第 244 页 "我创作了这组新的组曲……"：这两句关于音乐振

奋灵魂的引文都来源于 Andrew Talle, *Beyond Bach: Music and Everyday Life in the Eighteenth Century* (Urbana-Champaign: University of Illinois Press, 2017), 148。

［35］第 245 页 "**要学好一门乐器……**"：Ibid., 147.

［36］第 281 页 "**卷心菜和甜菜**"：这首集腋曲的译文出自 Peter Williams, *Bach: The Goldberg Variations* (Cambridge: Cambridge University Press, 2001), 90。

译后记

2022年4月末的一天上午，父亲吃完早饭，像往常一样出门去公园锻炼，然后再也没能回家。

时间倒回半年前的2021年底，我把《复调》的译稿发给编辑，编辑荔枝老师问我对这本书的感觉如何，我说很美，但其实我心里想的是：但愿再也不用翻开这本书。我觉得它属于我害怕去触碰的那种书，因为它太痛了，尽管一字一句都很美，美得近乎哀伤，近乎恐怖，如同自己经历了一次至亲的死亡。然而对于那一刻的我而言，至亲的死亡说到底只是一种想象，我并没有真正理解，直到丧亲之痛真的降临到我头上。

我向来不算喜欢分享内心情感的人，尤其是悲伤或者说与失去相关的负面情感，像丧失至亲这般深沉的痛苦，我更是不懂要怎样与他人诉说。可是父亲刚刚过世的那几天，我却产生了强烈的倾诉欲，很想找人聊聊，也很希望有同样经历的人能和我讲讲他们的经历。同时，这本书里的片段开始浮现在我的脑中，于是我鬼使神差地再次点开了电脑里封存了半年的文档。

伴着依然在我眼前徘徊的父亲的身影，我又一次重温了作者与母亲复杂又充满矛盾的关系。我父亲和作者的母亲是截然不同的人，作者的母亲活得郁郁寡欢，性情喜怒无常，似乎"天生就不会为人父母"；而我父亲无论怎么看都是那种理想的父亲：脾气温和，随遇而安，与人为善，尽到了父亲的一切责任甚至更多。他生前是个不怎么合群的人，喜欢独来独往，几乎没有什么很亲近的朋友，家庭聚会中他大部分时间也都是沉默地坐在一边，看着其他人喝酒嬉闹，然而他去世之后，我却见到许多似乎并无深交的人为他流下眼泪，回想起来，父亲留给我的全都是温暖的回忆，我想对于他们大概也一样。

死亡来临的方式也不一样。作者的母亲经历了漫长而痛苦的死亡，而我父亲的死亡是突如其来的，倒在公园里的猝死，被人发现时已停止了呼吸，他的身体一直很健康，没有任何疾病的征兆，一直到去世前几天还在微信里和友人说准备 5 月份开始游泳（他每年夏天都到长江游泳）。作者在他母亲临终前的那几天，一直守候在她身边，看着她的生命流逝，聆听她偶尔清醒时说出的话语，而我永远无从知道父亲在面对死亡的时候做了什么，想了什么。

尽管如此，在失去他或她的时候，我们的悲伤却是相通的。一年前，在翻译这本书的过程中，我努力去理解作者的描述，那种理解类似于努力去掌握一种新的知识，好比记忆一条物理定律，你只是知道了定律本身，却并不**懂得**它成立的原因。此时回过头再看这本书，我发现里面的每一句话都在抚慰着我，就像某人在与你分享一种你正在承受并认为此刻只有你独自一人承受着的悲伤——与其说是悲伤，不如说是一种无论做什么都无法挽回已故之人的绝望，以及突然落入一个陌生世界的茫然。随着我渐渐看清了眼前这个缺少了父亲的陌生世界的模样，我开始接受现实：我将不得不在这里继续我今后的人生。

另一方面，随着悲伤的平复，我却也逐渐清楚地意识到，这悲伤可能永远不会消失了，因为失去的人再也不会回来。"悲伤会碎裂成微小的粒子，附着在一切事物上，揉进我们体内，犹如街道上的灰尘一样潜入我们世界的沟壑深处，成为无法去除也清扫不掉的顽垢，但我们将学会与之并存，学会适应这种无处不在的混乱。"作者如是说。对我而言，悲伤亦像是一种神秘的潮汐，它退去的速度比预想的更快，平日隐没在潜意识里感觉不到，却会在某些时刻狂暴地涌上岸，将我们淹没，没有任何办法可以阻挡，只能静待退潮。

翻译这本书的夜里，我常常一边放古尔德 1981 年版的《哥德堡变奏曲》，一边打字。每当听到最爱的变奏 13，我总会停下手上的工作，专心聆听，我能感觉到一种无法言喻的悲伤缠绕在温柔流转的旋律线条上，仿佛在渐渐积聚，又似渐渐消散。那时候我还不知道这悲伤从何而来。经历了这一切以后，我常常想它或许来自某种永恒之地，在我们所有人、在古尔德的演奏甚至巴赫的音乐存在之前就已存在，而我们全都不过是这永恒面前的一个个渺小瞬间，或许就连我们也来自那里，在各自漫长又短暂的生命里偶尔瞥见它壮美的吉光片羽，最后又归于其中。

若非如此，人类的悲伤不会如此相通。

2022 年 5 月 13 日 于武汉

复调：巴赫与生命之恸

[美]菲利普·肯尼科特 著
王知夏 译

Counterpoint: A Memoir of
Bach and Mourning

by Philip Kennicott

图书在版编目（CIP）数据

复调：巴赫与生命之恸 / （美）菲利普·肯尼科特
著；王知夏译. — 北京：北京联合出版公司，2023.1
ISBN 978-7-5596-6527-0

Ⅰ.①复… Ⅱ.①菲…②王… Ⅲ.①散文集－美国
－现代 Ⅳ.① I712.65

中国版本图书馆 CIP 数据核字 (2022) 第 221469 号

北京市版权局著作权合同登记号 图字：01-2022-6257 号

出 品 人	赵红仕
选题策划	联合天际 · 文艺生活工作室
责任编辑	牛炜征
特约编辑	徐立子
美术编辑	王颖会
封面设计	@broussaille 私制

出 版	北京联合出版公司
	北京市西城区德外大街 83 号楼 9 层 100088
发 行	未读(天津)文化传媒有限公司
印 刷	北京联兴盛业印刷股份有限公司
经 销	新华书店
字 数	188 千字
开 本	889 毫米 × 1194 毫米 1/32 10 印张
版 次	2023 年 1 月第 1 版　2023 年 1 月第 1 次印刷
I S B N	978-7-5596-6527-0
定 价	78.00 元

关注未读好书

客服咨询